내
평생
하나 더

내 평생 하나 더

초판 1쇄 인쇄 2017년 06월 15일
초판 1쇄 발행 2017년 06월 20일

지은이 배전운
펴낸이 김양수
교정교열 장하나

펴낸곳 도서출판 맑은샘　**출판등록** 제2012-000035
주소 (우 10387) 경기도 고양시 일산서구 중앙로 1456(주엽동) 서현프라자 604호
대표전화 031.906.5006　**팩스** 031.906.5079
이메일 okbook1234@naver.com　**홈페이지** www.booksam.co.kr

ISBN 979-11-5778-222-2 (03800)

*이 책의 국립중앙도서관 출판시도서목록은 서지정보유통지원시스템 홈페이지(http://seoji.
 nl.go.kr)와 국가자료공동목록시스템(http://www.nl.go.kr/kolisnet)에서 이용하실 수 있습니다.
 (CIP제어번호 : CIP2017014351)

추천의 글

1950년대 세계의 최빈국이었던 한국은 1960년대 초 이래 비약적인 경제 성장을 이뤘다.

제2차 세계 대전 이후 신생 국가가 대부분이 저성장의 그늘에서 벗어나지 못한 점을 고려하면, 한국의 경제 성장은 세계적으로 경이로운 일이었다. 따라서 한국 경제가 고도성장한 것은 인류가 공유해야 할 문명사적 보고라고 할 수 있다.

오늘날 아시아, 아프리카, 중남미 등 수많은 개발 도상국들이 한국 경제의 발전 과정을 벤치마킹 대상으로 삼고 있으며, 세계적인 연구자들이 주목하고 있다.

한국의 이러한 관심은 1960~70년대 정치, 경제, 분야에서 성장동력을 구명하는 연구로 이어졌고, 지금까지도 광범위하게 진행되고 있다. 그리고 이는 정부 관료 위주로 전개되었다고 볼 수 있다. 그러나 자본주의 체제에서 실질적인 주체는 기업이다.

그럼에도 불구하고 그동안 기업 활동이 정부의 선도적 역할에 가려져 있었다. 자료 부족으로 인해 기업의 활약상을 알기 어려웠다. 그나마 현존하는 기업가에 대한 자료도 기업주가 선별적으로 발췌하여 재구성한, 재벌 총수 회고록이나 회사의 사사 정도였다. 따라서 전문 경영인이나 기업 기술 인력의 생생한 활동상을 파악할 수 있는 자료가 거의 남아 있지 않다.

이 책은 바로 1960년대부터 1990년대까지 시장 최전선에서 활약했던 전문 경영인의 이야기이다. 저자인 배전운 회장은 1950년대 서울대학교 공과대학 화학공학과를 졸업하고 호남비료, 호남엔지니어링, 대한석유공사와 같은 국영 기업을 거쳐 제철화학, 대우 엔지니어링, 주식회사 대우, 대우조선, 이수화학 같은 민간 기업에서 전문 경영인으로 활약한 기술 '엘리트'이다. 기업에서 성장한 그의 행적은 한국 기간 산업의 발전사이자 중화학 공업의 성장사라 할 수 있다. 개발 도상국의 기술 '엘리트'가 어떻게 선진 기술을 익히고 경영자로 성장하게 되었으며, 세계적인 기업과 경쟁–협력 관계를 맺었는지 파노라마처럼 펼쳐진다. 한국의 현대사에서 전문 경영인의 역할과 위상을 재조명할 수 있는 중요한 자료이다.

세계 무대를 누비고 다닌 한 개발 도상국 청년의 도전기이자, 소설보다 더 소설 같은 이야기로 젊은 세대에게 말을 건네는 성공기이다.

더욱이 저자의 쫄깃한 글솜씨로 인해 술술 잘 넘어가는 덕목을 갖춘 자서전이다.

연세대학교 역사와공간연구소 전문 연구원

전. 한국외국어대학교 경제사 연구 교수

이은희 씀

—

머리말

어느덧, 내 나이, 한국인의 평균연령을 다 살고, 이제, '덤'으로 사는 처지에 1960-80년대에 '일 중독' 즉, '워크홀리즘(Work-holism)'에 빠졌던 기억을 더듬어 보고, 이어서, 1980년대 말 대우 그룹을 떠나 '나의 아이'를 낳아 키워 보려고 뛰어 본 나의 60-80대 이야기를 정리하면서, '내 한 평생'이 하나 더 있었으면 좋겠다고 생각했다.

이 글을 쓰게 된 발단은 한국외국어대학교 이은희 연구 교수가 '인터뷰'를 요청하면서부터이다. 그는 교육부 산하 한국학중앙연구원에서 지원하는 '한국 구술사 연구 사업'에 참여하는 연구 목적으로, 1960~80년대 경제 개발 시기에 내가 했던 일들을 구술 채록하여 사료(史料)로 남기고자 한다는 취지를 전했다. 그리고 이를 수락하겠느냐 하기에 기꺼이 받아들이고, 바쁜 일정 속에서 3일에 걸친 구술 면담을 DVD에 담았다.

면담을 끝내고 나서는 '이제 회고록을 쓰셔야지요?' 하는 이 교수의 말을 듣게 되었다.
그리고 그 DVD를 대우에 함께 몸담았던 동료 사장 몇 분에게 보여 줬더니, 그분들 또한 '이제 회고록 쓰는 일이 남아 있습니다.' 라고 하는 것이었다.

그래, 비록 글솜씨는 내놓을 것이 없으나, 나의 천부적인 '랜덤 엑세스 메모리(RAM)'를 활용해서 1년이라는 시간에 걸쳐 이 책을 쓰게 되었다.

나는 초등학교 때 일제 강점기 식민지 교육을, 중학교 때는 처참한 6·25 사변을, 대학 졸업 직후 4·19 혁명을, 곧 이어 5·16 군사 정변을, 그리고 끊임이 없던 학생들의 민주 항쟁을 겪었다. 그리고 1979년 고 박정희 대통령 시해 사건, 12·12 군사 쿠데타, 피비린내 나는 광주 민주화 운동, 그리고 마침내 30여 년 만의 문민정부 '르네상스' 등의 목격자다.

그래서 치욕과 시행착오로 점철된 '반세기에 걸친 한국의 근세 정치사' 사료를 한 몸에 지니고 있다. 그 속에서 나타난 한국의 경제 성장은 동서고금(東西古今)을 통해 전무후무(前無後無)한 성취였다. 진흙 속에서 장미꽃을 피운 것처럼.

업무와 관련해서 되돌아보면, 1967년에 시작된 제2차 경제 개발 5개년 계획의 핵심적 국책 사업이었던 한국 석유 화학 공업 계획의 성공적 수행에 기여했다. 그다음에 가정용 연탄 연료를 현대적인 도시가스로 대체했던 '액화 천연가스' 도입의 국책 사업에 역할, 그리고 이어서 대우 그룹에서 석유 사업을 위시한 '글로벌'한 프로젝트 활동, 그리고 이수 화학을 맡아서 세제 원료인 '알킬벤젠' 사업을 키워서 세계 시장을 쥐고 흔들었다.

이런 이야기들을 정리해서 한국학 중앙연구원에 전자 사료로 보존될 '구술 채록'과 별도로 하나의 '회고록'을 남기고자 집필했다. 1960년대 초, 100달러대의 1인당 국민 소득이 오늘날 3만 달러대를 넘겨다 보면서, 석유 화학, 철강, IT, 자동차, 가전, 건설, 발전, 무역, 등 많은 분야에서 세계 Top 10의 경지에 올라선 이면에, 1960~80년대 사람들이 어떻게 일해서 그 기초를 닦았는지 전해 주고 싶다.

끝으로, 내 나름대로 엄청난 일에 도전할 때마다 아내의 기도와 신의 가호가 있었음을 첨언한다.

2017. 6.
저자 배전운

목차 —————— ■

추천의 글
머리말

■제1장   역동하는 역사의 흐름

1. 일본의 식민지 교육과 해방 / 15
2. 6·25 사변 / 16
3. 4·19 혁명 / 19
4. 5·16 군사 정변 / 22
5. 고 박 대통령 시해 사건과 12·12 군사 쿠데타 / 25

■제2장   호남비료 주식회사/호남엔지니어링/
          한국종합기술개발 공사

1. 호남비료 주식회사 / 31
2. 호남엔지니어링 / 33
3. 한국종합기술개발공사 / 35

■제3장   주식회사 유공과 석유 화학 사업

1. 이 땅에 석유 화학이 있으라-I / 41
2. 석유 화학 공업 육성법 / 42

3. '걸프 오일' 투자 유치 협상의 중간에 / 45

4. 석유 화학과 한국화학공학회 / 49

5. 1차 오일 쇼크와 석유 화학 / 51

6. 세계적 자원 부족 속에서 한양화학의 폭발 사고 / 53

제4장　제철화학 주식회사

1. 플랜트 기술의 국산화 / 59

2. 정밀 화학과 석탄 화학 / 62

제5장　대우 그룹

1. 대우엔지니어링 주식회사와 액화 천연가스 도입 사업 / 71

2. 주식회사 대우와 석유 사업 / 75

3. 대우 조선과 사우디아라비아 / 97

제6장　이수화학공업 주식회사/이수세라믹 주식회사/이수윤판 주식회사

1. 알킬벤젠 사업 정상화 / 107

2. 김옥길 이화재단 이사장 / 111

3. 원료 공급선인 유공과 마찰 / 113

4. 제6공화국의 민주화 물결 / 115

5. 알킬벤젠 수출 시장에 두각 / 118

6. 사옥 신축 / 122

7. "모아모아" 브랜드로 윤활유 사업을 / 124

8. 기업 공개와 주주 총회 / 130

9. 프랑스 '톰슨' 사와 합작으로 전자 부품 소재 사업을 / 134

10. 공산권인 불가리아와 노멀 파라핀 수입 계약 / 143

11. 일본의 견제를 기회로 / 146

12. 이탈리아와 랑데부, 중국 시장의 접수 / 150

13. 중국에 첫 선적과 천안문 사태 / 158

14. 소련에 윤활유 수출 시도와 페레스트로이카 / 164

15. 인도-동독과 삼각 무역 / 173

16. LNG 도입과 서울시 연료 도시가스화-II / 178

17. 주원료인 노멀 파라핀 자가 생산을 결단 / 183

18. 이 땅에 석유 화학이 있으라-II / 187

19. 북방 진출 이야기 / 191

20. 이수화학의 꿈의 반은 접고 / 194

제7장 주식회사 대우-II

1. 미얀마 가스 개발 사업 / 199

2. 인도네시아 석유 개발 투자 / 206

3. 신생 통일 베트남 / 210

4. 나의 아기를 낳아서 키우려고 / 213

제8장 나의 60-80 이야기

1. 주식회사 하이켐 설립 / 217

2. 드라이클리닝 대체 세제의 개발 / 220

3. 구두 광택제 사업에 전력투구 / 227

4. 국가 부도 위기와 IMF / 230

5. 중국 시장 개척단 / 236

6. 러시아 시장 개척단 / 240

7. 세탁 산업 전문 세제로 가닥을 잡다 / 250

8. 작은 상품으로 큰 나라들을 잡자 / 258

9. 한국학 중앙연구원의 근세 경제사 사료 채취 / 264

제9장 제3차 오일 쇼크와 그 후

1. 미 클린턴 대통령의 선정과 석유 정책 / 269

2. 미 부시 대통령과 제3차 오일 쇼크 / 273

3. 미 오바마 대통령의 석유 정책 / 280

4. OPEC과 석유의 시장 경제 / 284

5. 석유 화학과 제3의 에너지 개발 / 287

맺는말

부록 UFO와 미래 에너지 이야기

　■ 나일강아 말하라

나의 이력서

1   일본의 식민지 교육과 해방

2   6·25 사변

3   4·19 혁명

4   5·16 군사 정변

5   고 박 대통령 시해 사건과 12·12 군사 쿠데타

제1장 —————.

역동하는 역사의
흐름

—

일본의 식민지 교육과 해방

나는 1936년 전라남도 나주시 남평읍 교촌리에서, 초등학교 교사이신 아버지와 농사일하시던 어머니 사이에서 6남매 중 막내로 태어나, 해방을 맞이하던 남평초등학교 3학년 때까지 일본인으로부터 식민지 교육을 받았었다.

마침 때는 2차 대전 말기여서 2, 3학년 시간의 3분의 1 정도가 노역에 동원되었다.

학교 운동장 3분의 1쯤을 농지로 개간해서 곡물을 재배한다든가, 강변의 노는 땅을 개간하여 곡물을 생산하여 일본군에 보냈고, 때로는 산에 올라가서 소나무 관솔을 따다가 기름을 추출하여 일본군 항공기의 연료유로 보내기도 하였다.

그러다가 해방을 맞이했는데, 해방이 뭔지도 모르고 어른들 따라 그저 좋아하기만 했던 기억이 난다.

―

6·25 사변

내가 광주서중학교로 진학하여 2학년 되던 1950년도에 북한군의 남침으로 6·25 사변이 발발하였다.

선배들이 전쟁에 나가 싸우겠다고 혈서를 쓰고 군가를 부르는 등, 전쟁 열기가 대단한 가운데 수일 만에 서울이 함락되었다. 당시에는 하나밖에 없었던 한강 다리를 폭파하였지만, 북한군은 소련제 탱크를 앞세워 밀물처럼 남하하여 충청, 전라도에 이어 경상북도를 휩쓸 기세였다.

그리하여 국군과 유엔군에 의해 수복될 때까지 약 3개월을 북한 공산주의 체제 속에서 살게 되었다.

나는 그로부터 반세기 후, 시장개척단 일원으로 러시아에 들어갔을 때, 맹위를 떨치던 그 T-38 탱크를 시베리아의 중심 도시인 노보시비르스크, 세계 2차 대전 전쟁박물관에서 다시 보고 사진을 찍어 온 적이 있었다.

시베리아의 노보실빌스크 전쟁기념관에서

사변 중 휴전 직전에 형님 한 분이 군에 장교로 들어갔는데, 서부 전선 철원과 금화를 잇는 철의 삼각지에서 전사하여 온 가족이 비통해하였었다.

이윽고 광주고등학교 학생이 되고 휴전이 성립한 기운데, 대학 진학을 준비하는 나이가 되었다.

나에게는 나이는 두 살 위지만 학교는 1년 위인 형님 한 분이 있는데, 형님도 광주고등학교 재학 당시 학년에서 1, 2등을 해서, 형제다 서울대학교의 어느 과든지 들어가는 데 문제없을 정도였었다.

고향에서 초등학교 교장 하시면서 농사하시는 아버지는 원래 둘다 초등학교 교사로 키우고자 하셨고, 이에 형님은 광주사범학교에 입학해서 수석까지 했다. 그러나 색맹(色盲)이라는 것이 밝혀져서 불합격 처분되었다. 그 후에 광주서중학교에 입학하고 이어서 광주고

등학교에 들어갔으며, 나는 처음부터 광주서중학교와 광주고등학교에 진학하였다.

대학 진학할 때가 되니 아버지는 집안 형편상 둘 다 서울로 보낼 수는 없고 하나는 보낼 수 있다고 하셨다. 그러자 형님이 자기는 법률을 공부할 거니까 전남법대를 가겠지만, 동생은 공과를 지망하므로 꼭 서울로 보내야 한다고 말씀드려서 그렇게 결정됐다.

형님은 훗날 전남법대 재학 시절 사법 고시를 수석으로 합격하고 대법관까지 지냈다.

형님은 나중에 서울에서도 아르바이트하면서 공부할 수 있었다는 것을 알고 평생 후회했고, 나는 형님에게 평생을 빚을 진 마음으로 살아왔다.

나는 당시 서울대학교에서도 합격선이 가장 높다는 공대 화공과에 도전하여 가볍게 붙고, 13회 졸업생이 되었다. '빛나는 화공과 13회'라 자부했다.

그러나 졸업 후 취직할 만한 직장이라고는 막 생긴 충주 비료 공장 하나밖에 없었다. 병역을 마치지 않았기 때문에 들어갈 수 없고, 병역 미필인 채로 받아준 합동화학공업 주식회사에 입사하여, 조미료인 글루타민산소다(MSG) 제조에 종사하다가, 1년쯤 후에 4·19 혁명을 만나게 되었다.

4·19 혁명

해방 후, 당시 국토를 북위 38도 선으로 나눠서 북쪽은 소련군, 남은 미군이 점령한 가운데 민족주의 성향의 정치인들이 통일 국가를 이루고 단일 정부를 세워 보려고 부단한 노력은 했었다. 그러나 결국은 북에 공산주의 정권, 남에는 민주주의 정권이 들어서고, 국회에서 간접 선거를 통하여 이승만이 대통령에 취임한 지 불과 수년 만에 북한의 침공으로 전쟁이 발발하였다. 그리고 이승만 대통령의 외교적 노력으로 유엔 군이 참전하여 국토를 수복하고, 휴전이 성립되어 전쟁 중 파괴된 국토를 재건하는 등 다사다난 시대였다.

당시 헌법은 대통령을 국회에서 선출하는 간접 선거 제도였고, 이승만은 국회에

4·19 대모

서 정족수의 반 이상 획득하려는 목표에 약간 미달되어 재선이 어렵게 되자, 유명한 '사사오입' 산법을 도입하여 결국 재선에 성공하였다. 그리고 간선제로는 재선이 어려워지자, 헌법을 직선제로 바꿔서 장기 집권을 시도했다.

직선제에서도 승산이 안 보이자, 부통령이면서 러닝메이트였던 이기붕이 지휘하여 유례없는 부정 선거를 자행했다. 이에 대학생들이 일제히 궐기하여 정권을 무너뜨린 것이,

1960년 4월 19일 일어난 4·19였다.

나는 합동화학에서 하는 일이 너무 따분하여 외국계 회사로 전직해 보려고, 반도호텔(지금 롯데호텔 자리)에 가던 중, 시청 앞에서 학생 데모대들을 만났다.

대학생들이 시청 앞 광장에서 연좌 데모하기도 하고, 또 스크럼을 짜고 경무대(청와대의 옛 이름) 쪽으로 뛰어갔으며, 경무대 쪽에서는 피를 흘리는 대학생들이 들것에 실려 내려오기도 했다.

원래는 서울 시내 대학생 모두 4월 19일 거사하기로 합의했다가, 고대생들이 4월 18일 선수를 쳤다는 이야기가 돌았다.

4월 19일에는 시내 모든 대학이 참가했고, 데모하는 학생들을 탄압하고 피를 흘리게 하자 교수들이 거리로 튀어 나와서 합세하였으며, 일부 고등학교 학생들까지도 가세하였다. 사태가 이쯤 되니까 걷잡을 수 없다는 판단이 들어간 것 같았다.

청와대에서 이 대통령이 '왜 밖이 이렇게 소란스러운가?' 하고 묻자, 비서가 사실대로 보고 하였다 한다.

'그럼, 어떻게 하면 해결이 되는가?' 하고 묻자, '각하더러 하야하

라는 것입니다.'라고 답하였다.

이에 이승만은 '그럼 내가 하야하면 되지 않는가?' 하고 즉시 하야 성명을 발표하였다.

그리고 경무대에서 동숭동에 있는 이승만 사저, 이화장

이승만

까지의 관용차 승차를 사양하고, 뚜벅뚜벅 걸어서 퇴청하였다. 야인이 되었으니 관용차를 타지 않겠다는 취지였다. 그 순간 연도에 서 있던 수많은 시민이 일제히 박수 갈채를 하였다. 질타와 증오가 한순간에 존경과 찬사로 바뀐 것이다. 큰 인물의 정치 행보라 할까?

나는 훗날에 싱가포르의 이광요 수상이 아시아의 명 정치 지도자론을 논하면서, 일본의 초대 총리대신, 요시다를 거명한 것을 신문에서 읽은 적이 있다.

요시다는 미국과의 전쟁에 패하고 굴욕적인 지배를 받게 되었지만, 소련에 줄을 서지 않고, 미국에 줄을 서게 한 것이 오늘날 일본을 있게 한 것이라 했다.

나는 이승만 대통령이 해방 후 좌우가 충돌하는 혼란한 시기에 확실하게 미국에 줄을 서게 한 것, 즉 공산화를 막았던 것이 최대의 업적이라 생각하였다. 그리고 이 커다란 업적 앞에서 다른 것들은 사소한 것으로 생각하였다.

—

5·16 군사 정변

4·19 혁명 후, 임시 정부가 들어서고 총선을 실시하여 원을 구성하고, 헌법을 내각 책임제로 개헌하였다. 상징적인 초대 대통령에 윤보선, 그리고 초대 총리에 장면이 선출되었다.

할 일은 태산같이 많은데, 정치는 계파 간의 갈등과 이기주의 등으로 당시 최 급선무였던 전쟁 후 국토 재건과 경제 개발, 정치 발전 등이 매우 부진하였다. 이에, 목숨을 걸고 홀연히 횃불을 든 군인이 있었다. 그는 JP 중령이었다.

때는 1961년 5월 16일.

그는 조금 전에 이집트에서 군사 혁명을 일으켜 왕정을 폐지하고, 영국의 관리하에 있던 수에즈 운하를 국유화하고, 경제 개발에 박차를 가하여 오늘날의 이집트가 있게 한 나세르 중령의 회고록을 탐독했다는 설이 있었다.

사실은 나도 나세르의 자서전을 흥미 있게 읽은 적이 있다. 나세르는 영국의 지배하의 이집트와 국 왕의 통치가 한심스러워, 거사를 결 심하고 나기브 소장을 표면에 내세 워 군부 결집력을 제고하였다. 그러 다가 혁명 과업이 궤도에 오르기 시 작하자 스스로 표면에 떠올랐다.

김종필 중령

나세르는 군사 혁명을 통하여 이 집트에 많은 이익을 끼친 것이 사실 이다. JP 중령은 바로 나세르를 모델로 삼은 것 같았다.

후일 리비아의 카다피 대위는, JP의 나이 33세보다 6살이나 아래 인 27세 나이에 나세르에서 JP로 이어지는 군사 혁명 신화를 재현 한 것 같았다.

카다피는 권력을 잡자, 세계 5대 유전 중 하나인 사리르 유전을 영국의 BP사로부터 국유화 조치를 단행하여, OPEC 산유국들이 앞 다투어 자국 내 유전을 오일 메이저로부터 국유화하는 도화선 역을 하였다.

이러한 무법 천지 같은 일들이 가능했던 것은, 미국과 소련의 냉 전의 틈바구니에서 미국의 군사 외교력이 허약했던 시기에 소련의 기세를 등에 업었기 때문이라고 볼 수 있다.

우리 군사 정부는 정권을 장악하자마자, 제1차 경제 개발 5개년 계획을 내놓았다. 계획 중 상당 부분이 경공업 내지 소비재 공업인 석유 화학 계열 산업이었다.

당시의 시대적 상황으로는 처음 보고 듣는 반가운 소식들이었다.

나는 군에 갔다 와서 이와 같은 석유 화학 공업계획에 편승하리라 생각하였다. 그리하여 1962년 1월에 논산 훈련소로 자진 입대하고, 강원도 원주에 있는 육군 통신 훈련소에서 2차 교육을 받고, 전주에 있는 예비 사단에서 장거리 무선 통신병으로 배치되어 1964년 9월 육군 하사로 만기 제대하였다.

—

고 박정희 대통령 시해 사건과
12·12 군사 쿠데타

고 박정희 대통령 시해 사건

5·16 군사 정변은 원래 JP 중령을 정점으로 육사 8기(정규 육사 이전 2개월 단기 코스)가 주축이 되었으나, 결집력을 강화하기 위하여 JP 중령의 처삼촌이자 단기 코스 육사 5기 출신인 박정희 소장을 수장으로 영입했다고 하였다.

5·16 세력은 군사 정부를 수립하여 인권을 제한하는 가운데 경제 개발 정책들을 성공적으로 수행하여 군사 통치를 미화하거나 정당화(?)하였고, 오늘날 민주화 세력에 마주하여 '산업화 세력'이라 부르게 되었다.

당시 성공적인 산업화에도 불구하고 민주 세력의 거센 저항이 극에 달하여 이를 봉쇄하기가 어려워지자, 군사 분계선에서 국부 전쟁을 일으켜 이를 핑계로 무력 진압한다는 설, 시위 군중을 탱크로 밀어 버린다는 설 등이 나도 는 가운데, 고 박 대통령 시해 사건이 발생하였다.

박정희 소장(중앙)

사건은 육사-2개월 단 기 코스 5기이자, 고 박 대통령의 동기 그리고 동 향 출신이었던 고 김재규 중앙정보부장(지금 국가 정보원)에 의해 감행되었다.

동 육사 단기 출신들은 군부 고위직들을 석권하고 있어서 자연히 권력의 핵을 구성하게 되어 있는 한편, 정규 육사 출신들이 이에 대 결 구도로 있었다.

12·12 군사 쿠데타

1979년 12월 12일, 나는 그때 ㈜ 대우 석유 사업 부장을 하면서 일본 도쿄에 출장하여 도큐 호텔에 머물고 있었다. 언제나 외국에 나가면 제일 먼저 신문을 보는 것이 습관이었다. 국내에서는 언론이 사실 보도를 잘 안 하고 있기 때문에 외국 신문을 통해서 사실을 접할 수 있기 때문이었다.

13일 아침 아사히 신문을 들고 식당에 들어가 식탁에 앉아 펼쳐 보니, 1면 톱에 '한국에 군사 쿠데타'란 제하에 육사 11기 전×× 장 군 주도로 '쿠데타'를 일으켰고, 그 내용은 정규 육사 출신들이 단기 코스 육사 출신 장군들(정규 출신들이 통상 '똥별'이라 불렀다 함), 즉 똥별들을 쓸어버리고 권력을 장악할 의도로 그랬다는 것이다. 당시, 일본 언론에는 그렇게 보였던 모양이다.

역사 바로 세우기

약 10년 후 끝없는 민주 항쟁의 결과로 노태우 전 대통령의 결심에 따라 문민정부가 들어서고, 고 김영삼 대통령이 취임하여 '역사 바로 세우기' 운동, 즉 오랫동안 군부에 의해 짓밟혀 왔던 역사를 바로 세운다는 취지로, 12·12 쿠데타 세력, 즉 정규 육사 출신 모임인 '하나회'를 해체했다. 그리고 쿠데타의 주체 세력을 재판에 회부하는 등 하면서 소위, '역사 바로 세우기'를 하기는 하였지만, 그러는 동안 경제는 말할 수 없이 휘청거리다가 1990년대 중반에 이르러 IMF 사태를 만들고 말았다.

IMF 사태란, 경제 정책의 실패로 수출이 부진하고 외화 보유액이 100억 달러대로 떨어져 '국가 부도'를 눈앞에 두게 되자 국제통화기금, 즉 IMF(International Monetary Fund)로부터 수백억 달러에 이르는 구제 금융을 받아가며 경제를 회생시킨 것을 말한다.

1   호남비료 주식회사
2   호남엔지니어링
3   한국종합기술개발공사

제2장 ————.

호남비료 주식회사
/호남엔지니어링
/한국종합기술개발공사

—

호남비료 주식회사

1964년 9월, 군에서 제대하기 조금 전, 고향에 있는 호남비료 주식회사 나주 공장을 방문하여 취직의 길이 있겠는지 알아본 결과, 공개 채용이 곧 있을 것이니 제대하고 와서 입사 시험을 치르라고 귀띔하여 주었다.

호남비료는 충주비료 공장에 이어 지어진 것으로, 충주비료 공장은 석유를 원료로 매년 요소 비료 85,000톤을 생산하는 규모의 최신형 공장이었다. 충주비료 공장은 당시 미국의 AID 원조 자금으로 미국 회사에 의해 지어졌지만, 호남비료는 국산 무연탄을 원료로 요소 매년 85,000톤을 생산하는 규모로, 독일의 상업 차관으로 독일에 의해 지어졌다.

당시는 이 두 공장은 화공과 출신들의 주 배출구가 되었으며, 여기서 양성된 엔지니어들이 우리나라 화학 공업과 석유 화학 공업계를 주름잡았었다.

몇 년 후에는 미국 '걸프 오일'의 투자로 유공(당시는 대한석유공사,

오늘날의 주식회사 SK)이 생겨서 석유 에너지 자급자족을 달성하고, 장차 석유 화학 공업의 발판이 되어 주었다.

당시, 나는 신입 사원이었지만 주목받을 만한 일들을 꽤 많이 했었으며, 특히 공업 용수 분야에서 그랬었다.

보일러 용수의 수질 개선을 위해 새로운 처리 장치를 기획하고, 순환 냉각수 계통에 이물질이 많이 생겨서 난감한 점이 많았는데, 문제의 원인을 규명하고 대비책을 수립하기도 하였다. 그리고 공장 증설을 앞두고 취수원인 영산강의 유량은 충분한지, 하천 공학적으로 검토하여 갈수기에 물 부족 가능성을 경고하기도 하였었다.

입사한 지 1년 남짓 되었을 때 공장 증설 계획이 확정되고, 제조 시설의 설계는 독일 회사가 하더라도 지원 시설이나 부대시설 등만이라도 자체 기술 능력을 키운다는 취지로, '호남엔지니어링'이 자회사로 설립되었다.

—

호남엔지니어링

나는 자회사인 호남엔지니어링에서 공업 용수 처리 및 냉각 시설 등의 설계를 담당하였다. 그리고 호남비료 프로젝트 외에 외부 프로젝트 수주에 나서기도 하였다. 한편 회사는 일본 도쿄에 있는 '니가타 엔지니어링'과 기술 제휴하였고, 나는 동료 엔지니어 한 사람과 함께 기술 훈련차 니가타에 파견되었었다.

그게 1966년쯤의 일이었는데, 당시 일본은 메이지 유신 100주년 기념 축제로 온 나라가 들떠 있었다. 거리거리마다 '메이지햐꾸넨(明治百年)' 플래카드를 내걸고 상가에서는 가전제품 기념 세일을 하는 등 요란스러웠다.

'메이지 유신'이란 도쿠가와 막부 시대에 야마구찌 현 사무라이들이 주동이 되어 막부를 무력화하고, 본격적으로 서양 문물을 도입하여 부국강병의 신화를 이룬 것으로, 일종의 군사 쿠데타의 성공 신화라 할 수 있었다.

당시 일본의 중산층 생활 수준을 잠시 들여다보면, 집집마다 TV

안테나가 서 있고 흑백 TV에서 컬러 TV로 진입하고 있었고, 냉장고, 세탁기, 가정의 전화 등이 대중화되어 있었으며, 자동차의 소유, 즉, '마이카' 시대로 막 진입하고 있었다.

나는 일본을 몹시 부러워하며 내 나이 30 초반인데, 이러한 시대가 우리나라에는 내 생전에는 오지 않으리라 생각하였다.

그로부터 10년 후, 1976년에 나는 제철 화학에서 플랜트 국산화의 공적으로 철탑산업훈장을 받은 적이 있었는데, 훈장을 상신해 주었던 '한국엔지니어클럽'에서 회지에 수상 소감을 쓰라 해서 이런 말을 남겼다.

'내가 10년 전 일본에 가서 본 것들이 우리나라에는 내 생전에 오지 않으리라 생각했었는데, 바로 오늘날 우리가 그것들을 다 가지고 있어서 감격스럽다'고.

5·16 군사 정변, 좋게 말해서 산업화 세력이 인권을 제한했던 흠이 없지는 않으나, 15년 만에 보인 기적들이라 생각했다. 그때 엔지니어클럽 사무국장이 나더러 '엔지니어도 글을 이렇게 잘 쓰십니까?'라고 일침(?) 놓았었다.

—

한국종합기술개발공사

권력의 핵에 커넥션이 있는 한 분이 몇 분야의 엔지니어링 회사를 마음대로 통합하고, 한국종합기술개발공사란 간판을 내걸었다. 토목, 건축, 플랜트 모두 이질적인 분야인데 하나로 묶어서 큰일을 해보려 했던 것 같았다.

그 틀에 호남엔지니어링이 들어갔고, 더는 호남비료의 자회사가 아니어서 호남비료로부터 프로젝트가 나오질 않았다. 그리하여 프로젝트를 수주하러 나설 수밖에 다른 도리가 없었다.

나는 경기화학에서 특수한 냉각탑 설계 및 건설 감리 프로젝트를 수주하고 또 실행했다. 그 외에 이 기간에 의미 있는 일이 두 가지 생겼다.

하나는 중앙정보부(오늘날 국정원)가 북한에서 수집한 정보 자료 중 화학 공업에 관계되는 것을 우리에게 분석해 달라고 의뢰한 것이었다. 그중 중요했던 것은 '비료 공학 편람'이었는데, 매우 훌륭한 내용이었다. 국내는 물론 일본이나 미국에도 그렇게 전문적인 책이 없었다.

또 하나는 경제기획원에서 제2차 경제 개발 5개년 계획 기간 중 수행할 석유 화학 공업 계획을 만들어 달라는 것이었다. 제1차 경제 개발 5개년 계획에서 석유 화학 계열 공업 중 중요한 것들을 해냈으니 2차 5개년 계획에서는 석유 화학의 핵심이 되는 나프타 분해 센터(NCC)와 미완성된 계열 공업을 채워서 석유 화학 콤비나트를 완성하는 사업이었다.

나는, 선배가 주도하는 이 계획 수립을 보조하면서 많은 것들을 배우고 또 보람을 느꼈었다. 얼마 후에 나프타 분해 센터 사업이 유공이 실수요자로 낙착되고 이 사업 계획을 주도했던 대학 1년 선배가 유공에 와서 같이하자는 제안, 즉 스카우트가 들어와서 행복했었던 기억이 난다.

1   이 땅에 석유 화학이 있으라-I

2   석유 화학 공업 육성법

3   '걸프 오일' 투자 유치 협상의 중간에

4   석유 화학과 한국화학공학회

5   1차 오일 쇼크와 석유 화학

6   세계적 자원 부족 속에서 한양화학의 폭발 사고

제3장 ———.

주식회사 유공과
석유 화학 사업

—

이 땅에 석유 화학이 있으라-I

나는 1969년 무렵, 미국 '걸프 오일'이 주식 지분 25%를 가지고 있었던 주식회사 유공의 석유 화학부에 과장 대우로 부임하여 무척 재미있게 일을 하면서 동 센터의 상업화 부분을 담당하였다.

걸프 오일이 유공에 신규로 5천만 달러를 더 투자하여 그중 일부는 주식 지분 25%를 50%로 늘려서 운영권을 장악하고, 나머지로는 나프타 분해 센터의 건설 자금으로 사용하겠다는 제안서를 내놨다. 5천만 달러란 자금의 크기를 상정해 보면, 당시 남덕우 부총리가 경제 사절단을 이끌고 미국에 가서 은행과 재벌급 기업들을 방문하면서 한국에 투자해 줄 것을 교섭했지만, 단 천만 달러도 얻어오기 힘든 시대였다. '센터'의 사업 계획과 투자 예산의 수립, 그리고 건설 관리 등은 선배가 수행하였고, 나는 제품 계획, 판매 계획, 경제성 검토, 가격의 산정, 그리고 계열 공장 등과 조정, 협력하는 업무 등을 담당하였다.

—

석유 화학 공업 육성법

석유 화학 콤비나트의 핵이 되고 핵심 기초 원자재를 생산 공급할 나프타 분해 센터는 그 규모가 최소 경제 단위의 절반도 되지 않아서 국제 경쟁력 있는 공급가를 창출하기가 어려웠지만, 우리나라에 모처럼 있게 되는 석유 화학 공업을 확대 재생산하면서 발전시키려면 원자재 공급가를 어떠한 수단을 써서든지 경쟁력 있게 해 주어야 하는 상황이었다.

내가 무슨 일로 전민제 부사장실에 보고하러 들어갔더니, 이와 관련, 커다란 과제를 하나 내놓았다. '센터'는 짓는 것만이 능사가 아니고, 유분(나프타 분해 제품)을 국제 경쟁력 있는 가격으로 계열사에 공급하지 않으면 석유 화학 '하나 마나'라고 했다.

엄청난 과제였다. 어느새 '불가능을 모르는' 일벌레가 되어 있었던 나는 궁리 끝에 우리보다 10여 년 앞서 가는 일본이 석유 화학 공업을 어떻게 육성하면서 일으켰는지 조사해 봐야겠다고 생각하였다.

그래, 일본 '니가타 엔지니어링'에 있는 친구에게 텔렉스를 보냈다

42

(그때는 e-mail이 없고 무선 '타이프 라이팅', 즉 '텔렉스'를 통신 수단으로 사용하였다). 일본 정부가 발행하는 관보를 모두 조사해서 석유 화학 공업 육성에 관한 기사들을 스크랩해서 보내 달라고 했다. 그 친구는 한국에 영업 진출하러 늘 다니기 때문에 나를 도와주면 자기도 나로부터 도움을 받는다는 생각으로 잘 호응해 주었다.

약 10일 후 자료를 받아서 보니, 일본 통상성의 '석유 화학 육성 5대 원칙'이란 것이 있었는데 알고 보니 상당히 유명한 정책이었다. 나중에 알게 된 사실이지만, 상공부(오늘날 산업자원부)에서도 석유 화학 공업 육성 대책을 입안하려 했다가 바로 이 5대 원칙 자료를 구하지 못해서 손을 못 댔다는 것이었다.

내용은 대부분이 조세 감면들이었다. 나는 이걸 요약해서 다시 전 부사장에게 갔더니, 그것들을 책자로 만들어 관련 고위 공무원을 모아서 교육하라고 했다. 또 하나의 어려운 과제였다.

나는 '한국 석유 화학 공업 육성 대책'이란 책자를 만들고, 또 브리핑 차트도 만들었다. 이후 상공부와 협의하고 또 나의 있는 역량을 다하여, 경제기획원 기획국장, 재무부 세제국장, 관세국장, 상공부 과장들을 포함해 관련 고위 공무원들을 대연각 호텔 만찬에 초대하는 데 성공했다. 그리하여 '한국 석유 화학 육성 대책'이란 제목으로 설명회를 가졌다.

분위기가 매우 긍정적이었다. 며칠 후 상공부 화학과 사무관에게서 전화가 왔다. 조세 감면 규제법과 하위 법들에 석유 화학 육성을 위한 세액 감면 규정들의 시안을 만들어 달라고 요청했다. 또한, 며칠 후에는 석유 화학 육성법(안)을 만들었으니 검토하고 의견을 제시해 달라 하였었다.

그리하여 석유 화학 공업 세제 지원 관련 세법들의 개정과 석유 화학 공업 육성법 등이 쏜살같이 국무회의를 거쳐 국회를 통과하였다.

요지는 법인세, 물품세(당시는 오늘날의 부가가치세 대신 물품세가 있었다), 수입 관세 등을 5년간 면제하고 3년간 반감한다는 것이었다. 그리고 육성법은 10년 시한법이었고, 세액 감면에 추가하여 여러 가지 행정적인 사항들이 들어가 있었다.

—

걸프 오일 투자 유치 협상의 중간에

'센터'와 계열 공업들의 사업 윤곽이 다 그려지고 이제 본격 투자가 시작될 무렵, '걸프 코리아' 사장 미스터 '보닌'은 '센터'의 사업 추진 행위를 일단 동결시키고 '걸프'의 이익 보장에 관해 정부의 보장을 요구하고 나섰다.

한국의 경제 개발 초기 단계에서 '컨트리 리스크'를 극복하기 어려운 시기임을 감안할 때, '걸프 오일'이 크게 '리스크-테이킹' 하면서 대가를 톡톡히 요구하는 것은 있을 수 있는 일이었다.

그 시기, 나는 사업의 경제적 타당성 검토를 통해 적정 판매 가격을 산정하는 새로운 기법을 걸프 사람들로부터 배웠었다.

'돈의 시간적 가치(time value)' 개념을 도입하여 Discounted Cash Flow(DCF)에 의한 Rate of Return을 측정하는 신기법으로, 걸프의 프로젝트 타당성 평가의 표준 기법으로 채택되어 있었다.

이 개념은 당시 미국의 화학 공학회 회지에 늘 실릴 정도로 미국에서는 보편화되고 있어서, 나는 동 학회지를 구독하기 위하여 미국의 화학 공학회에 회원 가입하고 연회비를 납부하여 정기적으로 받아 볼 수 있게 했다.

이 기법이 나프타 분해 센터의 사업 타당성 평가 수단으로 이용되었고, 공급가 산정의 바로미터로 이용되었다. 이 작업에 또 하나 중요한 것은 적어도 10년 또는 그 이상의 프로젝트 수명 기간 중 판매 예측을 해야 하는 것이었다.

조만간 걸프의 아태평양 담당 수석 부사장과 상공부 오원철 화학 국장 간 이익 보장 협상이 시작할 예정이었다.

나는 이 역사적인 순간 나의 역할을 확실히 해야 한다는 생각을 하면서, 내 위 부장과 진지하게 두 가지 안건을 이야기했다. 지금처럼 걸프에 충성 일변도로 처신하고 걸프 이익 보장을 옹호한 나머지 유분 판매가가 너무 높게 책정되면 국가적으로 크나큰 손실이 됨을 역설하고 지금부터는 정부에 협력해야 한다고 하였다.

부장도 쉽게 동의하고 상공부 화학과장에게 협조하겠다는 의사를 통고했더니 바로 '배'를 보내 달라고 했다.

나는 개인적으로 화학과 고 김광모 과장을 잘 아는 처지였는데, 김 과장이 내주부터 걸프와 오 국장 사이에 매주 X요일 아침, 대협상이 있다며 아침 7시까지 국장실로 들어가서 사전 조율을 해 드리라 해서 쾌히 승낙하였다.

한편 이익 보장을 위한 판매 가격 설정에서 가장 중요한 변수는 판매 예측인데, 걸프 측 영업부장이 내놓은 판매 예측이 상당히 과소 책정된 것이므로 상향 조정해야 한다는 것이었다.

나는 영업부장의 판매 예측이 현재의 성장률을 기조로 했기 때문에 비현실적이라고 주장하고, 사업 계획이 실행되어 유분이 국산화 공급이 시작되면, 보다 고율의 성장을 예상해야 한다고 주장하고 걸프 영업부장이 해 놓은 것을 임의로 수정하였다. 그래야지 공정한 공급가가 산출되기 때문이었다.

영업부장은 나에게 가볍게 항의하면서도 승복하였고, 석유 화학 담당 부사장이 어떻게 반응할지 궁금하였으나 나쁘지 않았다. 나는 '공정한 가격을 산정해서 내 나라에 애국하겠다는데 누가 뭐라 할 수 있나?' 하는 배짱이었다. 나중에 알게 된 사실이었지만, 부사장, 미스터 '부익'은 나를 상당히 좋아했었다.

이듬해 미국 휴스턴으로 기술 훈련받으러 갔을 때, 미국으로 전임해 간 부사장이 보고 싶어서 미리 연락하고 찾아갔었는데, 부인이 쌀밥과 함께 김치를 내놨다. '쟈니 배(나의 미국식 이름)' 온다는 말 듣고, 김치 담그는 책을 사 가지고 공부해서 손수 담갔다는 것이었다.

노부부는 나를 마치 오랜만에 만난 사랑스런 아들처럼 반겨 주었었다. 나 또한 부익 부사장을 좋아했었고, 특히 그가 구사하는 문장들은 수사학(修辭學)을 공부해서 그러는지 매우 쉬우면서도 아름다웠다.

나는 DCF, rate of return이 '걸프'의 투자 승인 최저치인 15%를 정확히 충족하는 공급가를 산정하고 이를 적용한 투자 사업 평가서를 '걸프' 측에 내놓는 한편 대외 극비 문서인 그 자료를 상공부에 제시하였다.

때는 최종 협상이 있던 날 아침이었다.

오 국장은 가격을 조금만 더 하향 조정할 수 없겠느냐 물었지만, 그럴 경우 걸프가 투자를 철회할 수도 있으므로 이대로 하는 것이 좋다 하였다. 나는 사무실로 돌아왔고, 유공의 회의실에는 석유 화학 계열사 대표 20여 명이 모여서 초조하게 기다리고 있던 참인데, 오 국장한테서 전화가 왔다.

협조해 준 덕택에 성공적으로 합의 서명했다는 얘기와 함께 고맙다는 말을 빼놓지 않았다. 나는 그 길로 회의실로 내려가 소식을 전하고 박수갈채를 한 몸에 받았다.

'이 땅에 석유 화학이 있으라, 하니, 석유 화학이 있었더라'

걸프는 이렇게 해서 한국의 석유 화학 공업의 기초를 닦아 주었고, 이어서 초창기인 현대조선에 대형 유조선 3척을 발주해 주면서, 유럽과 아메리카의 많은 회사들의 발주가 이어져서 한국에 조선 공업이 크게 일어날 것이라 했다.

합의 서명이 있던 그날 저녁, 걸프의 대표였던 '쉘돈 비들' 수석 부사장이 나를 주빈으로 하여 석유 화학부 전원을 통의동에 있는 기생집으로 초대하여 한턱 쏘았다. 그리고 비들은 내 앞에 무릎 꿇고 앉아서 술을 따라 주었다.

일본에 주재하고 있어서 일본 게이샤(기생)의 흉내를 낸 것이었다.

—

석유 화학과 한국화학공학회

한국화학공학 춘계 총회에서 특별 강연

당시, 개발 도상국이 선진국의 문턱으로 들어가는 데에는 석유
화학 콤비나트, 그리고 철강 콤비나트 등을 가져야 하는 것이 정설
로 되어 있을 만큼 중요했었다. 게다가 석유 화학 콤비나트는 한국
화학 공학 학계의 지대한 관심사였고, 또 큰 경사였다.

한국화학공학회에서 나더러 춘계 연차 총회에서 우리나라 석유
화학 공업 관련해서 특별 강연을 하라는 요청이 왔다. 나 같은 주니
어에게 매우 이례적인 일이었다.

나는 이 기회에 '컴퓨터에 의한 석유 화학 프로젝트의 평가'라는
제목으로 '자금의 시간적 가치' 개념을 도입하고 이를 이용하여 투자
사업의 경제성을 평가하는 새 기법을 프레젠테이션하였다. 우리 학
계에 도입되어야 하는 신학문이라 생각했기 때문이었다.

패널 디스커션에서 신학문을 한 젊은 교수들로부터 박수갈채를

받았다. 그리고 고려대가 이듬해 처음으로 이 분야를 정규 과목으로 채택하였었다.

나는 본사에서 중요한 일들이 대체로 마무리되자 공장으로 내려가기 위해 일행들과 함께 걸프 산하에서 4개월간 기술 훈련을 받으러, 미국, 캐나다, 네덜란드 등지로 파견되었다. 그러고 나서 걸프 엔지니어가 주도하는 공장의 시운전 팀에 편입되었다.

공장이 준공되고, 가동에 들어가자, 한국화학공학회는 울산에서 석유 화학 공업에 관한 특별 세미나를 개최하고 각사 담당자들이 프레젠테이션하였다. 내가 한 '나프타 분해 센터'는 실로 핵심 부분답게 잘 하였었다.

한국화학공학회 제1회 기술상 수상

그해 가을, 한국화학공학회 총회가 포항에서 개최되었는데, 학회가 '한국화학공학회 기술상'이란 것을 제정하고 제1회 기술상을 나에게 수여하게 되었다며 포항으로 참석하라는 전갈을 보내, 아내와 함께 갔었다. 나의 아내에게, '한국의 노벨상입니다'라고 말하던 모교의 이재성 교수, 그분은 미국에서 살다가 최근 고인이 되었다.

—

1차 오일 쇼크와 석유 화학

때는, 1973년 봄, 울산 석유 화학 콤비나트 전 공장들이 일제히 가동을 개시하였다. 그러나 가을이 되자, 이스라엘의 선제공격으로 중동 회교국들과의 전쟁이, 소위 6일 전쟁이 발발했었다.

원래, 팔레스타인 땅이었던 이스라엘을 팔레스타인에게는 일부 지역만 허용하고 대부분을 유대인들에게 실로 2,000년 만에 찾아 주었는데, 팔레스타인은 빼앗긴 땅을 내놓으라고 투쟁하다가, 마침내 중동 회교국들이 이에 동참하여 이스라엘 땅에서 유대인들을 축출해 낼 기세였었다.

유대인들은 위기가 한계점에 이르자, 선제공격을 하여, 이스라엘 성전에 이르는 요단 강 서안의 땅, 동북부의 시리아의 골란 고원, 그리고 이집트가 지배하던 지중해 연안의 가자 지구와 시나이 산이 있는 시나이 반도 등 요지들을 모두 점령하고 자국 영토화해 버렸다. 그리하여, 미회복 중인 2,000년 전의 국토를 모두 회복한 셈이었다.

인구가 100배가 넘는, 덩치 큰 회교국들은 군사력으로는 유대인들을 축출해 낼 수 없어서, 석유를 무기화하여 서방측에 압박을 가했다. 이를 주도한 사람은 사우디아라비아의 파이살 왕이었다.

OPEC 결의를 거쳐 유가를 운임 포함 1.7달러에서 당장 17% 인상하고 유대인이 점령지에서 철수하고 팔레스타인의 권리가 회복될 때까지 공급을 매월 5%씩 줄인다고 발표하였다.

석유는 순식간에 현물 시장이 형성되고 거래가는 10달러 수준에 이르게 되어 일대 혼란을 가져왔다.

석유 공급량이 줄자 국내에서는 상공부 관리하에 석유 배급제가 실시되었는데, 석유 화학 공업용 나프타와 중유를 어찌할 건지 암담하였다.

석유 화학 공업 단지에서는 연료인 중유 부족으로 전 공장을 일시 세워야 하는 엄청난 일이 벌어졌다. 나는 '걸프'인 부장에게 석유 화학용만큼은 제한 없이 공급되도록 수석 부사장의 특별 승인을 받으라 요구하여 결국은 그렇게 되었고, 석유 화학 단지의 일시 가동 정지를 모면하게 해 주었다.

—

세계적 자원 부족 속에서
한양화학의 폭발 사고

석유 화학 콤비나트 계열 공장들이 '오일 쇼크'로 인한 원자재 애로를 극복하고 순조로운 조업을 계속하고 있을 때였다. 당시는 OPEC의 석유 공급 제한이 세계적인 자원 부족으로 이어지고 있었기 때문에 원자재를 확보하여 생산만 해내면 판매는 저절로 되는 시대였다.

그런 가운데 한국의 석유 화학 공업은 나의 기여에 힘입어 기초 원자재를 제한 없이 확보하고 있어서 초고속 성장을 하고 있었다.

근데, 콤비나트의 주력 제품 공장으로 나프타 분해 센터의 주력 제품인 '에틸렌'을 공급받아 '폴리에틸렌'과 VCM(PVC 원료)을 생산하던 한양화학에서 폭발 사고가 발생하였다.

한양화학은 한국화약 그룹과 미국 '다우케미컬 사'의 합작 법인이었는데, 이 사고를 복구하는 데 3, 4개월이 소요될 전망이었다.

그동안 주 제품의 판로를 잃은 '나프타 분해 센터'가 운휴로 들어가야 하는데, 그렇게 되면 다른 수많은 계열 공장들이 함께 운휴로 들어가게 된다. 계열 공업 각사들은 물론 국가적으로 손실이 커지게 된다.

나는 나프타 분해 센터의 주 제품인 에틸렌을 소각시켜 버리고 타 유분들을 지속적으로 공급할 경우의 경제성을 검토해 보았다. 그렇게 하는 것이 센터를 운휴시키는 것보다는 유리하다는 결론이었다. 보고서를 만들어 '걸프'인 부장에게 제시하고, 계속 조업하여 다른 계열 공장들을 살리자 하였다.

이윽고, 본사에서 부사장도 승인하였다. 그리하여, '한양' 외 타 계열 공장들로부터 고맙다는 전화를 받느라 바쁜 시간을 보냈다.

나는 이러한 일이 있은 다음에도 석유 화학 콤비나트가 원자재 부족으로 고전하지 않도록 후견인적 배려와 노력을 아끼지 않았다.

1   플랜트 기술의 국산화
2   정밀 화학과 석탄 화학

제4장 ────.

제철화학 주식회사

—

플랜트 기술의 국산화

나프타 분해 센터 그리고 석유 화학 콤비나트의 공장들이 정상적으로 돌아가고 내가 특별히 할 일이 없게 되어, 좀 한가로운 시간을 보내게 되었는데, 때마침 신생 제철화학 공업 주식회사에서 제의가 들어왔다.

포항 제철에서 부산물로 나오는 콜타르를 정제하여 여러 가지 제품을 생산하는 사업을 원시적인 방법으로 하고 있는데, 이를 현대적인 공장을 지어서 하고 싶다고, 일을 맡아 달라는 요지였다. 월급은 달라는 대로 주고 자리는 사장만 빼고 뭐든지 하고 싶은 대로 해 주겠다는 제안이었다. 나는 새로운 일거리가 생긴 것을 다행으로 알고 쾌히 승낙하였다.

나는 유공 석유 화학 생산부 차장(부장은 '걸프' 인)에서 일약 상무 이사로 뛰어서 제철 화학에 부임하고 다시 6개월 후 부사장직으로 올라갔다.

당시 포항 제철은 계속 시설을 확장하였기 때문에 부산물로 나오는 많은 콜타르를 원시적인 방법으로는 처리할 수가 없어서 자동화된 현대적인 플랜트가 필요하였다.

나는 호남비료, 호남엔지니어링 그리고 유공에서 연마한 기술을 종합하여 플랜트를 설계하고 시운전을 성공리에 마치었다.

플랜트 설계는 기본 설계, 상세 설계, 장치 설계 등으로 세분화되는 바, 여기서 기본 설계가 핵심 기술이 집약된 부분인데, 국내에서 해결하지 못하고 늘 로열티를 주고 외국에서 사 오는 것이 관례였다. 이 부분을 내가 해결한 것이었다.

철탑산업훈장을 받다

과학기술부가 주관하는 1976년도 '과학기술의 날'에 '한국엔지니어클럽'에서 나를 철탑산업훈장을 상신해 주었다.

한국엔지니어클럽은 김종필 총리 시절 사저를 엔지니어들에게 내주어서 이를 토대로 한국의 각 분야의 중견 엔지니어들이 하나의 클럽을 만들고 정부에 대하여 엔지니어들의 권익을 위한 자문 내지 대변 기관 역할을 해 오고 있었던 터였다.

1976년 과학기술의날, 철탑산업훈장을 수여하는 최규하 대통령 권한 대행

—

정밀 화학과 석탄 화학

앞서, 플랜트 국산화란 제하에서 '콜타르 분류 정제' 공장의 기본 설계를 해결했다 했는데, 이 분류 정제 공장은 정유 공장의 석유 분류 정제 공장과 동일 공정이라는 것과 콜타르의 분류 정제 공장의 설계에 석유의 물성과 설계 자료들을 그대로 활용할 수 있다고 판단한 것이 핵심적인 '문제 푸는 열쇠'가 되었다.

내가 설계 자료가 되는 콜타르의 물성을 조사하다가 그 원리를 발견한 것이 문제 풀이의 기점이 되었다. 왜냐하면 석유의 물성과 설계 자료는 자료들이 풍부하게 있고, 특히 '넬슨'이 쓴 《페트롤륨엔지니어링》이란 책은 설계 자료까지도 정연하게 제시하고 있기 때문이었다.

공장 시운전을 끝내고 준공한 연후, 콜타르 정제를 전문으로 하는 일본의 한 엔지니어링 회사의 사장이 소문을 듣고 내방하여 설계에 필요한 물성과 자료들을 어떻게 해결하였는지 물었다. 석유의 물성을 적용하였다고 한마디 하니까, 손뼉을 치면서 "맞습니다. 그 원리를 알면 콜타르 정제 공장의 설계가 되는 것입니다!"라고 맞장구를 치고 간 것이 기억난다.

이 과정을 한마디 말로 하기는 쉬우나 그 과정을 풀어나가는 데는 유공에서 나를 따라 온 여러 엔지니어들의 지혜와 걸프의 '엔지니어링 스탠더드'의 자료들이 많이 활용되었었다.

내가 이 문제들을 풀면서 불철주야 긴 세월을 씨름하고 있을 때, 사장은 본 공장이 성공적으로 가동한 이후의 차기 사업 계획을 한국과학기술연구소 화학 연구실과 협의를 진행하고 있었다.

왜 그랬던가 생각해 보면, 나의 공장설계에 확신을 가졌기 때문인 듯하다. 기본 설계를 완성하고 상세 설계와 기계 제작에 들어가기 전에 포항 제철의 소개로 사장과 함께 영국 맨체스터에 있는 콜타르 정제 전문 엔지니어링 회사를 방문하여 기본 설계를 검토하게 하였다. 그들은 설계에 이상이 없다고 말할 뿐만 아니라, '설계 경험도 없이 어떻게 이 같은 설계를 할 수 있었느냐?'고 칭찬해 주었다.

그리고 조업 중에 있는 공장을 방문하여 내가 한 설계를 현장 검증하였다. 그러한 일이 있어서 사장은 나의 설계에 의한 공장이 잘될 것으로 믿었기 때문에 그랬던 것 같았다.

'키스트' 화학 연구실은 콜타르 속에 무수히 많은 유기 화학 물질이 들어 있어서 옛날에는 정밀 화학의 원료들을 콜타르로부터 분리·정제했다는 사실에 착안한 나머지, 사장에게 콜타르로부터 정밀 화학 물질의 분리에 이르는 계통도를 그려 주고 그것들을 하나씩 분리·정제하는 기술을 개발해 준다는 연구 프로젝트를 제시했던 것이었다. 그러면서 화학을 잘 아는 화학과 출신 한 사람을 추천하였다.

귀가 얇은 사장은 그 화학과 출신을 정밀 화학 '상무'로 채용하고, 이어서 염료 회사에서 한 사람을 스카우트하여 염료 담당 부사장으로 영입하고, 거창한 정밀 화학 사업 계획을 세워 신입 사원을 대대적으로 공개 채용하였다.

사장이 모든 일을 나와 상의해야 하는 것은 아니나 엄청난 시행착오의 길로 치닫고 있어서 회사의 장래가 심히 걱정스러워졌다. 하나의 화학 프로젝트를 연구·개발하려면 기초 조사를 한 다음 상업성 내지 경제성을 충분히 따져 보아야 한다. 그러기 위해 '키스트' 안에 '공업화 연구실'이라는 것이 있기도 한데, 그 부분을 건너뛰어 버렸으니 기술적으로나 경제적으로나 타당성이 전혀 없는 사업 계획을 세우고 신입 사원을 수십 명 채용해 버린 셈이 되었다.

사실, 콜타르를 원료로 하는 석탄 화학이란 석유 화학의 발달과 함께 경제성을 살릴 수가 없어서 반세기 전에 폐업해 버린 것이었다. 그리고 석탄으로 '코크스'를 생산하면서 부산물로 나오는 콜타르는 분류·정제하여 저 품위의 BTX 방향족, '크레오소트', 그리고 '피치' 등으로 사용될 수밖에 없는 것이었다.

사장은 일을 저질러 놓고 나더러 집행해 달라고 했다. 그리고 미국과 유럽, 일본의 정밀 화학 공업 현장을 함께 답사 가자는 것이었다. 하는 수 없이 세계를 일주하는 출장을 떠났다.

미국에서는 노스캐롤라이나에 있는 염료 회사를 방문하여 기술 도입 계약을 하기로 했는데 원료는 콜타르에서 분리·정제하지 않아도 석유 화학에서 나오는 원료를 사용할 수 있기 때문에 가능하기는 하였다.

다음, 독일의 뒤스부르크의 세계 최대 석탄 화학 단지를 찾았다. 거대한 단지가 완전히 폐허가 되어 있었다. 나는 거기서 사장에게 사실을 말해 주었다. 석탄 화학은 반세기 전에 이와 같이 폐허가 된 것이므로 다시 시작할 꿈을 꿀 수가 없다고.

그리고 일본으로 갔다. 일본에서는 정밀 화학을 제일 잘하고 있다는 '미쓰이' 정밀 화학을 찾았다. '미쓰이'는 회사를 소개하면서, '정밀 화학'이란 독자적으로 하기에는 너무 어려운 것이어서 독일의 '바이엘' 사와 합작하고 기술은 '바이엘'에 의존하고 있다 하였다.

비로소 사장은 '키스트' 화학 연구실에 의해 잘못 '리드'되어 엄청난 시행착오를 저지른 것을 깨닫고 얼굴이 샛노랗게 질려 가지고, 나더러 어떻게 하면 좋겠느냐 물었다. 나는 정밀 화학 사업을 모두 정리하여 백지화하고 뽑아 놓은 신입 사원은 몇 사람만 남기고 나머지는 모두 취직을 시켜서 내보내야 한다 했다. 그리하여 염료 사업팀은 프로젝트와 함께 '엘지' 화학으로 팔고, 나머지는 여수 석유 화학 단지 등으로 팔아서 오히려 좋은 직장을 찾아가게 해 주었다.

그런 일이 있은 후, 사장은 진지하게 콜타르를 원료로 하는 프로젝트를 구상해 달라 하였다. 나는 타이어와 고무 제품에 많이 쓰이는 '카본블랙'이 석유의 중유를 원료로 만드는데, 이를 콜타르의 한 제품인 '크레오소트'로 만들면 더 유리하다 하였다. 그래서 자금은 쥐꼬리만큼도 없지만, 500억에서 1,000억 원이 소요되는 그 프로젝트를 추진하기로 하였다.

나는 '카본블랙' 업계 세계 제2위쯤 되는 미국의 '애쉬랜드' 사를 방문하여 기술 도입 계약을 하고 이 사업을 추진하기로 하였다. 그러나 회사가 자금이 없었으므로, 한국타이어와 50:50의 합자 회사를 꾸려서 자금의 돌파구를 찾고 판매처는 자동적으로 한국타이어가 되었다.

나중에 안 사실이지만, 사장은 자금 조달이 되지 않아서 회사를 팔아넘길 생각이었다. 좋은 신규 사업을 벌여 놓으면 값이 올라갈 것이므로 좋을 수밖에. 사장은 얼마 후 회사를 대우 그룹에 팔아넘겼고 나는 회사와 함께 대우로 팔려 갔다.

1   대우엔지니어링 주식회사와 액화 천연가스 도입 사업
동남아시아 프로젝트 조사
액화 천연가스 도입과 서울시 연료 도시가스화-I

2   주식회사 대우와 석유 사업
2차 오일 쇼크와 원유 도입
나이지리아
리비아 원유 계약과 석유 현물 시장
1차 매각의 실패담
석유 신용장 부도 사건
사하라 사막의 십자성
유럽의 정유 공장 하나쯤 인수하자
RBP 정유 공장 가동 준비

3   대우 조선과 사우디아라비아

제5장 ——.

대우 그룹

—

대우엔지니어링 주식회사와 액화 천연가스 도입 사업

동남아시아 프로젝트 조사

내가 심혈을 기울여 세워진 제철 화학이 자금 부족으로 1974년도에 대우에 팔려가고, 나는 대우엔지니어링 상무 이사 화학 플랜트 본부장으로 전임하게 되었다.

당시 대우엔지니어링은 정부의 전원 개발 계획에 따라 한전 출신들을 스카우트해서 발전소 건설을 주 타깃으로 하고 있었는데, 좀 이질감은 있지만, 내가 화학 플랜트를 차고 들어가 앉게 되었다.

나는 부임하기 전에 당시 제철 화학 사장이 된 이태섭 사장의 추천으로 김우중 회장에게 인사 갈 기회가 있었는데, 그 자리에서 김 회장은 대우 실업 직원 몇 사람 데리고 동남아의 방글라데시, 태국, 인도네시아, 스리랑카 등지로 프로젝트 조사 즉, 일련의 '컨트리 서베이' 출장을 떠나라는 지시를 받았다.

이러한 조사는 나중에 아프리카 지역, 즉, 케냐, 우간다, 나이지리아, 앙고라 등지에도 시행했었다.

대우의 해외 진출에 기초 자료가 되기도 했던 이 조사는 나의 '글로벌'한 시야를 넓히는 데 더할 나위 없이 좋은 기회가 되기도 했다.

액화 천연가스 도입과 서울시 연료 도시가스화ㅣ

이윽고 재미있는 일거리가 생겼다.

일벌레로 태어난 나는 일거리가 생기면 좋아했었다.

한전 부사장 출신이었던 대우 엔지니어링 김승근 사장이 한전으로부터 LNG(액화 천연가스) 도입에 대한 타당성 조사 용역이 곧 입찰로 뜬다는 것과 이것을 우리가 따내서 수행하면 후속 프로젝트에 참여할 기회가 생길 수 있다는 얘기를 하였다.

나는 몇 년 전, 한국엔지니어클럽에서, 일본 '미쓰비시' 상사가 동남아 브루나이에 LNG 플랜트를 세우고 일본에는 도입 기지를 건설한 후 수송 선박을 건조해서 LNG를 일본에 수입하여 발전 연료와 도시가스로 공급한, 30억 달러 규모의 초대형 투자 프로젝트에 관한 스토리를 프레젠테이션한 것을 기억하면서 바로 그것이 우리 앞에 오고 있구나 하는 생각을 하였다.

당시, 서울시의 도시 연료는 일부의 석유를 제하면 대부분이 연탄이었고, 연탄재를 수집해서 갖다 버리는 일이 큰 과제였는데, 연탄재를 버릴 장소, 즉 난지도가 포화 상태에 이르자 재를 버릴 곳이

LNG 수송 선박

없어서 연탄을 더 사용하기가 여의치 않은 상황이었다.

나는 김승근 사장의 지휘에 따라 한전의 입찰에 참가하여 용역을 따냈다. 그리고 직원 몇 사람과 함께 약 1년에 걸쳐 아래와 같은 요지의 LNG 도입 타당성 조사 보고서를 완성하였다.

1. LNG 도입의 주목적은 서울시에 도시가스를 공급하는 데 있으나
2. 당장의 도시가스 수요는 연 30만 톤 정도인 반면 도입 기지 최소 경제 단위는 연간 300만 톤 규모이므로, 잔량 270만 톤은 한전에 가스 발전소를 건립하여 소화해 준다.
3. 동 가스 발전소는 중유, 가스 병용으로 시설하여 가스 수요 증가에 맞추어 중유로 점차 대체해서 균형을 이룬다.
4. LNG 사업은 한전이 관장하고
5. 한전이 서울의 도시가스를 공급한다.
6. 수입 시설의 입지는 주 소비지인 수도권에 가까우면서 서해상의 북한 해군의 영향력으로부터 벗어나는 평택으로 추천한다.

7. 수송 선박은 초저온 구형 저장 탱크를 5개 탑재하는 노르웨이의 '모쓰 로젠버그' 사의 '라이선스'를 추천한다.

이 수송 선단이 바로, 조선사들이 군침을 삼키는 대목이었다. 그리고 전 세계의 가스 부존 현황을 출장 조사하여 그 현황을 보고서에 첨부하였다.

또 본 사업의 주무 관서인 동력자원부의 자원 정책 실장에게 수시로 중간 보고하고 또 지침을 받고 하여 관민 일체가 되는 용역 보고서를 만들어 한전에 제출하였다.

한전에서 이 용역의 주무 부서는 전원개발과였고, 과장은 후일 설립된 가스 공사 주무 부사장으로 취임하였으며 나하고는 긴밀한 사이가 되었다.

—

주식회사 대우와 석유 사업

나는 어느 날 김 회장으로부터 자원 개발의 사업성에 관련해 브리핑을 하라는 지시를 받고 아는 대로 브리핑 차트에 정리하여 브리핑하였다. 나는 그 자리에서, 국제 '오일 쇼크' 이후 석유의 거래가 폐쇄 시장(Closed Market)에서 점차 공개 시장(Open Market), 즉 현물 시장으로 전환해 가고 있으므로 종합 상사로서 석유 현물 시장에 진출할 여지가 있다고 보고했었다.

얼마 후 주식회사 대우에 자원개발본부가 발족하고 그 산하에 석유사업부가 생기고, 내가 석유사업부장에 부임하였다.

2차 오일 쇼크와 원유 도입

그러던 중 2차 오일 쇼크가 발생하였다.

때는 1978년 12월.

1차 오일 쇼크는 석유 가격을 배럴당 1.7달러에서 공시가 배럴당 12.7달러까지 끌어 올려놓았고, OPEC 산유국들은 석유 자원을 국유화하여 생산량과 공급가 등을 처음으로 자율적으로 결정하는 석유 주권을 확립하였다.

중동 산유국들은 넘쳐 들어오는 '오일 달러'의 절반 가까이를 무기와 군사 시설 등 국방 목적에 사용하여 선진국에 환류하고 있었고, 선진 공업국으로부터 방대한 규모로 수입하는 공산품은 인플레를 가속화하여 돈의 가치가 크게 하락하는 등, 사실상 '오일 달러'를 선진 소비국에 환류해 주고 있었던 것이다.

이 배경에는 선진 공업국들이 유가의 폭등에 대항하여 '종이와 잉크'로 돈을 마구 찍어 냈기 때문인데, 요새는 '유동성 공급 확대'라는 허울 좋은 문자를 쓰고 있지만, 유가 인상의 실리가 별로 없게 되어버린 것이었다.

어느 석유 경제 전문가는 유가를 석유1 배럴당 금 '온스'로 환산하면 '오일 쇼크' 전이나 후가 비슷하다는 얘기를 했다. 즉, 선진 공업국들이 인플레 정책으로 대항해서 산유국에 유가 인상의 실효가 너무 적다는 것이었다.

그뿐인가, 산유국들은 '카르텔'로 가격을 올려놓고 나서 서로가 증산, 과잉 공급하여 카르텔이 무너지면서 가격 폭락을 가져오고, 넘쳐 들어오는 자금을 합리적으로 운용하지 못한 나머지 엄청나게들 벌여 놓은 사회 간접 자본의 건설에 지급할 재원이 부족해지자 석유 현물을 결제 수단으로 사용하기 시작하였다.

그런 배경을 가지고, OPEC 산유국들은 또다시 단합하여 유가를 올려야겠다는 입장이었다. 그래서 공시가를 12.7달러에서 14.5% 인상하기로 하고 이에 추가하여 이란이 국내 문제를 이유로 내걸고 감산에 들어갔다.

현물 시장에서 유가는 다시 춤을 추어 20달러를 뛰어넘고 한때 40달러에 이르렀다. 소비국들은 값은 고하간에 물량 확보에 비상이 걸리게 되었다.

회고해 보면, 2차에 걸친 오일 쇼크는 최약소국들이었던 중동 산유국들이 미·소 냉전의 틈바구니에서 소련의 세를 등에 업고 감행했던 불장난들이라 할 수 있었다. 다만 당시 미국의 군사 외교력이 허약해서 속수무책으로 당하기만 하여 자유 우방에 엄청난 피해를 입힌 것이었다.

바로 이 점은 후일, 미국 안보 담당 특별 보좌관 출신이었던 알렉산더 헤이그 장군이 레이건 정부 초대 국무장관으로 지명받고 의회에서 행한 시정 연설의 한 대목이었다.

그 이후, 그는 1조 달러가 넘는 예산을 투입하여 진행 중에 있던 SDI(Satelite Defense Initiative, 오늘날 MD로 변천) 개발을 촉진하여 냉전을 일방적 승리로 종결시키는 저력을 만들었고, 국무장관으로 부임하면서 후임으로 넘겨준 존 포인덱스터(예비역 해병 소장) 안보담당 특별 보좌관에 이르러 소련 세력을 압도하여 일방 통행하는 가운데 리비아 길들이기와 '이란-이라크' 전쟁의 종결 등 빛나는 성과를 냈다.

미국 판, '석유 잃고 외양간 고치기 격'이었다.

헤이그 장군으로부터 안보 특별보좌관 직을 인계받은 포인덱스터 소장은 천재적인 전략과 과감한 실천으로 소련 세력을 완봉하고 중근동을 제압하여 평화를 가져왔다.

이야기가 좀 딴 데로 간다, '삼천포로 빠진다는 속어'같이.

1980년대 초, 미국이 SDI 시험에 들어갈 때였다.

SDI란 핵연료로 가동하고 강력한 레이더와 레이저 빔으로 무장한 3개의 위성을 지구 궤도에 띄워서 '글로벌'한 감시망을 만들고 대륙 간 탄도탄이 레이더에 잡히면 레이저 빔을 쏘아서 우주 공간에서 녹여버리는, 별칭, '별들의 전쟁' 체계였다.

미국은 이 대륙 간 탄도탄 방어 체계를 개발하고 탄도탄이 고공에 떠올랐을 때 쏘아 떨어뜨리고, 또 발사 직후 우주 공간으로 올라오기 전에 쏘아 떨어뜨리는 2개의 시험을 성공시켰다는데, 이를 소련의 감시 체제가 모두 포착하였다 한다.

이로써 소련의 탄도탄은 미국 땅에 떨어질 수 없는 반면 미국의 탄도탄은 소련에 자유롭게 떨어질 수 있게 되었으니 군비 경쟁에서 소련의 완패라 할 수 있었다.

이후 헤이그 장군이 국무장관에 취임하자 소련은 비상사태를 선포하고 미국이 공격해 올 것을 대비하면서 그로미코 외상이 헤이그 국무에게 긴급 군축 회담을 제안했는데, 군축 제안에는 'SDI'를 포함했었다는 '우화'가 있었다 한다.

그때까지는 브레즈네프 체제하의 소련이 세계 도처에 붉은 지도를 그려 가면서 자유 우방을 괴롭혀 온 것이 사실인데, 이 'SDI' 시험을 기점으로 소련의 공격적 외교 정책이 평화적 '제스처'로 바뀌다가 종국에는 미국에 무릎을 꿇는 형세가 되었다.

이와 같은 배경을 가지고, 포인덱스터 보좌관은 미국의 '팬암'기의 납치, 미국을 괴롭히는 테러 단체 지원 등 소련 세를 업고 미국을 괴롭혀 온 리비아를 일방적으로 강타하였다. 지중해 함대를 시켜 카다피의 고향이자 해군 기지가 있는 리비아의 시르테 항을 함포 사격하고 함재기 공격, 미사일 등으로 강타하였다. 먼저 함재기가 리비아 영공에 들어가 리비아 공군기의 공격을 유도한 다음 시르테 해군 기지를 사정없이 내려친 것이었다. 시르테 레이더 기지가 공격받을 때 지하 벙커에 근무 중이던 소련 고문관 몇 사람이 사망한 사고가 발생하였다.

리비아 당국은 소련이 왜 이렇게 힘없이 당하고 있는지 이해할 수가 없다고 했지만, 소련 당국은 미국 측에 '사전 통보라도 해 주었으면 피하기라도 하여 인명 손실을 막을 수 있었을 것 아닌가' 하고 가볍게 불평을 하는 정도로 그친, 미국의 일방적 게임이었다.

미국은 이어서 리비아의 수도인 트리폴리를 대대적으로 공격하였다. 이번에는 사전 통고를 받은 소련 선박들은 트리폴리 외항으로 멀찍이 피해서 대낮같이 조명을 밝히고 있었다. '나 여기 있으니 때리지 말라'라고, 신호하듯.

미국 함재기와 미사일들은 트리폴리를 강타하면서 프랑스 대사관 길 건너편에 있는 카다피 저택을 레이저로 유도하는 네이팜탄으로 정밀 타격했는데, 카다피는 미리 알고 피해 있었다. 소련 측이 정보를 제공했기 때문이었다. 이렇게 해서, 포인덱스터 보좌관은 소련의 저항이 전혀 없는 가운데 리비아 길들이기를 하였다.

이어서, 그는 '이란-이라크' 전쟁 종식 작전을 개시하였다.

'눈은 눈으로, 귀는 귀로, 목숨은 목숨으로', 동서 양 진영의 지원을 받는 양국의 끈질긴 전쟁이 끝이 없었다.

마침, 이란에서는 최고 지도자 '호메이니'의 집권 하에, 전쟁 보상을 받고 종전하자는 온건파와 성전을 반드시 승리로 끝내야 한다는 강경파가 맞서고 있었다. 당시 사우디아라비아는 전쟁 보상금 1,500억 달러를 지불하겠다 했고, '이란'은 한술 더 떠서 2,500억 달러를 요구하면서 이를 거절하였다.

보좌관은 이스라엘을 통해 온건파에게 무기를 지원하여 온건파 입장을 강화해 주면서 전쟁을 종전으로 유도하려고 하였다.

이 전략이 강경파의 역습에 걸려들었다. 그럴수록 온건파는 공세를 강화하여 승전 무드로 끌고 갔었다.

근데, 난데없이 이란의 수도 테헤란에 '지대지' 미사일이 떨어져 전쟁이 새 국면으로 접어든 것이다. 소련이 미국의 양해 하에 이라크에게 제한된 수의 지대지 미사일을 공급한 것이다.

그런데 외교가에서 지대지 미사일 떨어지는 숫자를 세어 보니 합의했다는 숫자가 다 떨어졌는데도 계속해서 더 떨어지고 있었다. 소련이 미국과 합의한 수량보다 더 많이 팔아먹은 것이었다.

이와 같이 '이-이' 전쟁은 양대 진영의 장난기 있는 게임과 같이 되어 버렸고, 어느 일방이 승리해서는 안 될, '무승부'라야 하는 끝없는 전쟁이 된 것이었다.

보좌관은 새로운 강력한 전략을 폈다. 페르시아 만 함대에서 이란 남서부 유전 지대인 '강간'에서 수도 테헤란으로 가는 이란 여객기를 미사일로 공격하여 격추시켜 버렸다. 그러고 나서, 레이더에서 이란의 전투기가 아군을 공격하는 것으로 잘못 인식하여 저질러진 사고였다고 발표했다.

그 발표를 믿을 사람은 아무도 없었고, 이란 당국은 다음에는 미 함대에서 미사일이 수도 테헤란과 호메이니 이마로 떨어질 수 있다고 판단하고 호메이니를 설득하여 즉시 무조건 종전을 선언했다. 바로 얼마 전 미국이 리비아를 때린 사건을 생생히 기억하고 있었기 때문이었다.

모든 것이 소련 세가 미국의 SDI 앞에서 무력해진 데서 오는 새 국제 정치 역학이었다. 마치, 제2차 세계 대전 말 일본이 원자탄 2개 받고 무조건 항복한 것과 같았다.

SDI가 주는 위력은 이뿐만이 아니었다.

훗날, 1985년, 소련의 권력을 장악한 고르바초프는 미국과의 군비 경쟁을 끝내고 황폐해진 경제를 살리기 위하여 소위 '페레스트로이카(개혁 정책)'을 선포하고, 미국과의 냉전을 종식시키기 위해 미국 워싱턴으로 날아가 미국에 굴복하는 소위, 'INF 폐기 조약'에 무조건적인 서명을 하였다.

INF란 소련이 유럽과 일본을 겨냥하고 있는 중거리 유도탄으로, 이를 폐기한다 함은 사실상 탈무장한다는 것과 같은 건데 이를 조건 없이 받아들인 것이다.

미국 입장에서는 소련의 대륙 간 탄도 미사일은 SDI로 인해 '무용지물'이 되었고 이 중거리 미사일만 폐기하면 끝나는 것이다. 그리고, 핵무기는 운반체가 없으면 '무용지물'이 되는 것이다.

이 조약이 서명되던 1980대 말, 나는 이수화학/이수세라믹 사장으로 재직하면서 일본 '규슈', '아리다' 시에서 한일 공동 세라믹학회에 참석하고 있었다.

이 역사적인 조인 광경을 일본 NHK 방송이 밤을 새워 가며 중계, 해설하는 광경을 뜬 눈으로 다 시청하였었다.

NHK 해설자는 한 세기에 한 번 나올까 말까 한 평화 조약이라 표현하였다. 우리 언론들은 침묵 일변도였다.

조약의 의의를 알지 못하고 있었으니 할 말이 없었겠지.

SDI – 헤이그 장군 – 포인덱스터 소장 등으로 이어지는 냉전 종식 노력으로 이제 중동에 평화가 정착하게 된 것이다.

이야기가 좀 딴 데로 갔다가 돌아오는 감이 있다.

정부에서는 원유 확보를 석유 회사에만 맡길 수 없어서 종합상사들에도 할당하고 독려하였다. 대우가 할당받은 것은 아프리카 신생 공화국, 나이지리아 원유였다.

나이지리아

나이지리아는 당시 영국으로부터 독립한 지 얼마 안 되는 신생 민주주의 국가였는데 선진국 시장에 가장 잘 맞는 경질/저유황유 자원을 가지고 있었다. 즉, 가장 비싼 원유를 선진국과 경쟁을 통해서 확보해야 하는 어려움이 있는 나라였다.

영국은 1970년대에 당시 신생 나이지리아를 독립시켜 줄 때, 매우 이질적인, 3개 부족, 즉 '하우사족', '이보'족, 그리고, '요루바'족 등을 하나로 묶어서 나라를 형성해 놨다.

문자가 있고 회교를 믿어서 좀 지적인 부족이라 할 수 있는 하우사족은 동북부에 자리 잡고 있는데, 성질이 온순하여 옛날 노예 시대에는 노옛감으로 백인 노예상들의 표적이었다.

성질이 포악하고, 수도권 일대에 자리 잡은 요루바족은 하우사족을 잡아다가 백인 노예 수집상에게 팔아넘겼다. 수집상들이 확보한 노예들은 수도 '라고스' 교외에 있는 노예 경매장에서 영국과 포르투갈 노예상들 손에 넘어가, 노예선에 실려 미국과 브라질 등지에 팔려 갔었는데, 그 후예들이 모국의 독립을 맞아 대거 귀국·정착하고 있는 것이었다.

신생 민주주의 흑인 공화국으로 출범하여 실시된 최초의 직선제 대통령 선거에서 브라질에 노예로 팔려갔던 하우사족의 후예이자 교사 출신인 '샤가리'가 당선되어 세계인의 박수갈채를 받으며 취임했었다.

때는, 우리나라는 5공화국 군부 통치 시대로, 광주 사태와 민주화 운동의 억압 등 많은 사건들이 일어나고 있었지만, 언론이 통제되고 있던 시대여서, 나는 이 신생 민주주의 흑인 공화국을 매우 부러워하였다.

사실 그때는, 해외 출장만 나가면 제일 먼저 신문을 사 들고 국내 소식을 들여다보는 것이 일이었다. 국내 소식을 외국 신문을 통해서 볼 수 있었기 때문이었다.

하우사족은 정권을 장악하여 타 부족도 더러는 중요한 직책에 등용했었는데, 정치 담당 특별 보좌관에 이보족 인사이자 미국에서 정치학 박사를 받고 온 '덕터 츄바'란 사람을 발탁하였었다.

이보족은 중립적이면서 머리가 좋게 또는 나쁘게 뛰어난 부족이었다. 대우는 이 사람을 스폰서로 활용하여 비즈니스 진출도 하고, 석유 배정도 받기로 하였는데, 나는 나이지리아에 장기 출장 다니면서 석유 배정을 노리고 있었다.

근데 그는 외형은 매우 그럴듯한데, 권력의 핵인 하우사족으로부터 질시와 견제로 '왕따'가 되어 있어서 될 일도 그 사람이 끼면 안 되곤 했다.

부족 간의 이질 감정도 작용했겠지만, 대통령에게 아는 척하면서 바른 말 하는 것을 집행 부서들을 독점하고 있는 하우사족들이 이쁘게 봐 줄 리 없었던 것이다.

그동안에 2차 오일 쇼크는 '카르텔' 약효가 떨어지고 시장은 다시 공급 과잉에 가격은 폭락 사태로 가고 있었다.

이 사실을 나는 1년여를 감쪽같이 속아 가면서 고생한 끝에 알게 되었다. 그래, 대우에서도 나이지리아를 집중 개발하려던 생각을 바꾸어 리비아로 방향을 틀었다. 그러던 어느 날, 나도 또한 리비아로 들어가게 되었다.

리비아 원유 계약과 석유 현물 시장

나이지리아에서 원유를 배정받으려고 죽치고 있었지만, 못 받았았다. 국제 원유 시장에서는 공급이 남아돌아서 '셀러스 마켓'이 진즉 '바이어스 마켓'으로 넘어갔는데도! 줄을 잘못 서면 이런 결과가 난다는 좋은 교훈을 얻었다.

리비아에 도착하여 석유성 산하 판매 회사에 들러 보니 원유를 사 달라, 한국은 자기네 역외 시장이므로 '인센티브'를 줄 테니 장기 계약해 달라 했다. 이곳에서는 대우가 건설을 본격적으로 시작하고 있어서 나는 원유를 사 주는 입장이 된 것이다.

나이지리아에서 석유를 사려고 1년을 고생하고도 못 했는데, 리비아에 와서 이제 '원유를 사 준다'하는 용어를 바꿔 쓰게 되어 지옥에서 천국으로 온 느낌이었다.

이제는 원유 계약은 동자부의 사전 승인이 더 중요해졌고, 동자부는 원유를 정유사에 배정하여 수락을 받는 것 또한 중요하였다.

때는 5공화국 전두환 전 대통령 동남아를 방문하는 시기였다.

대통령의 해외여행에 기업 총수들을 대거 데리고 다닌다. 왜? 대통령의 전용기를 태워 주는 인센티브를 주고 경제 외교를 하라는 것인가? 시간을 쪼개 쓰는 기업 총수들을 한가롭게 데리고 다닌다니. 나는 대통령의 사치라고 생각하였다.

나는 대통령 수행하는 김 회장을 따라, 필리핀의 마닐라로 갔다. 그곳에서 김 회장과 함께 동자부 자원정책실장을 만나기 위함이었다. 나는 석유 관련, 그리고 LNG 등 관련해서 정책실장을 자문하고 소통해 오고 있어서 이야기하기 좋은 입장이었다.

'저유황 경질유는 선진국의 전유물처럼 되어 있어서 확보하기가 어려운 원유이다. 오늘날과 같이 확보하기 유리한 때 확보해 두면 장래에 유익할 것이다. 리비아 원유를 1일 20,000배럴 도입할 테니 승인해 달라.' 이렇게 말해서 쉽게 OK 했다.

그리고 그 길로 리비아로 들어가 원유 계약을 체결하였다.

유공이 받아 주는 일은, 실무자를 시켜서 사전 조율하여, 쓰는 데 지장 없다는 답을 받아 뒀었다. 그런데 유공이 기술적인 이유로 쓸 수 없다고 거부를 놓았다.

유공의 회장이 건설 대금으로 들어오는 원유는 받지 않는다는 입장을 천명하니까 이를 뒷받침하려고 실무 책임자가 리비아 원유는 기술적인 이유로 쓸 수 없다는 이유를 들고나온 것이다.

하는 수 없이 동 원유는 호남정유에 배정되었는데, 호남 측 요구대로 한전에 공급하는 중유의 배정 비율을 늘려 주기로 하였으니 결국, 유공은 원유를 거부하고 중유 시장을 상대적으로 그만큼 잃게 되었다.

대우의 건설 부문은 중동 진출을 못 한 반면, 타 건설사들이 리비아에 잘 들어가지 않는 기회를 이용하여 리비아에 크게 진출하였다. 많은 건설사들이 리비아를 '컨트리 리스크'가 큰 나라로 본 반면, 대우는 리스크 속에 찬스, 즉, 기회(機會)가 있다는 신조를 가지고 있었다.

리스크로 보았던 점은 리비아의 카다피 정부가 돌출 행동을 잘

하기 때문에 어떤 봉변을 당할지 모른다는 관점에서였지만, 대우는 남다른 위기 대처 능력을 갖추고 있다는 생각에서 대규모 진출을 시작하고 있었다.

그러다가 어느 날, 30여억 달러 규모의 건설 계약을 마무리해 놓고 서명할지 말지 주저하게 되었다. 주저했던 이유는 석유 시장이 몰락해 가고 있어서 리비아가 지불 능력을 상실하게 될 우려가 크다는 것 때문이었다.

나는 그 점에 대해 의견을 내놓았다. 1차 오일 쇼크 후, 석유 시장이 붕괴했을 때에 중동 산유국들이 석유 현물을 결제 수단으로 사용하였으므로 이번에도 석유 현물을 결제 수단으로 받을 길이 있을 것이라 했다.

대우는 많은 건설 공사를 계약하고 석유로 결제받아 유럽에서 판매하게 되었다. 그리하여 나는 석유 현물 시장에 큰손으로 등장하게 되었다.

1차 매각의 실패담

리비아에서 석유 현물을 처음 받고 나니까, 미국에서 레이건 대통령이 리비아의 테러 지원 행위를 견제하기 위하여, 리비아 석유 '엠바고', 즉 수입 금지령을 내렸다. 미국 회사 또는 미국 회사 지분이 50% 이상인 법인은 리비아 석유 매입을 금지한다는 '칙령'이었다.

그런 상황에서 리비아 원유가 제값 받고 팔려 나갈 길이 없게 되었다. 대우의 리비아 현장이고 본사고 간에 자금이 고갈되어 신음 소리가 날 지경인데, 엠바고가 가까운 장래에 풀릴 건지 오래 갈 건지 예측하기 어려운 상황 속에서 매각을 해야 할지 판단이 잘 가지 않았다.

마침, 전 코리아 걸프 사장이던 미스터 '맨스필드'가 걸프의 유럽 아프리카 담당 사장으로 런던에 주재하고 있어서 만나 보았었다. 그는 전망을 예상하기 어렵지만 사 주겠다는 입장을 표명하였다.

그래, 김 회장과 협의하고 '코스탈 탱커'로 2인가 3척 분을 매각하였다.

팔고 났더니 엠바고가 풀려서 가격이 상승하여 잠깐 사이에 500만 달러를 손해 보았다. 첫 거래가 대 실패작이었다.

석유 현물 거래를 하려면 국제 정치의 흐름을 잘 읽어야 하고, 그에 따라 석유 시장이 어떻게 움직이는지 내다볼 수 있어야 한다는 크나큰 교훈을 얻었다.

미스터 '맨스필드'의 조언에 따라 미국의 '맥그로우' 출판사가 내놓는 '주간 석유 정보(PIW, Petroleum Intelligence Weekly)'를 연 2만 달러를 주고 구독하여, 석유와 관계되는 고급 정치 그리고 OPEC의 정보 등을 텔렉스 서비스로 받으면서 국제 정치와 함께 석유 현물 시장이 춤을 추는 현상을 공부하기 시작하였다.

여기에 더 하여 영국에서 발행되는 일간 신문들의 정치 기사도 기회 있을 때마다 읽기 시작하였다.

그러는 한편, 비엔나에 있는 OPEC 본부를 방문하여 여러 가지 정보와 통계 자료들을 입수하여 석유 시장 분석하는 요령을 터득하기 시작하였다.

이와 같은 석유 시장 전문가 지향의 노력은 첫 거래 실패 후 국제
정치와 석유 시장을 보다 거시적으로 이해하라는 김 회장의 지시에
따른 것이었다. 그리고 나는 '실패는 성공의 어머니'가 되어야 하는
것을 절감하였다.

석유 신용장 부도 사건

당시 우리나라에서는 토요일은 근무일인 반면 유럽의 주말 휴일
은 2일간이어서 어물어물 보내기는 지루하고 멀리 구경 가기는 돈
이 많이 들어서 싫었다.

그러다가 어느 주말을 런던에서 보내게 되었는데 런던 주변 가 볼
만한 곳은 다 가 보고 더 가 볼 데가 없어서 정말 무료한 주말을 보
내게 되어, 모처럼 '로마―나폴리' 주변을 가 보고 싶어서 내가 직접
호텔을 예약하고 로마로 향했다.

이튿날 카프리행 버스를 타고, '나폴리―폼페이―산타루치아―소렌
토' 경유, 배로 바꿔 타고 카프리 섬에 내리니 점심때가 되었다. 막
점심을 먹으려는데 카운터에서 나를 찾으며 전화를 받으라고 했다.

런던에서 조수로 같이 일하던 추호석 대리였다. 런던에서 내가 직
접 예약한 호텔 이름 중, V 자만 기억하고 호텔 디렉터리에서 로마
에 있는 V 자 돌림 호텔들을 모두 돌려서 나 있는 호텔을 찾고 호텔

안내에서 내가 카프리 섬에 간 것까지도 알아내서 전화한 것이었다. 매우 똘똘한 친구였고, 후일 대우 중공업 사장이 되었다.

용건은 샌프란시스코로 김 회장에게 전화하란 것이었다. 지금 같으면 '카카오톡'으로 한 방에 해결할 일인데, 격세지감이 있다.

다시 배를 타고 소렌토로 나가서 샌프란시스코 시간으로 아침 7시에 맞추어 전화를 했다. 리비아 석유 판매 부사장 소개로 알제리 석유 판매 전 부사장에게 BNP 제네바 은행 신용장으로 거래해 주었는데 대금이 안 들어왔다는 것이다.

즉, 신용장 부도다.

런던 본부 관리팀에서 해결이 잘 안 되니 내가 해결해야 한다는 것이었다. 문제가 생기면 나는 '스릴' 있고 재미있었다. 마치, 007시리즈의 '숀 코네리'나 된 것처럼.

나는 소렌토에서 택시를 잡아타고 산타루치아 해변 도로를 달렸다. 뒤로는 소렌토 해안 절벽을, 앞으로는 베수비오 화산과 화산이 덮친 바 있는 폼페이를 바라보며 나폴리 공항까지 신나게 달려 파리행 비행기를 탔다.

말썽 피운 그의 이름은 '부게라'였다.

왜 결제를 동결시켰는지 물었더니, 그는 거래를 계속해 줄 것으로 기대했는데, 한 번만 해 주고 두 번째는 런던에 있는 당신 조수가 '오퍼'를 받고서 묵살해 버려서 기분이 나빠서 그랬다고 했다.

내가 대신 사과하겠다고 말하고 이어서 거래해 줄 테니 미불금부터 정리하겠느냐 했더니 그리 하겠다고 했다. 나는 앞으로 생길 일을 미연에 방지하고자 조건을 걸었다. '이번에 너의 은행이 신용장을 부도를 냈으니, 너의 은행 믿기가 어렵다. 너의 신용장을 제3 은행이 보증, 즉 Confirmed L/C를 개설해 주어야겠다.'는 내용이었다. 그리고 미수금 회수하고 거래해 주면서 BNP 제네바의 신용장을 '크레디 리오네' 은행의 보증을 받게 했다.

BNP도 일류인데 타 은행의 지불 보증하에 거래를 시키니 자존심이 상하겠지만, 약속을 했으니 그리 할 수밖에 도리가 없다.

다 정리되고 나서 BNP 지배인이 런던으로 날라와 추 대리를 만나서 자초지종을 물으니 사실대로 이야기해 주었고, BNP의 L/C 매니저의 목이 날아갔다.

사하라 사막의 십자성

오랫동안 해외에서 뛰다가 국내에 들어와서 모처럼 가족들과 크리스마스를 함께 지내겠다 생각했는데, 크리스마스 이브 날 김 회장이 리비아에 같이 들어가지 않겠느냐 묻기에 가족들에게 너무 미안해서 대답을 못 했다.

김 회장은 혼자 들어갈 테니 가족들과 쉬라 했는데, 나는 너무 미안해서 '크리스마스 지내고 바로 떠나겠습니다'라 답하고 비행기를 탔다. 리비아에 도착하자, 김 회장은 리비아 유전을 답사할 수 있게 해 놨다며 연말연시 휴무 기간에 유전 공부를 해 두라 하였다.

나는 국내선 비행기를 타고 한 시간 반쯤 동쪽으로 가서, 리비아

제2의 도시이자 대우 건설 본부가 있는 '벵가지'로 갔다.

벵가지에는 석유 수출 기지가 있고, 이웃 '토브룩'은 2차 세계 대전 당시, '로멜' 장군 휘하의 독일 전차 부대와 연합군의 전차 부대가 사막 위에서 대 회전을 벌여 연합군이 승리했던 곳으로, 이를 영화화한 '사하라 전차대'란 영화가 있었다.

벵가지에서 리비아 석유 공사가 제공해 준 경비행기를 타고 정남으로 2시간쯤 가서 유명한 '사리르' 유전에 도착하였다. 사하라 사막의 한복판이었다.

1일 70만 배럴까지 생산하는 이 유전은 세계 5대 유전 중 하나로, 카다피가 쿠데타에 성공하자마자 영국의 BP사로부터 국유화했던 것으로, 유전 입구에 안내 팻말이 자랑스럽게 세워져 있었다.

사방이 모래의 지평선으로 둘러싸인 적막한 사막의 '모래밭' 밑에 '기름밭'이 있고, 기름을 뽑아 올려 한데 모아 휘발분을 제거한 다음 액체 부분만 송유관을 통해 벵가지 석유 수출항으로 보내진다.

사하라 사막의 한복판, 적도에서 멀지 않은 위치이기에 밤에 '십자성'의 별 4개가 반짝거리는 것이 보인다. '남쪽 나라 십자성은 어머님 얼굴'이라 했던가?

유전 책임자가 영국제 '랜드로버'에 태워 샅샅이 안내해 주다가, 바퀴가 모래 속에 묻혀 버렸다. 차가 움직이려고 할수록 더 묻혀 들어갔다. 책임자는 무전으로 다른 차 하나를 불러 왔는데 그 차는 모래 위에 사뿐히 떠서 움직이면서 '랜드로버'를 구해 내고 우리를 태우고 다녔다.

차가 어떻게 생겼길래 신비할 정도로 날렵한가?

일본 '도요타'제 사막용 차량이었다. 무게가 '랜드로버' 3분의 1밖에 안 되고 바퀴의 타이어가 '랜드로버'보다 한 배 반이나 넓다.

일본의 '상혼과 품질'에 다시금 감탄했다.

타고 왔던 경비행기로 다시 서북쪽에 있는 '브레가' 유전으로 이동하였다.

미국 '엑손'이 개발 운영하던 것을 국유화한 것이다.

규모는 1일 5에서 10만 배럴 정도에, 경질 저유황유여서 최고의 품질인데 매장량이 많이 남아 있지 않다 했다. 유전을 잘 유지하고 또 매장을 더 찾아내면 생산을 지속할 수 있다고도 했다.

리비아 석유성은 바로 이 유전을 대우가 인수해 주기 바랐던 것 같았다. 그러한 스토리가 있었기에 김 회장은 크리스마스에서 연초 휴무에 이르기까지 나에게 특별한 일을 시킨 것 같았다.

다 답사하고 나서 김 회장이 이 유전을 인수하면 어떻겠는지 물었는데, 나는 부정적으로 대답했었다.

우선 카다피의 변덕으로 무슨 변이라도 당할지 모르고, 또 매장량이 얼마 남지 않았다는데 좀 파내다가 고갈된다든지 하는 리스크를 생각했지만, 내심으로는 대우가 유전을 운영·관리할 능력이 있겠나 하는 의문이 컸었다.

나는 훗날 후회하였다.

건설 대전을 석유 대신 유전으로 받아서 석유 생산업에 한 번 뛰어들었어야 했다 하는 생각을 하면서, 나는 김 회장을 보필하는 위치에서 그분의 생각을 잘 따라가지 못하고 어리석었구나 하는 생각을 했다. 기회는 자주 오는 것이 아닌데 말이야.

유럽의 정유 공장 하나쯤 인수하자

김 회장은 글로벌 석유 업계와 석유 시장에 대한 이해를 갖게 되고 리비아 석유성과 관계가 깊어지면서 정유 공장을 가지고 싶어 했다.

한때 국내에서도 쌍용 정유 인수에 흥미를 가졌었지만 뜻을 이루지 못했었는데 이제는 유럽의 정유 공장에 흥미를 가지게 되었다.

당시 유럽의 정유 사업 자체는 구조적으로 적자 사업이었다.

OPEC 회원국들이 지켜야 하는 생산 할당량은 원유에 한하고 정유 제품은 차한에 부재했기 때문에 산유국들이 너도나도 원유를 정유 제품을 만들어 쏟아내서 제품 가격이 오히려 원유 가격보다 쌀 지경이었다. 그러니 모든 정유 회사들이 '역마진' 상태였다.

나는 이 분야를 잘 아는 사람, 걸프의 맨스필드를 찾아 소형 정유 공장 매물이 나와 있으면 가르쳐 달라 했는데, 그는 이탈리아 밀라노에 있는 걸프 소유 정유 공장과 벨기에 안트베르펜에 있는 RBP 정유 공장을 매물로 소개해 주었다.

밀라노에 있는 정유 공장은 내륙에 있어서 흥미가 없었고 벨기에의 RBP는 주인이 여러 번 바뀌다가 미국 휴스턴에 있는 석유 현물 시장의 큰손인, '코스탈 트레이딩'에 넘어가 있었다.

미국 휴스턴으로 가서 '코스탈'과 협의한 결과 팔겠다는 의사를 확인하고 리비아로 돌아와서 김 회장에게 인수하는 것은 가능한데 정유 사업들이 모두 역마진 운영하고 있어서 인수할 것이 못 된다 하였다.

세월이 몇 년 흐르고, 내가 이수화학 사장으로 국내 근무하고 있을 적에 김 회장 스스로 RBP 인수 협상을 다 끝내 놓고 나더러 계약을 하고 조업 준비 등을 하라고 했다. 이수화학 사장 노릇 하기도 벅찬데 말이야…

RBP는 그동안 스웨덴의 Alex Johnson 그룹으로 넘어가 있어서, 런던의 추호석 대리에게 연락하여 런던의 석유 전문 변호사 하나 수배해 놓으라 일러 놓고 런던으로 향했다.

변호사를 런던 사무소로 불러 계약 내용을 요약해 주고 계약서(안)를 만들어 달라 했다.

변호사는 5,000파운드(약 800만 원)를 청구하면서 15일간의 시간을 달라 했다. 나에게 15일이면 강산도 변하는 세월인데, 기다릴 수가 없었다. 나는 계약 상대방에게 텔렉스를 보내 합의 서명할 계약서(안)를 너희도 준비하라 일러 놓고 추 대리와 함께 스웨덴의 수도 스톡홀름으로 갔다.

상대측 계약서(안)를 받아 하루 정도 검토할 시간을 달라 하고는 다음 날 계약서에 서명하였다.

때는 유럽의 금요일, 긴 주말의 시작이고, 다음 주 월요일은 비엔나에서 리비아 석유 판매 회사 원유 부장을 만나서 원유 공급 계약을 하기로 되어 있었다.

김 회장이 추호석 대리를 시켜 준비해 놓은 것이었다.

계약 서명 파트너였던 Lex 부사장이 내가 시원시원하게 처리해 주니까 마음에 들었던지 그날 저녁 한 나이트클럽으로 초대했다.

한국의 입양 소녀들이 아르바이트하는 모습들이 보여서 유쾌하지는 않았다. 그리고 다음 날 아침 헬싱키로 가는 유람선, '실랴(Silja)'를 타고 유람선과 헬싱키를 하루쯤 즐겨 보라 해서 그렇게 했더니 좋았다.

일요일, 비엔나로 가서 원유 부장, '요셉'과 원유 공급 계약에 서명하고 4일 만에 번갯불에 콩 튀기듯 정유 공장과 원유 공급 계약을 마치고, 서울로 돌아와 나를 기다려 주는 이수화학의 품으로 들어갔다.

RBP 정유 공장 가동 준비

인수한 정유 공장의 가동 계획을 수립하기 위하여, 또다시 나는 벨기에 브뤼셀로 들어가야 했었다.

그동안 추호석 대리가 일을 많이 해 놔서 어려운 일은 아니었다.

RBP가 운휴 중 뿔뿔이 헤어져 쉬고 있던 전 직원들을 재규합하는 데 성공했던 것이다.

이윽고, 전 전 대통령의 유럽 순방을 수행하던 김 회장이 파리에서 빠져나와, 대통령의 다음 방문지인 벨기에 수도 브뤼셀로 먼저 오고 나는 미리 가서 기다리고 있다가 RBP 가동 계획을 설명하였다.

—

대우 조선과 사우디아라비아

나는 내 시간의 반 가까이를 해외에서 동분서주하느라 너무 피곤하였고 또 가족들과 정겹게 살고 싶은 생각이 들어서 국내 근무를 희망하였다.

내가 당시 수행하던 업무는 좀 특수하고 또 중요하였지만, 조수로 같이 하던 추호석을 잘 가르치고 키우는 것을 잊지 않았다.

내가 승진하거나 아니면 수평으로 자리를 옮기고자 할 때 내가 하던 일을 이어서 해 줄 사람을 늘 키우고 있어야 하는 법이기 때문이었다.

그래, 어느 해던가, 1980년대 초에 기획조정실로 발령을 받아, 특별한 업무 분장을 받지 않고 '특수 프로젝트' 담당 형태로 있었다.

하루 24시간이 모자라 25시 인간이 되었던 나는 한 곳에 정체해 있으니 좀 무료하고 답답하기도 하였다.

그래, 김 회장에게 이야기하여 영국의 케임브리지 대학교 '해양 개발' 단기 과정에 입교하여 약 3달간을 공부했는데, 이 과정은 조선사들이 열을 올리기 시작하고 있었던 해양 구조물 사업의 기초 과정이라 할 수 있었다.

이듬해 새로운 임무가 주어졌다.

대우 조선 전무로 승진하여 사우디아라비아 주재 임원으로 가서 대우 건설 부문의 진출 기회를 만들어 보라는 것이었다.

내가 희망했던 이수화학 사장직은 일단 다른 사람으로 보직되어 있었고, 1년 일하고 오면 이수화학을 맡겨주겠다 했다.

이수화학은 김 회장으로서는 안중에도 없고 내가 할 일은 이수화학이 아닌 다른 곳에 있는 것이었다.

나는 대우 조선 지사가 있는 페르시아 만 연안 '담맘'에 자리 잡고, 우선 사우디아라비아란 나라를 공부해야 했다.

다행히, 영국의 한 탐험가가 쓴 'The Kingdom of Saudi Arabia'란 책이 있었는데 아라비아 반도를 샅샅이 탐험하고 적나라하게 파헤쳐 쓴 책이었다.

사우디 국내에서는 반입이 금지되어 있고, 읽다가 들키면 곧장 30대쯤 맞고 추방된다는 그 책을 흥미진진하게 읽으면서 사우디아라비아란 나라를 가장 효과적으로 파악하였다

아라비아 반도는 전체가 사막인데, 군데군데 오아시스들이 있고, 오아시스에는 물과 대추야자가 있어서 이를 생활수단으로 '베두인'족이라 부르는 유목민들이 양과 낙타를 기르며 오아시스 단위로 소부족 국가를 이루고 있다.

그러다가, 오아시스에 물과 식량이 부족해지면 먼저 산아 제한을 한다. 딸을 낳으면 모래 속에 묻어 버리는 것이다. 아들은 병사가 되어 싸워야 하므로 중요한 자산이다.

오아시스에 물 부족이 심각해지면, 이웃과 전쟁하여 뺏어와야 하는데, 패자 오아시스의 남자들은 죽임을 당하고 여자들은 모두 데려다가 아내로 취한다.

여자는 남자를 즐겁게 해 줄 뿐 아니라 병사를 생산하는 수단이므로 중요한 자산이다.

그래서 승자 오아시스의 남자들은 여자를 넷까지 취하여 먹여 살림과 동시에 병사를 생산할 의무가 주어지기도 하고 또 아내 넷까지 갖는 것이 허용되기도 한다. 이 '매직' 넘버, 4는 구약 성경에서 존경받는 믿음의 조상, '야곱'이 아내 넷을 거느린 데서 유래한다.

약 80년 전, '리야드' 오아시스 족장 '사우드'는 군사력을 모아서 반도 내 수십 개 되는 오아시스들을 하나씩 하나씩 병합하여 통일 왕국을 지향해 나간다.

그는 패자 오아시스 족장의 딸 하나씩을 아내로 취한다. 그리하여 아내 수가 4를 넘으면 안 되므로 제일 먼저 맞이한 아내와 이혼하고 율법이 정하는 이혼 위자료를 지급하여 불만이 없게 한다. 패자 오아시스 족속들은 승자인 사우드와 사돈 관계가 형성될 뿐 아니라 사우드 왕의 혈통을 잇는 왕자를 갖게 되는 것이다.

그렇게 해서 수십 개 오아시스들을 병합하여 반역의 묘를 없게 하고 통합과 소통의 수단으로 한다. 대신 왕자들이 수백 명에 이르게 되는데 정확한 숫자는 아무도 모른다.

왕위의 계승은 수직으로 내려가지 않고 이복 형제간 수평으로 이동한다. 어떤 이복형제라도 똑똑하기만 하면 차기 왕으로 선출 및 내정될 수 있는 것이다.

킹 사우드의 개국 이래, '파이살', '파드' 그리고 최근에 이르러 '살만'으로 왕권이 수평 이동하였다.

킹 사우드는 통일 왕국을 건립하고 왕자와 백성들을 잘 살게 하기 위하여 돈이 되는 것은 뭐든 팔았다.

그중 가장 중요했던 것은 '석유 탐사권'을 미국 '스탠다드 오일 오프 켈리포니아'에 매각한 것인데 처음에는 유명한 카펫 1장 값이었다 한다.

그리고 탐사가 진행되고 생산이 늘어남에 따라 탐사 권리금을 올려서 수입을 증대해 갔다는 얘기다. 카펫 1장 값으로 탐사 회사를 유치했다가 성공하니까 생산량에 비례해서 권리금을 올려간 것이다.

최초로 발견된 유전은 담맘에 가까운 '다란'이며 이곳에 '아람코(Arabia-America Oil Corporation)'가 있다. 아라비아 석유 개발 본부가 된 셈이다.

이후 '카티프'에서 세계 최대 유전이 발견되었고 카티프 인근 '라스 타누라'에 석유 수출항이, 그리고 이어서 '주바일'에 세계 최대의 석유 수출항이 '현대 건설'에 의해 건설되었다.

이것이 1932년 개국 이래 내가 주재하기까지 근세사 50년 동안, 그리고 그 이후 30년을 더해, 오늘날의 석유 왕국 사우디아라비아가 된 내력이다.

수백 명 되는 왕자들을 모두 잘살게 해 주는 것, 이것은 '적대적'으로 통합했던 부족들에 대한 유화 정책이 되기도 하는데, 왕자들에게 특별 이권이 주어진다.

큰 프로젝트마다 스폰서를 지정해서 이권을 주고, 주어지는 이권의 차례와 규모는 국왕만이 알고 있다. 그래서, 사우디에서 큰 프로젝트 또는 석유 배정 등을 추진하려면 어떤 왕자가 혜택받을 차례인지 알아내는 것이 중요하고, 또 프로젝트를 따내면 그 왕자에게 소정의 사례금을 주게 된다.

이것이 내가 잠시 주재하면서 얻은 지식인데 오늘날도 그러는지 알 수 없다.

킹 사우드는 용감하고, 지혜와 덕망을 잘 갖추었으며, 매우 유니크한 방법으로 이질적이고 적대적인 수많은 부족들을 통합하여 통일 왕국을 형성하고 백성들을 '덕'으로 통치하였었다.

한 재미있는 에피소드가 있다.

회교의 룰에 따라 월 1회 백성들의 소원을 듣는데, 한번은, 젊은 여인이 ××가 자기 남편을 죽였으니 그를 죽여 달라고 소원한다. 죽인 방법을 물으니, 남편이 대추야자 그늘에서 자고 있는데 그 남자가 나무 위에서 대추야자를 따다가 남편 위에 떨어져 남편이 죽었다는 것이다.

왕은 '과실치사'임을 감안해서 양과 낙타(돈)로 보상을 받으라 권유했으나 여인은 꼭 죽여야 한다 주장한다. 왕은 '그러면 그 남자를 죽여 줄 터이니 내가 시키는 대로 해야 한다' 하니 여인은 그렇게 하겠다 한다.

왕은 그 남자더러 바로 그 대추야자 밑에 누워 있게 하고, 그 여인더러 나무 위에 올라가서 그 남자 위에 떨어지라 한다. 여인은 잘못 했다고 용서를 빌며, 돈으로 보상받기로 한다.

16세기, 르네상스 초기, 문호 셰익스피어가 희곡 〈베니스의 상인〉에서 수전노 '샤일록'을 재판하는 아이디어와 유사하다.

샤일록이 약속한 날짜에 채무 변제를 하지 못한 채무자에게 약속대로 살을 1파운드 도려내겠다는 판결을 구하자, 재판관이 살을 도려내되 정확히 1파운드만 도려내고 피를 한 방울이라도 흘리면 처벌하겠다고 한 판결과 유사한 아이디어이다.

나는 대우 무역 부문 지사가 있는 수도 리야드에 자주 가 있으면서, '왕자 클럽'에 커넥션을 일단 만들기는 하였으나 프로젝트를 만들어 내는 것은 맑은 하늘에서 구름 잡기와 같았다.

나는 사우디에 주재하는 동안 중동 일대의 국가들에 친밀해지기 위하여 '걸프컨트리클럽' 5개국, 즉, 바레인, 쿠웨이트, 아랍에미리트, 카타르, 그리고 오만 등 모두 왕권 하에 있는 나라들을 순방하면서 익숙해졌다. 그리고 전쟁 중에 있었던, 이라크와 이란을 수차례 방문하여 프로젝트 가능성을 조사하기도 하였다.

그러는 동안 8개월이란 세월이 쉽게 흘러가고, 김 회장이 들어왔다. 기 진출해 있다가 부도난 '경남 기업'을 인수하여, 이 나라에서의 건설 사업을 수행키로 한다는 것이었다.

나는 시작이 반이라고 시작하자마자 임무가 끝나서 10개월 만에 이수화학 사장으로 부임하게 되었다. 때는 1984년, 연말이라 매우 행복한 크리스마스를 가족과 함께 지내게 되었다.

1   알킬벤젠 사업 정상화

2   김옥길 이화재단 이사장

3   원료 공급선인 유공과 마찰

4   제6공화국의 민주화 물결

5   알킬벤젠 수출 시장에 두각

6   사옥 신축

7   "모아모아" 브랜드로 윤활유 사업을

8   기업 공개와 주주 총회

9   프랑스 '톰슨' 사와 합작으로 전자 소재 사업을

10   공산권인 불가리아와 '노멀 파라핀' 수입 계약

11   일본의 견제를 기회로

12   이탈리아와 랑데부, 중국 시장의 접수

13   중국에 첫 선적과 천안문 사태

14   소련에 윤활유 수출 시도와 페레스트로이카

15   인도-동독과 삼각 무역

16   LNG 도입과 서울시 연료 도시가스화-II

17   주원료인 노멀 파라핀 자가 생산을 결단

18   이 땅에 석유 화학이 있으라-II

19   북방 진출 이야기

20   이수화학의 꿈의 반은 접고

제6장

이수화학공업 주식회사
/이수세라믹 주식회사
/이수윤판 주식회사

—

알킬벤젠 사업 정상화

나는 내가 전공한 화학 공업, 더구나 석유 화학 사업체의 장이 되어 한번 기량을 펼쳐 보게 된 것이 매우 기뻤다.

그리고 비록 작은 회사일지라도 옛날 몸담았던 석유 화학 업계로, 이제는 사장단의 일원으로 돌아온 것이 행복했다.

이수화학은 이화여대 재단이 전액 투자하여, 내가 유공 석유 화학부에 재직 시 원료 공급 문제로 나의 조정을 거친 바 있는 소규모 사업체였다. 이수화학은 당시, 비누의 시대에서 본격적인 합성 세제 시대로 이행하는 단계에서 핵심 원자재인 알킬벤젠 제조를 담당하였었는데, 국내 시장 규모가 아직 미숙한 상태여서 출발서부터 적자 요인을 안고 있었다.

이화 재단은 회사를 모 엔지니어링 회사에 위탁 관리해 오면서 20년에 이르는 세월 동안 누적적이고 지속적인 적자의 행진을 계속해 온 결과 자본 잠식으로 인해 주식의 75%를 관리 회사에 넘겨 주고 25%만 소유하고 있었다. 그리고 우회 곡절 끝에, 그 75%의 주식이 경영권과 함께 대우의 계열사가 아닌 비계열사 형태로, 넘어온 것이었다.

본사에 부임하자마자 울산에 있는 공장으로 내려갔다.

공장장은 유공에서 같이 근무한 이력이 있어서 알 만한 처지였다. 그는 나에게 현황을 브리핑하면서 '회사의 앞이 보이지 않아서 조만간 회사를 떠날 준비를 하고 있었고, 공장 직원더러도 공장의 장래가 없으니 다들 떠날 준비들을 하는 게 좋겠다 일렀었는데 사장이 오시게 되어서 다시 한번 마음을 고쳐먹고 있는 중입니다' 하였다.

당시 매출액 180억 원, 주 거래처가 엘지 화학과 애경 산업, 즉 한국의 선도적 합성 세제 '메이커'였는데 독점 공급인 점을 이용하여 기회 있는 대로 가격 인상을 무리하게 해서 적자를 보전하려 해왔다. 그리고 안타깝게도, 고가 공급에 저항하여, 양대 소비처는 소요량의 상당량을 수입에 의존하고 있었다.

나는 가급적 빠른 시일에, 회사 창업 20년 만에 흑자로 전환하여 직원들을 안정시키고 주주에게 이익 배당을 실시할 목표를 세웠다. 기본적으로 이와 같은 목표를 달성하고 나서야 회사의 발전이고 장래고 하는 것들을 생각할 수 있다고 믿었다.

먼저 매출 원가를 분석하여 인건비를 제외한 거의 모든 경비와 관리비를 10% 절감하는 것을 목표로 하고 실행해 나갔다.

그리고 원료비의 태반을 차지하는 '노멀 파라핀'이라는 수입 원료를 생필품 제조 원료인 점을 주장하면서 상공부의 추천을 받고 재무부에서 할당 관세 허용을 받아 수입 관세를 인하하였다.

그리고 제일 중요했던 것은 '엘지 화학'과 '애경 산업'이 수입을 중지하고 전량 공급받게 만드는 일이었다. 학교 과 선배이자 상공부 화학 공업 국장을 지낸바 있는 엘지 화학 사장, 그리고, 동년배의 서울대 화학과 출신인 애경의 사장 등을 만나서 진지한 협상을 벌였다.

품질을 개선하는 한편 공급가를 인하하겠다 약속하여 수입을 중지하기로 엘지와는 합의를 보았고 애경은 최소량만 수입하기로 합의 보았다. 이로써 회사가 부임 3개월 만에 20년 만의 흑자를 기록하기 시작했다. 그리고 연말 결산을 거쳐 이듬해 비공개 주주 총회에서 이화여대 재단에 배당을 실시하였다.

이익 배당은 이화여자대학교와 재단 측에 매우 놀라운 소식이 되었다. 그런 가운데, 하나 해야 하는 일이 있었는데, 그것은 주원료인 노멀 파라핀을 안정적으로 공급받게 해 놓는 일이었다.

이 원료는 이탈리아 ENI 그룹 산하 '에니켐'이 연당 80만 톤을 생산하여 세계 시장을 거의 독점하고 있어서, 금후 알킬벤젠 수출을 증대해 나가려면 이 원료의 안전한 확보가 매우 중요하였다.

에니켐 외에는 미국 '엑손'이 20만 톤을 생산하고 있었으나 전통적으로 미국과 일본에서 대부분 소비하고 매우 소량만 이수화학에 배정(?)하고 있었다.

노멀 파라핀은 석유의 등유 유분에서 추출되는데, 이를 생산하려면 원료유와 추출 후 잔사유를 처리해야 해서 정유 공장에서 하거나 정유 공장과 밀착 운영할 수 있어야 하기 때문에 손대기가 어려운 상태이다.

후일 나는 수출이 급증하면서 유공에서 공급해 줄 것을 제안했지만, 기본적으로 국내 수요가 적었기 때문에 흥미가 없었다.

에니켐은 그룹 내 정유 사업에서 '석유 단백질' 제조 사업을 벌이려고 대형 공장을 세웠다가 석유 단백이 국내 판매 허가가 나지 않자 알킬벤젠용으로 전용하게 되어 초대형 공장이 된 것이었다.

석유 단백이란 미생물이 노멀 파라핀과 질소 비료를 먹고 체내에 단백질을 생성케 하여 이를 추출·정제하는 것이다.

공산 국가에서는 많이들 하여 가축 사료로 사용하고 있었으나 이탈리아에서는 석유에 유해 물질이 있을지 모르는데, 이게 단백질에 전이하여 동물을 통해 사람이 먹으면 유해할 수도 있다는 주장 때문에 실행하지 못하게 한 것이다.

나는 에니켐으로부터 수입량을 늘려 가면서 서로 '엔조이'하는 가운데 에니켐 사와 친해지고 또 유리한 조건을 만들기 위하여 이탈리아 밀라노를 방문하였다. 영업 담당 이사, 미스터 토피와 금세 친해지고 '아탈리' 사장과도 친해졌다. 아탈리 사장은 이탈리아의 시칠리 섬, '에트나' 활화산이 있는 '카타니아'에서 가까운 '아우구스타'에 있는 공장으로 안내하고 시칠리아의 명 해물 요리로 잘 대접해 주었다.

그 뒤로 미스터 토피가 가끔 한국 방문을 해 주어서 우리는 매우 친해지고 둘이서 역사를 만들어갔다.

이제, 나의 야심을 펴 볼 계제가 된 것이다.

나는 국내 시장 규모가 너무 작고, 이 작은 시장 독점만 가지고는 회사를 키울 수 없으므로 수출을 적극 추진해야 하는 것과 수출을 성공적으로 하려면 품질 개선과 공급력, 즉 시설의 확대가 필요하다고 생각했다.

—

김옥길 이화재단 이사장

나는 나의 주특기라 할 수 있는 해외 영업 활동을 개시하여 대만, 필리핀, 그리고 인도네시아 등지에 수출을 개시하고 중국 시장을 노크하게 되었다.

부임 이듬해 흑자 폭이 커져서 이화재단에 배당을 넉넉히 줄 수 있다 생각하니 나도 기뻤었다.

이화여대 재단에 주주 총회 일자를 통보하자, 김 회장실에서 불렀다.

이번 주총에 김옥길 재단 이사장이 직접 참석하시겠다 연락이 있는데 오시면 특별한 선물을 드려야 하지 않겠느냐 하는 것이었다.

이수화학이 창업 이래 20년 만에 흑자 기업이 되고 배당을 받게된 것이 매우 기쁘셨던 것 같다.

존경하는 분의 행차에 대한 특별한 답례로 특별 배당을 준비한 가운데 주주 총회가 열렸다. 김옥길 이사장과 이사장을 에스코트하고 온 김우중 회장, 두 분을 앞에 모시고 감격스러운 주주 총회를 진행하였다.

땀 흘려 일하는 농부들이 가을에 수확의 기쁨을 만끽하듯이 나는 열심히 경영하여 영광스러운 순간을 가지게 된 것이 무척 기쁘고 자랑스러웠다.

총회가 끝나고 이사장을 모시고 김 회장 부인이 기다리고 있는 힐튼 호텔 서양 식당에 가서 오찬을 함께하면서, 좋은 말씀을 많이 들었다. 특히 5공화국 때 문교부 장관 잠시 할 때 있었던 불행한 일들을 눈시울을 붉혀 가면서 이야기하시는 것을 듣고 크게 감동했다.

나는 3년 차에 가서 회사를 기업 공개하고 주식을 상장했기 때문에 비공개 주총은 이번이 마지막이 되었다.

—

원료 공급선인 유공과 마찰

이수화학에서 사용하는 원료는 수입에 의존하는 노멀 파라핀이 주원료이고 다음이 유공이 공급하는 '벤젠'이었다. 유공은 내가 재직해 있을 당시, 사업 계획, 시운전, 영업 계획 등에 내 손이 많이 가해졌었던 곳인데 인제 와서 벤젠을 공급받는 데 애로가 생겼다.

유공이 선경 그룹에 넘어가고, 선경 그룹 고 최종현 회장이 바로 유공 회장으로 앉아 있고 석유 유학 부사장에 1년 선배가 앉아 있었는데 석유 화학 제품들의 공급에 '출고 조절' 정책을 도입하고 있었다. 당시, 독점 공급인 점을 이용하여, 재고가 있으면서도 공급에, 좋게 말해서 '제한', 나쁘게 말하면 '배급'처럼 얻기 힘들게 하면서 무리하게 가격을 높이려는 움직임이었다.

예를 들어, 유공이 없다면 수입을 해야 하는데 가장 유리한 값으로 수입할 수 있는 가격, 즉, 미국 '텍사스 만'으로부터의 수입 원가 수준까지 높여 가려는 전략이었다.

누구의 아이디어인지 몰라도 매우 전 근대적인 상술이었다.

나는 이것을 받아들일 수 없었다.

우리나라 석유 화학이 '육성법' 하에 육성되어 왔는데 무슨 짓들을 그렇게 한다는 말인가? 나는 분노하였다.

배당받은 한 달 분이 턱없이 부족하여 유공으로 찾아가서 더 달라 사정하였지만, 나 한 사람에게만 특혜(?)를 줄 수 없다는 것이었다.

물론 가격을 턱없이 많이 올려 주면 물량은 더 받을 수 있었다.

그러자 비가 촉촉이 오는 어느 날, 공장에서 보고가 들어왔다.

"원료가 떨어져 가는데 어떻게 합니까?"

원료 다 쓰고 나서 공장을 세우라 하였다.

그리고 보도 자료를 준비해 놓고, 경제 신문 기자들을 불러서 경제면 톱 뉴스로 소문을 내버렸더니 유공의 회장실에서 한바탕 난리가 나고, 무제한 공급한다는 통고가 왔다.

그런 일이 있은 후 벤젠 가격을 대폭 인상한다는 뉴스가 들려왔다. 석유 화학 육성을 해 놓으니까 폭리를 취하려는가?

사업을 기분으로 하는 건 아니지만, 기분이 대단히 좋지 않았다.

나는 '이도츠' 상사를 불러서 중국으로부터 벤젠을 대량 수입할 것이니 '오퍼'를 내라 하여 매우 좋은 가격으로 수입하였다.

당시는 중국과 무역 거래가 정상화되어 있지 않았지만, 일본 상사를 시키면 문제가 없었다.

그리하여 유공의 벤젠 가격을 경쟁적인 가격 수준으로 사수하였다. 원료의 수입에 '도미노' 현상이 생기면 유공도 큰일이다. 그리하여 유공의 가격 정책이 바로잡아졌다.

—

제6공화국의 민주화 물결

　풍성한 화제와 이슈를 만발하던 제5공화국이 막을 내리고 전 전 대통령은 설악산 백담사로 귀양살이 가고, 노태우 대통령이 취임하여 민주화에 대한 많은 욕구를 충족해야 할 입장이 되었다.

　뭐든지 풀어서 욕구 불만을 해소해 주는 것이 평온을 유지하는 첩경이라고 판단 되었을 것이다.

　그중 잘한 것 중 하나는 근로기준법상 노동 쟁의 행위를 자유화 시켰다.

　당연히 자유인 것을 긴 세월 동안 묶었다가 풀어 준 것이다.

　근로자들이 끊임없이 임금 인상을 내 걸고 쟁의를 일으켜 3년째가 되니 임금이 2배로 올라 기업들이 다 죽겠다 하였다.

　그러나, 과거 오랜 세월 동안 근로기준법으로 묶어 놓고 저임금을 '엔조이'해 왔으니까 이제 올려 줄 건 다 올려 주고, 경영을 합리화 해서 살아남아야 함은 기업들의 몫이다.

　이수화학은 임금 수준이 원래 석유 화학 공업 단지 평균 임금의

6~70% 수준밖에 안 된 것을 흑자 기조가 나면서 바로 평균 수준까지 올려 줘서 근로자들의 만족을 사고 있었기 때문에 쟁의 같은 것은 없었다.

근로 소득이 급증하자 소비성 내구재—가전, 자동차 등의 수요가 급증하여 전에 없던 호경기를 조성하고 수출 산업의 기초가 닦아지는 등 경제적 효과가 대단하였다.

일본 재계에서는 한국이 동서고금을 통하여 전무후무한 성취를 해 내고 있다 했다. 그리고 지금 우리가 그 연장 선상에서 번영을 지속하고 있는 것이다.

근로 소득의 증대, 이것은 DJ의 '대중 경제론'을 논하지 않더라도, 바로 경제 활성화의 초석이 되는 것이다.

노 대통령의 민주화 노력이 가져다준 성과의 일부라 할 수 있었다.

노 대통령은 88올림픽을 개최하면서 구소련의 참가를 유치하기 위하여 요구받은 대로 모든 부문을 샅샅이 공개하여 소련인들이 시장 경제 체제가 기초가 된 한국의 경제 발전상을 접하게 해 주었다.

그 결과, 모스크바의 TV 방송은 올림픽 중계는 잠시 해 두고, 한국의 경제 발전상을 샅샅이 보도하여 시장 경제 체제의 성공을 홍보했던 것이다.

누구를 위해서였을까?

이는 '페레스트로이카', 즉 공산주의 계획 경제에서 시장 경제로 선회, 다시 말해 개혁하기 위한 홍보 재료로 썼던 것이다.

올림픽 기간 중, 소련뿐 아니라, 많은 나라들이 한국의 성공을 자기네 나라에 소개하여 눈여겨 보고 뒤따르게 하였다.

'한류'는 곧 이러한 국가 이미지에서 형성된 것이었고 연예인들이 앞장서서 빛을 내고 빛을 많이 보았을 뿐이다.

노 대통령은 이외에도 재임 중 몇 가지 주요 목표를 설정하고 실행했다.

하나는 군부 통치는 자기로 끝낸다는 것, 즉 통치의 문민화를 실행했고, 둘째는 TK 중심은 더 이상 안 된다는 것이었다.

정치의 중심을 TK에서 타 세력으로 확산하는 노력을 하여 성과를 많이 냈었다.

알킬벤젠 수출 시장에 두각

나는 동남아 제국에 수출 기반을 잡아가면서 이제 인도와 중국에의 진출을 꿈꾸고 있을 때였다.

대만의 소규모 노멀 파라핀 제조업체에서 찾아와서 협력 관계를 맺자고 했다. '이수의 알킬벤젠을 대만으로 수입하겠으니 노멀 파라핀을 사 달라, 그리고 장차 중국에의 수출을 다리 놓아 줄 것이니 공동 관심사로 추진하자'는 것이다.

중국에의 수출은 몰라도 원료를 사 주고 제품을 수출하는 일은 좋았다.

이수화학이 대만과 동남아 시장에서 조금씩 두각을 나타내기 시작하자 일본의 종합상사-'스미토모', '미쓰비시', '이도츠' 등이 수출 대행에 흥미를 가지기 시작하였다.

그러던 중, 어느 날, 미쓰비시 서울지사 화학과에서 '이찌가와' 과장이라는 사람이 면담을 신청해 왔다.

자기네 인도 뉴델리 지사가 인도에서 상당히 활약하고 있는데, 인도에서는 알킬벤젠 생산이 아직 없고 국영 무역 공사가 수입하고 있는 바, 자기네 뉴델리 지사에 수출권을 주지 않겠느냐 하였다.

나는 우리 대우도 뉴델리에 지사가 있으니 일단 현지에 출장을 가서 대우 지사가 해 낼 수 있겠는지 판단해 보고, 필요하면 미쓰비시 지사를 접촉하겠다 했다.

대우 지사장은 인도의 국영 무역 공사는 뚫기가 매우 어려우므로 미쓰비시를 통해서 뚫고 대우는 수출 실적만 챙기는 것이 좋겠다 했다. 그래서 미쓰비시 지사를 대우 지사장과 함께 만나서 협의를 끝냈다.

미쓰비시 지사는 무역 공사에 '아스팔트'를 깔아 놓고 있어서 쏜살같이 진행이 되어 수출이 시작되었다. 일단, 길이 열리니까 대우 지사장이 미쓰비시를 제치고 직접 하겠다고 제의가 왔다. 나는 일언지하에 거절하면서 국제 협력을 그런 식으로 하는 건 안 된다 했다. 그런데도 지사장은 대우 화학부장, 다음에는 중화공 본부장 등을 차례로 경유하여 미쓰비시로부터 가로채서 직거래하겠다는 것이었다. 나는 정중하게 거절하였다. 내가 미쓰비시와 관계를 그런 식으로 처리하고서 어떻게 국제적인 처신을 할 수 있겠는가?

그러던 어느 날, 미쓰비시 서울 지사 이찌가와 과장이 찾아왔다.

"대우 뉴델리 지사장이 미쓰비시 지사장을 찾아와서 이제 대우가 직거래할 테니 미쓰비시는 손을 떼어 달라 했다는데, 그것이 사장의 뜻입니까?"

그의 물음에 나는 한마디로 답해 주었다.

"나는 한번 약속한 것은 바꾸지 않으니 미쓰비시가 계속하면 됩니다."

이찌가와는 '도오모'을 연발하면서 잘 알겠다 하고 돌아갔다.

'신의, 신뢰' 이것은 '비즈니스' 사회에서 상품의 품질과 쌍벽을 이루는 중요한 것인데 내가 소홀히 할 수 없는 것이었다.

그런 일이 있은 지 얼마 후, '이도츠' 서울 지사에서 찾아왔다.

중국 시장에 자기네가 수출해 보겠다 했다.

중국은 당시, 합성 세제 산업이 매우 낙후된 상태이기는 하나, 알킬벤젠 국내 생산이 없어서 전량 수입에 의존하고 있었다. 그래서 바로 승낙했고 중국에도 들어가게 되었다.

수출 시장에서 탄력을 받게 되니 이제는 공급력을 더 확대해야 했다. 연 20,000톤 규모가 50,000톤으로 확대되었고 이제 50,000톤을 증설하여 100,000톤 규모를 준비해야 된다 생각했다.

'스미토모' 본사 화학 부장, '기무라'가 찾아왔다. 수년 전 캐나다 가스 개발 프로젝트에 '대우-스미토모 컨소시엄'을 형성하여 LNG를 한국에 들여오자는 프로젝트를 추진한 적이 있었다.

그는 대학 가기 전에, '프로 기사'를 지향할 건가 법률 공부를 할건가 저울질하다가 동경 법대를 택했다는 친구였다. 그래, 바둑은 아마추어로 하게 되었고, 일본 아마추어 바둑 '챔피언십'을 보유하고 있었다.

그는 서울 지사 근무 시절 한국 기원을 애용하였고 윤재구 9단과 절친한 사이였는데, 나더러 한국기원에 바둑 두러 가자 해서,

바쁜 몸을 이끌고 한국기원에 가서 윤 9단 입회하에 한판 승부를 겨뤘었다.

나는 시종일관 혼전을 벌여 가면서 상대방 대마를 사로 잡았다.

윤 9단이, "바둑 두시는 것이 우리 프로와 차이가 없으신데 왜 한 번도 기원에 안 나오셨습니까?" 하는 순간 간단한 실수 하나로 대마를 살려 줘 버렸다.

일본 친구는 용궁에 갔다 온 것이다.

윤 9단은, "실수하시는군요. 그것이 우리 '프로'와 다른 점입니다." 하였다.

나는 마음을 다시 한번 새겨 먹었다. 이수화학에서 큰일을 하려면 프로처럼 하자, 아니, 프로가 되자! 뼈저린 교훈을 받았다.

실수는 했지만, 윤 9단이 실력으로 봐서는 아마 5단 자격은 된다며 "4단으로 등록하고 단증을 드리겠습니다." 해서 단증을 받아 가지고 나왔다.

—

사옥 신축

이수화학은 운 좋게 대우센터 빌딩에 자리 잡고 있었는데 계열사 개편할 때마다 빌딩 사무실들이 재배치되고, 그럴 때면 힘 약한 계열사들은 이리저리 밀려 다니거나 센터에서 쫓겨 다른 곳으로 나가거나 하였다.

이수화학은 계열사도 아닌 '비계열'인데다가 왜소하게 보이는 회사여서 센터 내 사무실이 부족한 실정에 따라 밖으로 이사 가라는 이야기가 나왔다.

나는 몹시 서러웠다.

서자 취급도 못 받는 주제에 사장이라고 앉아 있기가 부끄러웠다.

그래 차제에, 사옥을 짓자 결심하고 입지를 물색한 결과 방배동 대로변에 아파트를 재건축하려는 부지를 발견하고 그 대지 500여 평을 좋은 조건으로 매입하였다.

이수화학 사옥(측면에서 찍은 사진)

　지목이 업무 지구가 아닌 택지 지구였기 때문에 값은 싸게 살 수 있는 반면, 고도가 5층까지로 제한되어 안성맞춤이었다.

　앞으로 수출로 커 나가려면 '바이어'들이 많이 찾아 올텐데 잘 됐다 싶어 서둘러 건축하여 이사하였다.

—

"모아모아" 브랜드로 윤활유 사업을

나는 언젠가 주식 상장할 날이 올 것을 예견하면서 회사 홍보의 필요성을 생각하고 있었다.

그러던 중, 기조 실장이 신규 사업에 뛰어 들라 권고하여, 알킬벤젠 사업에서 나오는 부산물을 활용하기 위하여 자동차 윤활유 사업을 준비하였다.

속성상 자동차 윤활유는 소비자 상품, 즉 'Consumer Product'에 가깝기 때문에 홍보와 광고를 적절히 구사해 나가야 한다 생각했고, 이 기회를 편승하여 기업의 홍보 활동을 야심 차게 벌여 주식 상장을 뒷받침해 보리라 생각했다. 그래서 홍보실을 조직하고 대우 그룹 기획조정실에서 패기 좋은 장돈 대리를 실장으로 스카우트해 왔다.

윤활유는 일반적으로 속칭, '세븐 시스터즈'에 속하는 국제 석유 재벌 그룹들의 전유물로 되어 있었고 한국 시장에는 내로라하는 미국, 영국계 석유 재벌들이 다 들어와 있었다.

그래 차선책으로 프랑스의 양대 국영 석유 회사의 하나인 '토탈' 사를 선택하여 사업 계획을 수립하고, 사전 홍보 목적으로 '브랜드' 명을 현상 모집하였다.

그 결과, 수천 명의 응모가 있었고 심사해 본 결과 '모아모아'를 당선작으로 결정하고 응모한 두 사람에게 상금을 수여했다.

'모아모아'는 정성을 모아모아, 또는 기술을 모아모아, 고객의 사랑을 모은다는 취지로 해석했다.

프랑스 말이 갖는 '죽여 죽여'라는 의미도 싫지 않았다.

곧바로, 홍보실장은 이를 보도 자료를 만들어 경제 신문들에 제공했는데 '수만 명의 응모작 가운데 엄선했다'라는 멘트를 보고, 나는 사실대로 '수천 명'이라고 정정하라 했다.

그리고 작은 것이지만 '사실과 정직', 이런 것들을 바탕으로 하지 않으면 홍보에 생명은 없다고 강조해 주었다.

그러고 나서, 서울 시내 거리 거리에 서 있는 광고 포스트를 일괄 매입하여 '모아모아' 광고물로 만들어 사전 광고를 시작했다.

나는 어느 날, 윤활유의 세계적 선두주자인 미국 '모빌오일' 사와 금호 그룹이 합작한 '모빌코리아' 사장과 골프를 즐기면서 매우 소중한 정보를 얻었다.

'모빌' 사가 '모빌-1'이라는 엔진오일을 개발하여 싱가포르에서 홍보용으로 소량을 출시했는데 이 오일은 신차 출고 시 한 번 주입해 주면 차가 폐차될 때까지, 즉, 자동차의 라이프타임 내내 사용할 수 있다는 것이었다.

나는 귀가 번쩍하였다. 전문적인 용어로는 5W급이라 하는 이 오일을 이수화학이 개발하여 '모아모아' 윤활유의 견인차 역할을 해야겠다고 생각했다.

프랑스 '토탈' 사장더러 만나고 싶다 했더니 곧 서울로 들어왔다. 나는 5W급 오일 생산 기술이 있는지 물었고, 물론 있다는 대답을 들었다. 다만 원료유를 광유 아닌 합성유를 써야 하는데 합성유는 국내 생산이 없고 미국에서 수입하면 가격이 엄청나게 높아진다. 그런데 이수화학은 알킬벤젠을 가공하여 합성 윤활유로 변환할 길이 있다 하였다.

나는 공장에 지시하여 합성 윤활유의 원료가 되는 '디알킬벤젠'을 만드는 데 성공했고, 이 샘플을 '토탈'로 보내서 5W급을 개발한 후, 상품명을 '비바리아'라 하기로 했다.

제주도에서 처녀를 '비바리'라 한 데서 '힌트'를 얻은 것이었다.

이로써 국내 타 '메이커'들을 따돌리고 5W급을 독점적으로 생산 판매할 수 있는 체제를 구축하였다. 이 윤활유가 보급되면 윤활유 시장이 꺼져가게 되기 때문에 나는 광고 문구에, '차를 얼마든지 달리든 간에, '엔진오일'은 당신 생일에 한 번만 갈아 주세요'라 하였다.

주유소마다 '비바리아'를 찾는 사람, 대리점마다 '비바리아' 더 보내달라는 사람으로 성시를 이루었다.

이수화학의 타 윤활유도 인기를 끌었고, 시장에서 이수화학 제품들이 '프리미엄' 급으로 거래되어 윤활유 사업은 일단 자리를 잡았다.

자동차 윤활유를 성공적으로 런칭한 이듬해 조달청의 윤활유 입찰에 참가하였다.

정부 기관이 사용하는 연간 소요량을 입찰하는 것이다.

제일 큰 '메이커'가 회원사 회의를 소집하여 회원사별로 입찰할 물량을 배정하고 입찰서에 써넣을 가격을 지정하는 것이다. 이수화학은 신참이기 때문에 쥐꼬리만큼 배정받았다. 담합치고는 완벽하고 철저한 담합이다. 매년 이렇게 해 온 모양이다.

나는 이러한 불법적인 담합이 체질에 맞지 않을 뿐 아니라 '쥐꼬리' 하나 먹자고 범법 행위 하는 것이 싫었다.

그래서 입찰 시 총 물량을 담합 가격보다 약간 낮게 써내서 전 물량을 다 먹어 버렸다.

욕을 얻어 먹기는 했지만, 사업 초창기에 대 물량을 확보해 놓으니까 매우 든든하였다. 그 이후, 협회가 담합하는 행위는 없어졌다.

그런 일이 있은 지 몇 달 후, 국세청 조사국에서 세무 감사가 나왔다. 조달청 입찰 독식 사건으로 협회에서 누군가가 국세청에 투서하여 조사를 받게 한 의혹이 매우 짙었다.

전에 국세청 조사국장을 했던 한 분이 대우 기조실 세무 조정관으로 있고, 나와는 친분이 좋았다. 내가 유공에 근무할 당시, 행시 합격 후 중부 세무서장을 지낸 경력이 있어서 그 인연을 생각하기도 하였었다.

당시 유공이 퇴계로에 있는 본사를 여의도로 이전할 계획을 세우고 있었는데 관할 지역에서 세금을 몇 분의 일을 내고 있는 유공이 관할 밖으로 나가면 전국 몇째 안 가는 징세 실적이 형편없이 떨어지게 되므로 큰일이었다.

중부 세무서는 유공에 협박을 가하였다. 이사를 굳이 가겠다면 세금 폭탄을 안겨 주겠다고. 그래서 유공이 이사를 포기한 일이 있었는데 바로 그 장본인인 전 중부 세무서장이 본청 조사국장을 거쳐 대우 기조실에 와 있고 나하고는 친분을 깊게 유지하고 있었다.

내가 그분에게 이번 세무 조사 배경을 물었더니 '청'의 감사는 재벌 그룹마다 연 2개사를 선정, 사실은 사전 조율 하에 수감시킨다 했다.

조사국에서 7, 8명이 나와서 1주일간을 샅샅이 뒤지는 것이었다.

그러나, 적발된 것이 아무것도 없었다. 나는 평상시에 모든 것을 원칙에 따라서 회계 처리했기 때문에 책 잡힐 것이 없었던 것이다.

조사반장은 마지막으로 기조실 세무 조정관을 찾아가서, "7, 8명이 1주일 동안 일을 하고 빈손으로 돌아가게 되었는데 선물 하나 줘서 보내 주지 않겠소?" 했다.

세무 조정관은 나더러 대우의 앞일을 위해서 이수화학이 자진해서 한 건을 만들어 달라고 부탁했다.

하는 수 없었다. 경리팀장을 불러서 상의했더니 한 건 만들어 줄 수는 있다고 했다.

"우리가 기업 공개를 앞두고, 불입 자본금을 늘리기 위하여 제반 법적 적립금을 자본으로 전입했는데 이러한 전입은 5년이란 유보 기간 경과 후에 해야 하는데 5년이 안 된 것이 있습니다. 이런 것들은 자본 전입을 취소하고 면제받았던 법인세를 가산세와 함께 추징 당하는 것이 맞습니다만, 감사팀이 이를 보지 못 했습니다."

경리팀장을 말을 들은 나는 그러면 그것을 감사팀에게 얘기해 주고 세금 추징을 받으라 했다. 그래서 1억 몇천만 원의 세금을 내주게 되었다.

그 뒤 김 회장실에 들어가 조사 잘 받은 보고와 함께 법인세 추징 받은 이야기를 했더니, 즉석에서 세무 조정관을 불러서 왜 그것 하나 막지 못 했느냐고 야단을 친 일이 있었다.

조사반이 철수한 다음, 관활서인 남대문 세무서에서 본청 감사 잘 받아줘서 고맙다는 이야기와 함께 '일일 세무서장'을 해 달라고 요청하였다.

그래서 팔자에도 없는 세무서장 일을 하루 꼬박 한 일이 있었다.

—

기업 공개와 주주 총회

알킬벤젠, 즉, 세제 원료 사업 내수 영업이 안정되고 수출이 지속적으로 신장해 감에 따라 신규 사업 검토와 함께 주식 상장을 준비하라는 지시가 떨어졌다.

먼저, 주식 상장 준비 일환으로, 이수화학이 안고 있던 대우전자의 국내 영업 체인점을 분리·독립시켜야 했다. 당시 종합 상사 그룹사는 유통 체인점 영업에 진출이 금지되어 있었는데, 대우전자는 이를 피하여 국내 유통 영업 체인점을, 이수화학 안에 설치·운영하다가 이제 자리를 잡은 것이다. 이수화학은 대우 계열사가 아니므로 유통 영업 체인점을 '잉태'해서 분만해 줄 수 있었던 것이다.

대우전자의 직영 영업 책임자를 불러 회사가 상장하게 됨에 따라 직영 영업팀이 분리 독립해야 하는데 가능한가 물었더니 아무 때고 지시만 떨어지면 독립하겠다 하여, 그럼 바로 독립해 달라 하였다.

이 직영 영업팀은 1990년대 하반기 소위 IMF 사태 시절에 종업원 지주 회사로 전환되면서 오늘날의 '하이마트'가 되었다.

이수화학과 함께 성장한 필자. 훈장과 수출탑과 대통령 표창 등을 많이 받았다. 과학기술의 날 동탑 훈장을 받고 이태섭 장관으로부터 축하받았다.

드디어 1987년도에 주식 상장하였다.

1984년 매출액 180억 원을 3년 사이에 1,800억 원으로 10배 증진하였고, 꿈꾸고 있던 노멀 파라핀 제조 사업을 단행하면 매출액이 5,000억 원으로 늘어날 것으로 추정하였다.

나는 최초의 상장 주주 총회를 한국상공회의소 회의실에서 개최하였다. 기업을 경영하는 사람의 땀 흘려 일한 보람이었다. 나는 늘 홍보실을 중용하여, 자동차 윤활유 사업의 광고와 홍보, 그리고 알킬벤젠 수출의 급증과 함께 시설의 확장 등, 회사의 성장하는 모습을 기회 있는 대로 홍보하도록 하였다.

무역의날 수출탑을 받고 무역협회장과 악수

무역의날 수출탑을 안 상공부장관으로부터 받는 장면

상공부 장관으로부터 수출탑을 수상하는 장면

칵테일 파티에서 '헤드 테이블'에 배치되었다. 오른편 맨 앞이 필자, 건너편에
노 전 대통령과 남덕우 전 무역협회 회장

그 결과, 수년 사이에 회사가 유명해지고 중소기업의 범주에 있
는 회사의 주식 거래량이 늘 '베스트 10'에 들고 주가도 잘 유지되었
었다.

주식 지분을 소유한 직원들은 사기충천하고 대주주의 일원인 이
화여대 재단에 투자의 결실을 돌려드리는 것을 기쁘게 생각하였다.

133

—

프랑스 '톰슨' 사와 합작으로
전자 부품 소재 사업을

이수화학의 윤활유 사업이 성공 '케이스'로 마크되자, 기조 실장은 이수화학이 '파인 세라믹 전자 소재' 사업에 진출하라는 지침을 내 놨다.

'세라믹'은 원래 내가 전공한 화학 공학에서 분화되어 나간 것으 로, 오늘날 너무 유명해진 '반도체'가 바로 이 분야에 속하는 산물이 며, 당시 '20세기의 마녀(魔女)'라는 별칭이 붙을 정도였다.

나는 무척 흥미를 가지고 이 분야를 체계적으로 진입하겠다고 생 각했다. 기조 실장은 1차로 '페라이트'를 위시한 전자 부품 소재에서 시작하여 미래 산업인 '초전도체'에도 흥미를 가지라 했었다.

나는 일차적으로 서울공대 재료공학과에 용역 계약을 맺고, 세라 믹 산업의 현황과 전망을 일목요연하게 정리하는 한편 이수화학이 시도할 수 있는 프로젝트를 조사해 달라고 하였다.

그에 따라 보고서가 완성되고, 한 교수가 이수화학 간부 회의에 서 브리핑 세션을 가져 주었다.

프랑스 '톰슨' 사와 '페라이트' 기술 도입 및 합작 투자 계약에 서명

한편 초전도체는 당시 혁명적인 미래 산업이었고, 미국 스탠퍼드 대학 연구소가 '멀티클라이언트' 즉, '다 참가자' 연구 프로젝트 참가 회원사 모집 중 대우 그룹을 방문하였다.

이 프로젝트에 이수화학이 참여하라는 지침이 떨어져, 나는 미국 스탠퍼드 대학을 방문하여 계약에 서명하고 1차 세미나에 참가하였다.

마침, 우연히도 나의 아들이 그 대학 그 과에서 박사 학위 과정에 있어서 기쁜 해후가 되었다.

세라믹 소재는 주로 알칼리토류 금속과 희토류 금속의 산화물을 재료로 해서 자성체(磁性體), 유전체(誘電體), 압전체(押電體), 발광체(發光體), 반도체 등 다 기능의 소재 및 부품을 만든다.

이들 소재로, 옛날 트럭만 한 크기의 컴퓨터를 책상 위에 올라가는 크기로 발전시켰고 오늘날은 손바닥 위에 올라가는 크기로 변천했다.

그리고 한 도서관의 모든 책들이 손톱 위에 올라가는 크기의 반도체에 저장되기도 한다.

가히 '20세기의 마녀', 지금은 '21세기의 마녀'라 하겠다.

자원은 대부분 우리나라에도 있으나 '희토류 금속'은 문자 그대로 희귀한 편인데 중국이 최대 생산국이고, 북한의 잠재 매장량은 20억 톤 수준으로 세계 제일이라고 한다.

희토류 금속은 생산하는 데는 많은 인력이 소요되어 중국과 북한이 생산하기 좋은 입장에 있기도 하다. 중국의 등소평 주석은 이런 말을 했었다.

OPEC에는 석유가 있고 중국에는 희토류 금속이 있다고.

희토류 금속을 무기화할 수 있다는 뜻인데, 중-일 관계가 역사 문제로 악화됐을 때 무기화를 살짝 하면서 공급가를 무지하게 올린 바 있었다.

우리 남북 관계가 발전하여 경제 협력/교류가 정상적으로 이루어진다면 이 희토류 금속의 개발 사업이 큰 빛을 보게 될 것이다.

서울 공대 재료공학과 보고서에 따르면 세계 세라믹 시장의 70~80%를 일본이 독과점하고 있다.

왜 이렇게 일본이 다 먹게 되었는가? 분석해 보면 재미있는 스토리가 된다.

1973년 1차 오일 쇼크 때 유가가 배럴당 1.7달러에서 일약 10달러 수준으로 튀고 감산과 공급 제한으로 인해 석유를 구하는 것이 더 큰 문제였다.

일본은 미국 다음으로 많은, 일일 수백만 배럴의 석유를 소비하면서 한 방울도 생산이 없고 대부분이 중동으로부터 수입한다. 당시는 페르시아 만 '호르므스' 해협을 통해 수송해 왔다.

만약 소련이 호르므스 해협을 봉쇄하거나 엄청나게 긴 해상 수송로가 적의 공격을 받거나 하면 석유가 끊긴다. 끊겼을 경우 가공할 만한 일이 벌어진다. 이러한 가상의 일이 《단유(斷油)》라는 소설로 쓰여져 베스트셀러가 되었다.

이러한 시대적 배경을 가지고 일본의 관민간담회(官民懇談會), 즉 정부와 경제인 협의체는 일본은 국가 위기관리 일환으로 산업 구조를 고 에너지 소비형에서 에너지 최소 소비형으로 개편해 나가야 한다는 결론을 내렸다. 경박단소(輕薄短小) 제품을 해야 산다는 것이었다.

'경박단소'란 가볍고 얇고 짧고 작은 제품 즉 세라믹 소재와 부품을 해야 산다는 것이었다. 그래서 일본의 산업 구조가 석유 화학, 철강처럼 에너지 고밀도 형에서 경박단소로 간 것이며, 대부분의 자원도 국내에 있다.

일본인은 관민 일체가 되어 이에 전력투구하여 오늘날과 같은 성공을 보게 되었는데 그 요인 몇 가지를 더 살펴보면,

1. 품질 우선. 최고의 품질을 실현하여 타의 추종을 불허한다.

일본은 전통적으로 품질을 중요시해 왔고, 품질을 창조하는 '장인'이 우대받을 뿐 아니라 존경받는 풍토가 있어 왔다. 한 예로, 임진왜란 때 일본군은 이조 백자의 도공(陶工) 이삼평(李三平)을 납치, 아니 장인으로 모셔가서 '규슈'의 '아리다(有田)' 시에 도요지를 개설하고 유명한 '아리다 야끼(이삼평의 기술로 아리다에서 구워낸 도자기를 이름)'를 보급하였다.

나는 유서 깊은 아리다에서 한일 세라믹 학회가 열려서 가 본 적이 있다. 이삼평 선생의 묘와 공적비 등이 정말 훌륭하게 건립되어 있었다. 장인에 대한 예우인 것이었다.

아리다 도자기 기술은 후에 독일로 건너가 작센 주 바이마르의 바로 이웃에 있는 '마이센 세라믹'의 원천이 된 것이다. '마이센'으로 불리는 이 도자기 정말 훌륭하고 값이 비싸다.

일본인은 기술인을 우리처럼 '쟁이' 취급을 하지 않고 숭상할 줄 알며 앞서가는 기술을 바탕으로 품질을 압도적인 경쟁우위로 견지한다.

2. 고객 관리에 탁월한 전통이 있다.

현대 마케팅의 원조라 할 수 있는 '필립 코틀러'가 유명한 그의 저서 《마케팅의 원리(Principle of Marketing)》에서 '고객은 왕'이라고 말한 것이 오늘날 유행어처럼 되어 있다. 후일, 내가 신세계 E마트에 공급업체로 있을 때, 협력업체 대표자 회의 소집이 있어서 참석해 봤더니, 마케팅 담당 임원이 "오늘날 고객은 왕이 아닙니다. 고객은 신(神)입니다. 고객은 신이므로 신이 틀린 말을 해도 그것이 진리입니다."라고 설파한 것을 듣고 감명받은 적이 있었다.

일본의 상인들은 수백 년 전부터 전통적으로 이 원리를 실천해 오고 있고, 이 정신이 일본의 상사맨의 뇌리에 박혀 있는 것이다.

이와 같이 일본의 상사들은 고도의 고객 관리와 마케팅 기법을 구사하여 시장 점유를 앞서간다.

서울대 재료공학과의 제시하는 바에 따라 1차적으로 페라이트 사업에 진출하고 MLC(다층 유전체)는 차기 사업으로 관심 갖기로 결론을 내렸다.

대부분의 세라믹 소재는 일본이 판을 치고 있는 가운데 국내 시장은 너무 작아서 대부분을 수출해야 경제 단위의 공장을 생각할 수 있다는 것인데 페라이트의 국내 시장 규모는 경제 단위에 근접하고 있었고, 다음은 요원하기는 하나 MLC를 꼽을 수 있다는 것이었다.

노 전 대통령의 6·29 선언과 이에 따른 제반 민주화 조치 실행의 일환으로 '노동 쟁의'의 자유화 조치에 따라 근로자 임금이 급격히 개선되면서 내구성 소비재인 자동차와 전산, 가전제품들의 수요가 급증하여 당해 업계에 일대 호황을 몰고 왔었다.

이수화학 발전에 대한 공로로 동탑산업훈장을 수여하는 전 전 대통령

때는 가전, 전자 산업계가 세계적인 호경기 싸이클로 접어 들고 있던 때라 이에 편승한 국내 가전업계가 절호의 기회를 맞이하고 있었다

가전제품의 대표 주자라 할 수 있는 텔레비전은 만드는 대로 다 팔려서 핵심 부품인 '브라운관'이 늘 부족하였고, 브라운관의 핵심 부품이자 TV 전자회 회로에 상당량 쓰이는 페라이트(산화철계 자성체)가 TV 증산의 한 '보틀넥'을 형성하고 있었다.

대우전자는 계열 기업인 '오리온' 전기로부터 브라운관을 공급받았고 이의 한 부품인 페라이트는 주로 '삼화전기'라는 중소기업으로부터 공급받고 있었는데, 늘 부족한 상태였다.

한편, 오리온 전기는 당시 TV 업계 세계적 선두 주자였던 프랑스 톰슨 사의 페라이트 합작 사업 제안서를 확보하고, 이를 저울질하는 데 세월을 많이 흘려보내고 있었던 것 같았다.

대우 기획 조정실에서는 이 사업을 이수화학에서 맡아 하라는 지시를 내렸고, 나는 이에 순응하여 즉시 프랑스로 가서 톰슨 사와 협상을 끝내고 사업을 착수하였다.

협상의 주안점은 50대 50으로 자본을 구성하고 회사명을 '이수세라믹 주식회사'라 하기로 했으며, 그리고 페라이트 기본 기술인 '컴파운드' 제조 기술의 확보, 이의 연구원 양성을 위한 트레이닝 제공 등이었다.

그리하여, 소재 컴파운드를 일본에서 수입하여 이를 찍어내는 숙련공적인 기술만 도입할 수밖에 없었던 당시 관행을 탈피하여 컴파운드 기본 기술에서부터 자립하는 형태로 사업 목표를 잡았었다.

이와 같은 기조의 기술 도입 계약서를 당시 상공부 전자 공업국에 제출하여 승인 신청하였다.

【주) 세상이 많이 바뀌었다. 당시는 TV들이 덩치가 큰 브라운관으로 만들어지다가 오늘날의 평면 액정 TV로 거듭났고, 외국으로부터의 기술 도입이 정부의 심사를 거쳐 허가받아야 했던 것이 오늘날은 자유화되어 있다.】

상공부 전자공업국, 안광구 국장실에서 방문해 달라는 전화가 왔다.

상공부 산업정책국장 때 '공업발전법'을 입안하여 산업 투자를 허가제에서 신고제로 바꾸어 투자를 자율화하는 기초를 만들어 큰일을 했던 사람이다.

기술 도입 허가 신청상 컴파운드 기본 기술을 개발하려는 의지가 매우 좋다는 얘기를 하면서, 정부가 할 수 있는 모든 지원을 해 줄 터이니 소신껏 해 달라는 격려를 해 주었다.

강원도 원주시 농공단지에 부지를 확보하고 쏜살같이 건설하여 생산을 개시하여 대우전자 TV 생산 라인에 보탬이 되어 주었다.

그리고 세라믹 기본 기술에서부터 연구 개발 능력을 키워 보려고 연구소 부지를 인근 여주에 확보하였으나 이 계획은 후일 백지화되었다.

페라이트 사업에 웃어넘기기 아까운 에피소드가 있다.

이 사업은 사실상 대우전자의 TV 사업을 위해 지원된 것인데, 대우전자는 잘 나가다가 액정 화면(평면 TV)을 선도적으로 개발하여 TV 업계가 오늘날과 같은 액정 화면 시대를 열었다. 그 결과로 페라이트가 필요 없게 되어 버린 것이다.

전자, 정보, 통신 등 한마디로 요약해서 IT 산업 기술은 신제품을 만들어 내도 그 '라이프-사이클'이 짧기 때문에 투자금을 빨리 회수하고 시설의 전용 방안을 늘 생각해 두어야 사업체가 길게 살아남는다는 교훈을 준다.

—

10

공산권인 불가리아와
노멀 파라핀 수입 계약

나는 알킬벤젠의 수출이 급격히 증가하면서 주원료를 이탈리아 에니켐에 과다 의존하고 있는 것이 늘 불안하여 수입을 다변화할 수 없는지 궁리했다. 또 언젠가는 국내 정유 공장이 생산해 주거나 안 되면 자체 생산이라도 해야 회사의 미래가 있다고 생각하였다.

그러던 차에 일본의 이도츠 상사에서 동구권인 불가리아산 노멀 파라핀을 수입하지 않겠느냐고 제의가 들어왔다.

나는 당장 수입 절차를 밟고 수입하였다. 그러고 나서 이도츠 상사의 양해를 받은 후 불가리아와 직거래 방식으로 장기 계약을 추진하였다.

노멀 파라핀 수입선의 다변화와 함께 공산권으로의 진출은 당시 노태우 정권에서 주력하고 있었던 '북방 진출' 상 매우 중요했기 때문이었다. 일본 종합 상사들은 정보력이 대단하고 또 고객 서비스를 잘 한다.

바로 이 종합 상사들의 정보력을 바탕으로 하여 일본 판 '중앙정보부'인 '내각 조사처'가 총리 직속으로 있다.

소련과 동구 공산주의가 붕괴할 적에 많은 관측통들은 공산권의 핑크빛 미래를 예측했는데, 일본의 내각 조사처는 소수 민족들의 유혈 폭동을 예고했었다.

사실 그대로 되었다. 이는 종합 상사들의 정보력에 의한 것이었다. 당시, 이 예측이 일간 신문 정치면에 조그마한 기사로 실린 적이 있었는데, 나는 일본의 내각 조사처에 대해서 알고 있어서 눈여겨보고 또 기억하고 있었던 것이다.

우리 국정원, 미국의 중앙정보부 등은 적어도 부총리급의 위상에 거창한 조직과 예산으로 운영하는 반면, 일본의 내각 조사처는 차관급 정도의 위상에 미미한 존재로 보여지고 있지만, 상사들의 정보력을 바탕으로 내실은 세계의 톱 랭킹의 정보 조직인 이스라엘의 '모사드'를 능가하고 있었던 것이다.

나는 이도츠의 소개를 받고 난생처음으로 공산주의 국가인 불가리아의 수도 소피아에 있는 '킴임포트'라는 국영 화학 공사를 방문하였다.

때는, 서울 88올림픽 직후로서, 당시 정부는 공산권을 포함하는 범세계적 올림픽을 성공적으로 개최하고, 금메달 순위 4위라는 놀라운 성적을 달성하기도 했지만, 무엇보다도 한국의 발전된 모습을 전 세계에 과시하여 '한류'의 원천적 바람을 일으켰다.

그리고 여세를 몰아 '북방 진출'이라는 캐치프레이즈를 내 걸고 공산권에의 진출에 열을 올리던 시대였다. 북방에 문화 교류든 무역이

든 뭐든지 진출하는 것은 바로 '애국'이라고 하던 때였다.

수도 소피아에 도착하여 쉐라톤에 여장을 풀고 조심스럽게 시내 구경을 하였다.

그때까지만 해도, 공산 국가에는 가끔 북한의 공작원이 활동하는 예가 있어서 항상 경계 대상이었다.

시내 백화점, 상가 등에는 진열대들이 거의 비어 있었다. 생필품은 물론이고 일반 상품들도 찾아보기 힘들었다.

'킴임포트'에 전화했더니 담당 부장이 차를 가지고 왔다.

이야기는 순식간에 잘 진행되어, 1년 단위로 자동 연장이 가능한 장기 계약(영어로는 Ever Green Contract라 한다)을 하기로 하고, '코트라' 관장을 불러서 계약에 입회시켰다.

코트라 측의 입회는 서로가 좋은 것이다.

나는 공산 국가에 들어가 밀실 협상이 아닌 객관적인 상행위를 하는 셈이 되고, 코트라는 본국에 좋은 실적 보고거리가 된다. 그 관장은 내가 수년 후 개인 사업으로 모스크바에 갔을 때 모스크바 관장으로 와 있어서 반가운 해후가 되었다.

계약한 물량은 이수가 수입할 물량의 일부에 지나지 않았지만, 다변화에 의미가 컸었다.

그날 저녁 킴임포트 사장의 초대로 만찬을 함께하고 다음 날 귀국길에 오르면서, 동구권 다른 곳에 노멀 파라핀이 더 있지나 않나 생각해 보았다.

후일 유럽에 가는 기회가 있을 때 체코슬로바키아, 헝가리, 폴란드, 루마니아 등지를 직접 방문하면서 찾아보았지만 더는 없었다.

—

11

일본의 견제를 기회로

이수 화학이 중국 시장에 뛰어든 것이 일본의 4대 '메이커'들의 노여움(?)을 산 것 같았다.

미쓰비시 서울 지사 이찌가와 과장이 찾아왔다.

일본 상사들이 자기네와 협의 없이 중국 시장에 뛰어든 이수화학을 매우 못 마땅히 여기고 있으며, 이수화학 사장을 도쿄로 불러서 좀 길들이기를 해 놔야겠다는 것이다.

그래서 내가 '일본에 부름을 받고 가야 한단 말이오? 안 가면 어떻소?' 했더니, 크게 애를 먹일 수 있으니 가는 게 좋다고 했다.

일본의 알킬벤젠은 품질이 세계적으로 뛰어나서 만약 한국에 수출하면 업계가 쌍수를 들고 환영하나, 이수화학의 품질은 일본에서 사용할 수 없기 때문에 일본에 수출로 맞설 수가 없는 상황이라는 것이다.

그래서 일본 업체들이 마음만 먹으면 한국에 대량 수출하여 이수화학을 망쳐 놓을 수 있기 때문에 조심해야 한다는 것이다.

알킬벤젠은 세계적으로 미국의 UOP 사의 기술을 채용하고 있는데 일본은 자기네가 한 단계 업그레이드해서 생산한다는 것이다.

보통 알킬벤젠으로 세제를 만들면 약간 누렇게 되기 때문에 이를 감추기 위하여 푸른색이나 노란색을 살짝 착색해 주고 있었다.

근데 일본 알킬벤젠을 사용하면 세제가 눈처럼 하얗게 되기 때문에 세제 품위가 좋아진다는 얘기였다. 상사맨의 기술 이해도가 가히 '프로' 급이다.

일본이 그처럼 '엑스트라 퀄리티'를 생산하고 있다는 것은 '금시초문', 매우 중요한 정보였다.

나는 이수화학도 그 품질을 실현해야 세계 시장을 잡을 수 있다 생각하고, 군침을 삼켰다.

이찌가와더러, "그렇다면 내가 일본에 가겠소. 그리고 이왕 가는 김에 일본의 알킬벤젠 공장 하나를 구경하게 해 주오." 했더니, 미쓰비시 석유 화학의 '요카이치' 공장을 안내해 주겠노라 했다.

그리고 동경까지 에스코트해 주겠다며, 동경에 가서도 별문제는 없을 것이라고 했다. 왜 그런가 하면, 본사로부터 사장에 대한 프로필을 상세히 조사해 보고 하라는 지시를 받고, 매우 좋게, '능력이 뛰어나고, 고도로 신뢰할 수 있는 사람'이라 보고 했는데, 일본인들은 이러한 유형의 사람들과는 협력하려고 하지, 해치지 않는다는 얘기였다.

나는 4대 메이커들이 모여 있는 미쓰비시 상사 본사 소회의실을 찾았다. 또 프로필 덕분에 금방 친해졌다.

해외 시장을 유럽의 두세 메이커와 일본 메이커들이 협의하여 나눠 먹고 있는데 이수화학도 그 대열에 끼어 들어오라는 것이었다.

나쁠 이유 없었다.

회의를 끝내고 신칸센을 타고 요카이치로 가서 미리 보내 대기시켜 놓은 공장장과 함께 미쓰비시 요카이치 알킬벤젠 공장으로 들어갔다.

요카이치 공장장은 한 공원이 30분간만 현장 안내를 해 주고 핵심 부분인 '컨트롤 룸'에는 들어갈 수 없다 하였다. 그리고 견학 끝나고 자기와 만나자고 하였다.

이수화학과 똑같은 UOP 공정이므로 이수화학에 없는 것이 여기에 있는 것이 무엇인지 보라 했더니 두 가지 장치를 찾아냈다.

안내 맡은 공원더러 저기 두 장치는 무엇 하는 장치이냐 물었더니 품질을 업그레이드하기 위하여 자기네가 만들어 설치했다 한다.

운전 조건을 물었더니 이러이러하다고 다 말해 주는 것이 아닌가?

내심으로 '산업 스파이가 따로 없네' 하면서, 견학을 마치고 공장장을 만났는데 공장장은 기술 지원을 할 테니 매출액의 3%를 로열티로 내라 하였다. 그래서 고맙다는 인사를 하고 나왔다.

나는 회사에 돌아와 '전엔지니어링'의 '프로세스' 엔지니어링의 '베테랑' 김 차장을 불러 설계 기준을 제시하고 설계를 시켰다. 또 대우조선의 '크레인' 반장을 공장으로 불러서 기기 장치의 숲속에 새 기기 두 개를 설치하는 데 물리적인 문제가 있겠는지 확인한 후 쏜살같이 진행시켰다.

시운전해 본 결과 일본의 품질과 차이가 없게 나왔다.

나는 이것이면 세계 시장을 잡는다는 자신감을 가지고 샘플을 들고 독일 '함부르크'에 있는 '카알 오 헬름'이란 유럽 제1의 '케미컬 트레이더'를 찾았다.

'이 품질이면 세계 제1, 2위 세제 업체인 유니레버나 P&G가 아직 시도해 보지 못한 '스노우 화이트'한 세제를 만들 수 있는 품질이다. 유럽에 독점 대리점권을 주겠다. 해 보겠느냐?' 했더니 일단 환영하면서 두 회사의 연구소에 샘플을 보내서 테스트를 받겠다고 했다.

잠시 후, 대량 공급 준비를 하라는 요청이 오고, 네덜란드의 로테르담과 터키의 이스탄불에 탱크를 빌려서 유럽에 본격적인 수출이 시작되었다.

—

12

이탈리아와 랑데부, 중국 시장의 접수

유럽으로의 수출이 순조롭게 진행되고 있는데 이탈리아 '에니켐-아우구스타' 사의 영업 책임자인 미스터 토피로부터 전화가 왔다.

이수화학의 새 품질을 자기도 해야겠는데 협력해 주지 않겠느냐고 하는데, 피할 수가 없었다.

에니켐은 이탈리아 ENI 그룹 산하 유럽 굴지의 화학 업체이자 세계 10대 화학 업체 중 하나일 뿐 아니라, 우리가 주원료로 수입하는 노멀 파라핀의 초대형 생산자로, 거기가 아니면 다른 곳에서 그 많은 양을 수입할 수 없기 때문이었다.

내가 처음 이수화학을 시작할 때 제일 먼저 찾은 파트너가 이탈리아 밀라노에 있는 에니켐-아우구스타였다.

제일 먼저, 핵심 원료인 노멀 파라핀을 안전하고 유리한 조건으로 공급받기 위해 특별한 관계를 맺어 놓는 것이 필요했기 때문이었다.

그래서 경영학 박사 출신의 영업 책임자, 미스터 토피를 알게 되었고, 회장인 미스터 아탈리와 친해지게 되었다.

토피의 특별한 요청을 받고, 기꺼이 협력해 주겠다 했더니, 생산부장을 나에게 보내겠다 했다. 이윽고, 생산부장이 이학 박사 명함을 가지고 와서, 미스터 토피의 메시지를 전하였다.

유럽의 유니레버와 P&G가 '1년 안에, 공급 중에 있는 알킬벤젠을 이수화학 품질로 업그레이드하지 않으면 전량을 이수화학으로부터 구입하겠다' 하여 자기네도 품질을 업그레이드하지 않으면 안 될 입장이라 하였다.

내가 유럽을 다 먹는다 하는 것은 안 될 일이고, 아니, 그전에 먼저 원료 공급부터 차단될 것이므로 기술 협력해 주는 것이 순리라 생각했다. 나는 알킬벤젠 제조 공정상 약간의 변경을 가하고 그에 따라 장치를 두 개 설계 제작해 넣고 조업 방법을 어떻게 어떻게 수정하면 된다고 일러 주었다. 상대는 화학 공학으로 박사까지 했으므로 쉽게 이해했겠지만, 이를 실행하려면 상당한 리스크를 짊어지고 감행해야 하므로 전문적인 '엔지니어링' 회사가 아니면 잘 덤비려 하지 않을 성질의 것이었다.

나는 우연히도 그러한 '엔지니어링' 능력을 가지고 야심적으로 리스크 테이킹을 했고, 또 그룹 내 '엔지니어링' 능력이 좋은 실무자가 있어서 그렇게 했던 것이나, 이탈리아 친구들은 쉽게 덤벼들지 못할 것이라 생각했다.

한참 시간이 흐르고 토피한테서 텔렉스가 왔다.

유럽의 알킬벤젠 메이커 7개사가 비엔나에 모이기로 했는데 이수화학도 참석해서 협의를 할 사항이 있으니 비엔나로 와 달라는 것이었다.

아마도 7개사 모두 유니레버와 P&G 사로부터 같은 통고를 받고 운명의 갈림길에 있는 것으로 보였다.

나는 비엔나로 가서 힐튼 호텔로 찾아갔다.

미스터 토피는 노멀 파라핀, 알킬벤젠에서 공히 세계 최대 메이커의 대표답게 이 모임의 좌장이었다.

그는, '미스터 배, 우리가 어떠한 양보를 해 주면, 유럽에서 손을 떼어 주겠는가?' 하였다. 나는, '미스터 토피, 너의 말이라면 조건 없이 손 떼 주겠다'고 답했다. 어차피 노멀 파라핀 공급 중단 위협이 들어오면 굴복해야 하기 때문이기도 하였지만, 서로 믿고 좋아하기 때문에 그렇게 나갈 수 있었다.

모두가 긴장을 풀고 환영하였다. 토피는 고맙다며 이제, 우리가 무엇을 양보해 주면 좋겠는지를 얘기해 달라 하였다. 나는 '내 이웃인 중국에서 손을 떼 달라'고 하였다. 중국에는 세계적으로 2위인 스페인의 '페트레사'가 수출하고 있었다. 그리고 수에즈 운하 동쪽으로 수출할 경우 나하고 협의 하에 해 주면 좋겠다 했더니 그거도 좋다고 했다. 유럽과 중국 시장을 맞교환한 셈이다.

토피는 매우 현명하고 인간애가 좋은 친구였다.

만일 노멀 파라핀 원료 공급을 무기로 이수화학을 유럽에서 강제 퇴출시키면 꼼짝없이 응할 수밖에 딴 도리가 없다.

그러나 '이수'가 나중에 원료 자급 체제를 갖추고 유럽에 쳐들어가면 그때는 당할 재간이 없게 된다는 것쯤 이해했겠지만, 토피는 그보다도, 그 순간 나와의 인간관계를 중요시했을 것이다.

나 또한 그를 믿기 때문에 '너의 말이라면 조건 없이 철수해 주마'

했던 것이다.

그리고 그 순간, 나는 이수화학이 기회가 되는 대로 노멀 파라핀을 자체 생산하여야 함을 마음 깊이 새겼었다.

그렇다! 비즈니스 사회에서는 '사람 인(人) 자와 말씀 언(言) 자가 합해진 '信'이라는 것, 즉, '신의', '신뢰' 이런 것들이 핵심 요소가 되고 이 '신'과 함께 '인간애'가 '비즈니스'를 이끄는 저력이 되는 것이다. 나는 이러한 것들을 미쓰비시 상사 이찌가와 과장한테서도 느꼈었다.

우리는 이와 같이 즉각 합의했고, 한 번 말하면 두 번 말하지 않는 것이 우리 관행이었다.

언젠가, 토피는 대만 동업자에게 나에 대하여 말하면서, '미스터 배의 말은 계약과 같다'고 했었다. 아무리 중요한 것도 말 한마디 하면 반드시 지킨다는 것이었다.

비즈니스 사회에서 대단히 중요한 것이다.

이탈리아 공화국 훈장 기사장을 받음

토피는 어느 날, 나에게 '한-이' 양국 간의 경제 협력의 상징으로 이탈리아 공화국 훈장, '기사장'을 상신해 주려 하는데 받겠는가 하고 물었다.

나는 기꺼이 받겠다 했고, 후일 주한 이탈리아 대사관에서 대사가
전달 수여해 주었다.

나에게 에피소드가 하나 있었다.

언젠가 대우 비엔나 지사장을 대동하고 유고슬라비아가 여러 개
로 쪼개지기 직전, 자그레브에 간 적이 있었다.

'게르만'계로 산업화된 지역이었다.

일을 마치고, 토산품 가게에 들어가 크리스털 몇 개를 사려고 골
라 놓고 돈을 꺼내는 찰나에 지사장이 '옆 가게가 더 쌀지 모르니
여기서 사지 마시지요.' 하고 '다시 오겠다'면서 나왔다.

나는 지사장더러 '다시 여기 올래?' 했더니 그는, '안 오면 어떻습
니까?' 했다. 그럼, 왜 다시 온다고 했느냐고 묻자 또 '다시 안 오면
어떻습니까?' 하길래 '미안하다 하고 나왔으면 될 일인데, 다시 온다

고 했으니 벌여 놓은 물건들을 그대로 둔 채 기다릴 것 아닌가? 왜 이중으로 괴롭게 하는가? 비록 작은 일이지만 행하지 않을 말을 왜 하느냐?'고 질책했다.

작은 일에서부터 자기가 한번 한 말은 반드시 행하는 습성이 필요하다고 일러 주었다.

그 친구가 꽤 똑똑한 친구이기에 그런 말을 해 준 것이었다.

얼마 후, 대우 유럽 지사장들에게 이 말이 퍼져서 배아무게 대단히 까다로운 사람으로 소문이 났으나 나는 그렇게 해서 신뢰가 확립이 되면 장사하기 얼마나 좋은데, 하고 자랑스럽게 생각하였다.

나는 귀국하자마자 대우 화학부장을 불러서, 유럽 측과 유럽-중국 시장을 교환하기로 합의했으니, 로테르담과 이스탄불에서 철수한다고 말하고 대신, 중국에 들어간다고 통고하였다.

그리고 그다음 날엔가, 중국 '시노켐' 홍콩 지사 서울 연락 사무소에서 연락이 왔다. 중국 시노켐을 방문해 달라며 홍콩 지사에 가면 입국 비자가 주어진다는 내용이었다.

당시는 중국과 외교 관계를 맺기 훨씬 전이어서 특별한 비자로 들어갔다. 상해에 도착하니 시노켐 상해 주재 구매 단장인 미스터 '친'이 마중 나와 있었다. 그는 우선 내게 상해 시내를 안내해 주었는데, 옛 한국 임시 정부 청사 안내를 빼놓지 않았다.

이어서 북경까지 에스코트해 주면서 청나라 궁전이었던 자금성을 비롯해 만리장성, 명나라 지하궁전 등을 안내해 주고 나서 시노켐 구매 담당 부사장에게 인계하였다. 시노켐은 '중국 화학 공사'이다.

그 날 저녁, 부사장인 마담 '루'는 나를 평양 옥류장의 북경점으로 초대하고 두 여직원을 데리고 와서 평양냉면, 불고기, 개성 인삼주 등으로 접대하였다. 그리고 다음 날 아침 호텔로 찾아온다고 하기에 아침 식사를 같이하자고 하였다.

부사장은 유럽에서 있었던 일을 유럽으로부터 통고받아서 잘 알고 있다며 이제부터는 한국의 안정적인 공급을 부탁한다고 하였다.

나는 중국의 수요를 항상 만족스럽게, 우선적으로 공급하겠다는 것과 가격은 지금까지 유럽에 지불했던 가격에서 10% 인하해 준다고 하였다. 부사장은 대단히 흡족하고 또 고마워서 어쩔 줄을 몰라 했다.

그리하여 나는 구매 담당 부사장을 첫 만남에서 성공적인 '꽌시'를 만들었다. 그리고 생각하기를 세상에 가장 장사를 잘하는 '커플'이 누구일까 하는 퀴즈에서 그 답은 '유대인 남편과 중국인 아내'라고 하던 말이 생각났다.

내가 귀국해서 며칠 안 되어 일본의 4개 메이커 대표들 쪽에서 방문하겠다는 연락이 왔다.

그들은 내 방에 들어오자마자, '오야붕(주인님)' 하면서 손을 내밀었다. 일본으로 불러서 길들이기 해 주겠다던 때가 엊그제인데, 이제 나를 찾아와 '오야붕' 하면서 일본에는 수출하지 말아 달라는 부탁을 한다.

확실히 약속해 주고 나니까, 호주와 뉴질랜드는 영국의 '쉘 케미칼'이 공급하고 있는데 자기들하고 협조 관계를 잘하고 있으니 자기들을 봐서 진출하지 말아 달라 하기에 그것도 좋다 했다.

호주 진출은 한번 검토한 바 있었는데 매우 까다로운 데가 있는 반면 소비 규모가 그다지 크지 않아서 별 흥미가 없었다.

나는 이제 내가 알킬벤젠 세계 시장을 잡았구나 하는 생각을 하였다. 근데, 대우 기조실의 경영 분석팀에서 이수화학이 적자 나는 수출을 계속하면서 시설 확장에 투자를 퍼붓고 있다는 보고를 한 모양이었다.

옛날 남아공의 '버나드' 박사가 의사의 생명을 걸고 세계 최초로 심장 이식 수술에 도전하여 세계 과학계에 센세이션을 일으키고 있는데 남아공의 법률가들은 살아 있는 사람의 심장을 떼어 내는 행위에 대해 살인죄가 구성된다는 논란을 펴고 있어서 과학과 법률 사이의 극명한 시각차를 느끼게 한 바 있었는데, 내가 바로 그 소용돌이에 들어간 느낌을 받았다.

김 회장으로부터 브리핑 세션을 준비하라는 지시가 떨어졌다.

나는 관리 회계 방식의 손익 계산을 해서 수출 영업의 순이익이 매출액의 20% 정도 내고 있는 것을 입증하였다.

기조실 팀은 고정 경비와 일반 관리비를 망라하는 세무 회계 방식으로 계산할 줄밖에 모르기 때문에 적자 낸다는 보고를 했던 것이다.

내가 순이익 20% 수준을 입증한 다음에, 이제 품질을 확실하게 국제적 경쟁 우위를 확보했으니 공급력을 키워서 시장을 잡는 문제가 남아 있다고 보고 했더니, 김 회장 왈, "나도 그 원리는 알아!" 하면서 브리핑 도중 일어서서 나가 버렸다. 더 이상 들을 필요 없다는 뜻이었다.

—

13

중국에 첫 선적과 천안문 사태

이윽고, 중국으로 첫 수출이 합의되었고, 중국 은행이 발행한 신용장이 도착하였다. 국교 개설이 아직 안 되었고 경제 교류도 거의 없는 상태에서 매우 이례적이었다.

중국의 세제 산업은 아직 유치한 단계에 있어서 수출 수요는 그다지 크지 않으나 시장 개발이 되어 가면서 무진장하게 커질 것으로 봐야겠고, 어느 단계에 가서는 자체 생산할 것으로 보아야 하기 때문에 매우 신중하게 대처해 나가야 하리라 생각하였다.

약 500만 달러로 기억되는 물량을 선적하고 거래 은행을 통하여 수출 대금 추심을 해 본 결과 아직 입금이 안 되었다.

신문에서는 베이징의 천안문 앞 광장의 대규모 민중 집회 사건을 보도하고 있는 가운데 중국 시노켐에서 텔렉스가 들어왔다.

지금 천안문 사태로 인하여 중국 은행이 외환 업무를 일시 중단하고 있어서 송금할 수 없으니 미안하다. 잠시 기다리면 해결책이 나올 것이다.

나는 답신을 통해 우선, 너의 나라가 평온을 되찾기를 기원한다
고 했다.

이럴 때는 'unpaid(돈 떼일까)' 걱정하는 소리 해 봤자 도움이 되
지 않는다.

한 달쯤 지나자, 중국에서 텔렉스가 들어왔다.

중국 은행이 외환 업무를 재개했고, 대외 송금 제1호로 이수화학
에 송금했다는 뉴스였다. 좋은 '콴시'를 보여준 데 대한 좋은 응답이
라 생각하였다.

1989년 봄에 터진 천안문 앞 군중 소요 사건은 우연한 일은 아니
었다.

나는 그보다 2년 전 일본의 '도요멘카' 상사의 알선으로 중국의
가스 공사 부사장을 홍콩 경유하여 '심천'으로 들어가서 만난 일이
있었다. 중국 동지나해에 있는 해남도(하이난 섬)에서 가스가 발견되
어 이를 개발, 액화하여 한국에 들여올 가능성을 타진하러 갔었는
데, 홍콩에서 심천만 방문할 수 있는 특별 비자를 받고 들어갔었다.

당시, 심천은 중국 개혁파들이 추진한 최초의 경제특구였는데 광
활한 산업 단지를 조성하고 아직은 호텔 하나만 서 있을 때였다.

외자 유치상, 들어오는 손님을 받아들일 호텔이 제일 먼저 필요했
겠지.

아직은 가스 확인 매장량이 많지 않기 때문에 액화 공장 구상할
여지가 없다는 얘기를 듣고 다음 날 나온 적이 있었다.

심천 특구는 당시 개혁파 선두에 있던 조자양 총리가 직접 지휘하

여 조성한 것으로, 그는 개혁 '무드'를 일으키기 위하여 골프장을 건설하고 스스로 골프를 치면서 개혁의 바람을 불러 일으키고 있었다.

개혁의 급진적인 바람은 2년 뒤 내가 상해를 처음 방문했을 때 상해를 강타하고 있었다. 상해의 거리 거리에 플래카드가 걸려 있었는데 그 내용은 공산주의를 끝내라는 것이었다. 학생들이 조자양의 급진적인 개혁 정책에 한 걸음 앞서서 공산주의 폐기 '캠페인'을 벌이는 것이 아닌가?

이에, 지금까지 개혁을 추진해 오던 등소평 주석이 조자양의 급진적 개혁 '무드'의 속도를 조절하고자 경고하다가 마침내 조자양을 국무원 총리 자리에서 내려앉게 하고 보수파인 이붕을 등용하였다. 그리고 동요하기 시작한 개혁 지향 학생들의 조자양과의 연대를 차단하기 위하여 조자양을 자택 연금하였던 것이다.

그러자 학생들이 천안문 앞 광장에서 군중 집회를 열었고, 시민들까지 가세하여 걷잡을 수 없는 사태로 발전하였다.

정부는 군과 탱크를 동원하여 군중들의 해산을 명령했으나 이에 응하지 않자 탱크들이 군중을 깔아버리고 수천의 사상자를 내면서 강제 해산시켰다.

한편, 탈공산주의-민주화 운동의 진원지라 할 수 있는 상해에서는, 당시 강택민(장쩌민) 시장이 학생 대표들을 진지하게 설득하여 폭발적인 집회를 자제했었다.

북경에서 강경 보수파 이붕의 초강경 진압으로 일단 평온을 회복하자, 등소평은 강택민 시장을 일약 국가 부주석으로, 그리고 강택민 휘하 주룽지 상해시의 국장을 국무원 총리로 발탁하여 속도 조절된 개혁을 지속하게 했다.

강택민은 성공적인 개혁 정책으로 오늘날의 중국의 초석을 다듬었다.

훗날, 강택민을 따랐던 많은 상해 학생들이 '프런티어' 역할을 하여, 소위, '상하이(상해) 마피아'란 거대한 정치 세력을 이루었다.

강택민은 한국의 성공 사례를 체계적으로 연구하여 이를 답습하기 위해 마카오에 '한국연구센터'를 세우고 치밀한 조사 연구를 주도했던 것이다.

'강'의 분신이라 할 수 있는 '주룽지' 총리가 고 DJ 대통령의 취임식에 '강'의 특사로 참석하여 축사하는 가운데, 한국의 경제 발전과 민주화를 찬양하면서 자기는 한국의 경제 개발 정책, 특히 재벌 정책을 모델로 삼겠다는 이야기를 했었다.

오늘날의 중국을 보면 한국을 빼다 박았다. 산업 기술에서부터 재벌 형성에 이르기까지 한국을 교과서로 한 것을 볼 수 있다.

실상은, 등소평이 '말'을 잘 써서 장기를 잘 둔 것이다.

중국 공산주의 원조인 '모택동'이 호유방-등소평-조자양으로 이어지는 개혁 세력을 '수정주의자'라 낙인을 찍고 순수 공산주의 의식을 고취시키고자 '소위 문화 혁명'을 일으켜 개혁파들을 투옥하였지만, 등소평은 끝까지 살아남았다. 그리고 개혁의 목표를 달성하는 한편, 천안문 앞에 커다란 모택동의 초상화를 내걸고 형식상이겠지만 '국부(國父)'로 치켜 올려 보수파와 개혁파의 거국적 통합의 수단으로 했고 그의 용병술 또한 보수-개혁 양 진영을 균형 있게 했다.

오늘날 보수와 진보가 흑백 논리로 첨예화하면서 권력의 'All or

Nothing'을 지향하는 우리 현실과는 너무 다르다.

등소평은 공산주의 원조인 모택동의 초상화를 천안문 광장에 치켜 올려놓고, 찾아오는 아프리카 신생 공화국 지도자들에게는 '당신들은 공산주의만은 절대 하지 마시오'라 충고했던 것이다.

중국이 한국을 얼마만큼이나 배웠느냐 하는데, 재미있는 에피소드가 있다.

등소평의 참모들이 '우리는 철광석 자원도 많고 기술력도 있으니, 한국 포항 제철과 같은 종합 제철을 건설합시다.' 하니까, 등소평 왈, '우리는 박태준이 없지 않으냐?' 했다는 것이다.

중국이 한국을 제대로 배우기 전, '경제 개발과 수출 확대'란 목표를 내세웠으면서도 물품 수입 관세, 18% 부과 원칙을 고수했고, 하물며 수출용 원자재에 대하여도 물품세, 비과세 또는 환급 정책을 세울 줄 몰랐다.

이에, '웨이하이', '샤먼' 등 주요 항구에서는 관세 포탈, 즉 밀수가 성행했는데, 홍콩에서 심천으로 들어오는 광동성의 세관에서는 간이 검사만 하고, 컨테이너당 최소 금액을 형식적으로 부과하고 신속히 통관시킴으로써 기업 경제 활동에 최대의 편의를 제공하였다.

이에 중앙 정부에서는 위법 행위라고 경고하고 중지 명령을 내렸으나 초지일관하였다. 그래서 중앙 정부는 군을 파견하여 엄단하겠다 했는데 성 서기장은 이에 굴하지 않고 성 군으로 항전하겠다고 대응하였었다.

결국은 중앙 정부가 수출용 원자재 수입 관세 환급제를 채택하여 합리화했다. 우리나라에서는 1960년대부터 개발 붐이 일어나 80년대 말까지 개발 의욕을 불태웠고, 이 기간에 애국하는 숨은 일꾼들이 많았었다.

한편, 중국에서는 서울 올림픽 이후 1990년대부터 한국식의 개발 붐을 일으키기 시작하여 2010년 대까지 20년 동안에 놀라운 성과를 내었는바, 이 기간에 광동성 서기장과 같은 목숨을 건 애국 행정가들이 있었다.

중국은 개혁 개발의 바람이 제대로 일기 시작하자, 집행부를 이공계 대졸 출신으로 무장하여 수리적이고 논리적인 행정 관리를 성공적으로 해냈다.

강택민은 상해 교통대학 전기공학과 출신, 후계인 '후진타오'는 청화대학의 수력전기 공학과, 그리고 이어서 '시진핑'은 청화대학의 기계공학과/법과 출신이다.

현재 일곱 명의 정치국 상무위원 중 비공과계 출신은 한 사람, 국무원 총리, '리커창'으로 북경대학에서 법학과를 마친 후, 대학원에서 경제학을 공부한 경제학 박사 출신으로 경제 정책통으로 되어 있다.

—

14

소련에 윤활유 수출 시도와
페레스트로이카

나는 합성 세제 원자재인 알킬벤젠의 세계 시장을 장악하고 나서, 이제 윤활유 사업을 수출을 통해 크게 일으키고 싶었다.

그러나, 자유 세계에서는 오일 메이저들이 이미 시장을 다 잡고 있기 때문에 공산권에 희망이 있다고 생각하였고, 특히 88올림픽 이후 구소련에서 한국의 국가 이미지가 고조되었기 때문에 그쪽에 '부(富)'가 있다고 생각하였다.

뿐만 아니라, 내가 '토탈' 사와 함께 개발하여 공급하고 있는 '비바리아' 표 5W급 엔진 오일은 극한지, 즉 영하 40도에 이르는 극한지에서 사용할 수 있기 때문에 안성맞춤이었다.

한번 충진하여 자동차 '라이프 타임' 내내 사용할 수 있다는 5W급 중에서도 원료유를 이수화학이 개발한 디알킬벤젠을 사용하면 극한지 용이 되는바, 이는 미국 '콘티넨탈' 오일이 이미 '알래스카'에서 실용화한 바 있었다.

그러던 중, 어느 날 스위스의 기계 제작 판매 회사인 '슐츠' 서울 지사에서 제안이 들어왔다. 지금 소련에 페레스트로이카 바람이 일면서 자동차 윤활유 수요가 커지고 있는데 소련에 수출 의향이 있다면 슐츠의 모스크바 지사를 방문하여 상담하라는 내용이었다.

나는 흥분에 가깝게 좋았다.

때는 서울 88올림픽 직후, 소련이 페레스트로이카 바람을 일으키면서 동유럽 위성 국가들을 하나씩 탈 공산화, 즉, 공산주의 경제 공동체인 '코메콘(COMECON)'의 공산주의 경제 체제에서 시장 경제 체제로 전환해 가고 있을 때였다.

조만간 터지게 되어 있었던 폴란드, 헝가리를 풀어 주고, 이어서 동독의 '호네커' 정부를 무너뜨려서 서독에 흡수 통일시켜 주고, 그 다음에는 체코슬로바키아, 헝가리, 불가리아에 이어 마지막으로 루마니아 자유의 날을 카운트 다운하고 있을 때였다.

루마니아는 '차우셰스쿠' 주석의 40명에 이르는 친인척으로 구성된 비밀경찰이 철통같이 지키고 있어서 시간이 걸린다 했지만, 외교가에서는 예정된 D-day를 카운트 다운하고 있었다.

모든 위성국들이 제2차 세계 대전 종전 후 40~50년을 독재하다가 하루아침에 줄줄이 무너지고 있었다. 무너지는 나라마다 독재자의 별장이 50개가 발견되었느니 60개가 발견되었느니 말들이 많았었다.

나는 파리에서 모스크바행 비행기를 타고, 언제나처럼 파리에서 발행되는 '헤럴드 트리뷴 인터내셔널' 지를 펼쳤다.

이 신문은 미국 '워싱턴 포스트' 소유로 정치 기사가 가장 뛰어난 신문인데, 때마침, 1면 톱 뉴스가 '고르바초프는 무슨 생각으로 동구 위성국들을 일거에 탈공산주의화하고 있을까' 하는 해설 기사였다. 처음으로 모스크바로 출장을 가는 마당에, 소련을 이해하는 데 더없이 좋은 자료가 되는 정치 기사였다.

소련의 역대 지도자들은 학력이 낮은 노동자 출신이 대부분인 반면 고르바초프는 최초의 대학 출신으로서 그는 모스크바 대학에서 농업 경제를 전공하여, 나름대로 경제통이었다.

그래서 그는 공산주의 70년에 나라가 경제적으로 황폐해지고 미국과의 냉전에서 완패하자 워싱턴으로 날아가 INF(중거리 유도탄, 대륙 간 탄도 미사일은 미국의 SDI 앞에 무용지물이 되고 말았다) 폐기 협정에 조인함으로써 사실상 '탈 무장' 하고 미국과의 냉전에서 '완패' 를 문서화한 모양새를 갖추고, 미국의 지원을 기대하면서 '경제 재건'에 전력을 기울이려 했었다.

그리고 나서 그는 자국의 '페레스트로이카(개혁)'를 통하여 공산주의 경제에서 시장 경제로의 개편을 시도하였다.

그는 서독의 경제 지원으로 소련의 천연가스를 유럽으로 공급하는 대형 파이프라인을 건설케 하여 유럽에의 가스 판매를 실현함과 아울러 동독의 호네커 정부를 무너뜨려 통일 독일을 탄생시켜 주었고, 이어서 동유럽 위성 국가들을 모두 휩쓸어 '코메콘(공산주의 경제권)'을 시장 경제 체제로 전환하고, 통일 독일의 지원 하에 새로운 중부 유럽 경제권을 형성하려 하였다.

그리고 중부 유럽 경제권을 '나토'와 소련 사이의 중립 벨트로 육성하여 '나토'에 대한 방위선으로 하고자 하였다.

이러한 정치 구도가 동유럽 공산권의 몰락을 가져오게 하였다는 것이 헤럴드 트리뷴 지의 해설이었다.

그러나 실제의 전개는 딴 데로 가고 있었다.

고르바초프가 군의 보수 세력을 제거하고 페레스트로이카를 진전시키면서 예카테린부르크 서기장이었던 '옐친'을 모스크바 시 서기장으로 발탁하고, 중국식 수정주의 노선을 걸어가려 했었는데, 그가 흑해의 크림 반도에서 잠시 휴가를 즐기고 있는 동안 군부의 잔존보수 세력이 쿠데타를 일으킨 것이다.

이에, 옐친 모스크바 시 서기장이 친위 부대의 탱크에 올라타서중앙청을 향하여 전차포를 쏘아 대면서 극적으로 쿠데타를 진압하고 고르바초프로부터 정권을 인수받아 자본주의 체제로 급격히 진행하게 되었다.

원래, 예카테린 공과대학의 토목공학과 출신이었던 옐친은 엔지니어답게 직선적이고 급진적이었다.

과거 소련에 의해 병합되었던 16개의 소수 민족들이 제각기 독립운동에 나섰고, 소련의 경제는 이루 말할 수 없이 혼란스러워졌다.

당시 '클린턴' 대통령 시절, 미국에서 볼 때는 모처럼 공산주의 종말을 가져오고 냉전을 종식시켜 놨는데 옐친 정권이 무너지면 공산주의 보수 정권으로 회귀하게 되므로 큰일이었다. 그래서 미국은 '월드뱅크'를 통해 대대적인 경제 지원을 하였다. 그러나 미국의 언론들은 국민의 세금이 소련의 구제 금융으로 흘러 들어가는 데 대하여민감한 반응을 보였다.

이에, 클린턴 대통령은 국제 원유가를 인상하여, 당시 세계 최대의 생산국이었던 소련의 경화 수입을 늘려 주고 직접적인 구제 금융을 대체하기에 이르렀다.

OPEC의 유가, 이것은 OPEC의 뒤에서 회원국 중 최대 석유 수출국인 사우디아라비아가, 사우디아라비아 뒤에서 미국이 조종하고 있는 것이다. 미국이 정해 놓은 당시 '벤치마크'는 배럴당 12달러였다. 클린턴은 이를 24달러로 올려 준 것이다. 그리하여 러시아가 숨을 쉴 수 있게 되었다.

'벤치마크'는 후일 부시 대통령에 이르러 고삐가 완전히 풀려 버렸다.

구소련은 16개 소수 민족을 모두 독립시킨 다음 새로운 'CIS' 연방을 구성하고 연방의 한 회원국으로서 '러시아'의 위상을 지켰지만, '연방'은 모양새에 불과하였다.

소련은 코메콘 시절, 회원국, 즉 위성 국가들에게 원유를 구상 무역의 수단으로 제공하여 사실상 원조에 가깝게 운용하여 위성 국가들을 소련에 묶어 두는 도구로 이용하였는데, 페레스트로이카 이후 러시아는 자신이 어려운 상황이라 이를 중단하고 경화를 지불하고 구매하도록 했다.

그 결과, 러시아는 과거 원유를 주고 소비재를 교환해 오다가 이것이 중단되니까 소비재 부족으로 일대 혼란을 가져오고, 이 틈에 한국의 소비재들이 '한류'의 흐름을 타고 들어가게 되었다.

공산주의 계획 경제란 모든 것을 하나의 큰손으로 다스릴 수밖에 없다. 자유 경제 체제에서처럼, 수많은 보이지 않는 손들이 스스로 수급을 이루어 나가야 하는데 이것이 부재 상태인 셈이다.

나는 비행기에서 여러 가지 생각을 하면서 드디어 모스크바 공항에 내렸다. 공항은 과거, 유럽에서 도쿄로 가는 '트랜스 시베리아' 라인을 타면 '스톱 오버'하기 때문에 낯익었었다.

때는 4월로 기억되는데, 모스크바는 아직 눈으로 덮여 있었고, 나는 택시를 잡아타고 슐츠가 예약해 준 대로 크렘린 광장 바로 앞에 있는 '인투어리스트' 호텔에 체크인하였다.

호텔 디렉터리를 보니 아침 식사를 하려면 예약하고 식당으로 가라 했는데 예약 전화가 항시 통화 중이어서 예약을 할 수가 없었다. 하는 수 없이 예약을 하지 않고 식당에 내려가 보니, 크나큰 식당이 텅텅 비어 있는데 전화는 받지 않았다. 예약받고 메뉴 준비하는 것이 귀찮기 때문에 전화를 내려놓고 아예 안 받는 것이다. 한 쪽에서는 아침부터 캐비어를 안주 삼아 보드카(러시아의 독주)를 마시면서 시간을 보내는 사람들도 있었다. 할 일이 없기 때문이다.

나는 아침을 먹고, 택시를 타고 목조 임시 건물로 된 슐츠 지사를 찾아갔다. 지사장과 이야기하다가 오퍼 가격 이야기를 시작하는 순간 지사장이 내 입을 틀어 막고 밖으로 데리고 나갔다. 엄청나게 추운 날씨였다.

지사장은 나더러, 자기 사무실이 도청되고 있기 때문에 중요한 이야기는 밖에서 하거나 아니면 종이에 써서 해야 한다고 말했다.

그럼 내 호텔 방도 도청되고 있다고 보느냐고 물었더니 당신 신분 정도면 100% 도청되고 있다고 봐야 한다고 했다.

그러고 보니 내가 불가리아 수도 소피아를 몇 차례 방문하였을 때도 항상 쉐라톤 호텔에 머물렀었는데 갈 때마다 5층에 있는 방을 내주었다. 아마도 도청 시설이 되어 있는 방으로 친절히 안내하려 그랬던 것으로 추정되었다.

모처럼 모스크바로 어려운 출장을 했는데 '볼쇼이' 극장에서 볼쇼이 발레를 한번 보고 싶었다.

호텔을 막 나서는데 한 남자가 뒤따라 오더니 코너로 데리고 가서, 볼쇼이 입장권을 사라고 했다. 아직 환전 전이라, 러시아 '루블'이 없다고 했더니 '미 달러' 있느냐고 물었다. 달러는 없고 독일 '마르크'가 있다 했더니 그는 좋다고 했다. 루블의 임시세가 공정 환율의 4배쯤 된다기에 10마르크를 주었더니 복잡한 계산을 거쳐, 볼쇼이 입장권 한 장과 상당히 많은 루블을 받았다. 계산해 보니 예상 외로 루블을 많이 받아, 입장권을 공짜로 받은 꼴이 되었다.

때마침, 셰익스피어 원작 로미오와 줄리엣의 발레를 공연하고 있어서 잘 구경하고 나왔다. 공짜로 구경한 꼴이 되어 좀 미안한 생각이 들었다. 발레는 '시적동작(詩的動作)'이라 하는데, 러시아 사람들은 예술을 사랑하여, '배는 곯아도 발레는 본다'고 한다.

이튿날 시내 구경을 해 보았다. 백화점과 상점들 진열대는 텅 비어 있고, 지하철은 50미터 깊이의 subway가 아닌 underground way인데 에스컬레이터로 출입하고 내부는 고급스런 대리석으로 치장되어 있다.

유사시에 방공호, 즉 대피소로 이용하기 위해서 그렇게 해 놨다.

모스크바에는 크렘린 궁, 궁내의 민속 무용극장, 제2차 세계 대전 기념관, 러시아 정교 교회 등 구경거리들이 꽤 많았었다.

크렘린 궁 내의 극장은 원래 왕실 전용 극장이었던 모양인데, 민속 무용을 공연하고 있었다. 러시아 특유한 무용, 동작, 의상, 그리고 배경 음악 등이 환성적이었다.

'볼가' 강의 한 지류이며 모스크바를 감싸고 도는 모스크바 강을 중심으로 시가지가 조성되어 있다. 들러 볼 만한 곳 중 제2차 세계 대전 전쟁 기념관은 우리나라 현충사와 같은 곳인데, 들어가는 입구 긴 양편에 전쟁 때 죽은 2천4백만 넋의 인명록이 비치되어 있고 어두운 천정에는 무수한 크리스털이 반짝거리며 매달려 있어서 하늘에서 내리는 눈물을 상징하였다.

어둡고 긴 복도를 걸어 들어가면 끝에 헌화대가 있고 헌화대 위에는 바티칸 성당에 있는 미켈란젤로의 유명한 조각, 'Pieta(慈悲像)'를 흉내 낸 러시아 판 Pieta, 즉 '아들의 시신을 안고 있는 어머니' 상이 놓여 있다. 원 Pieta는 예수의 시신을 안고 있는 성모 마리아 상으로 미켈란젤로 조각 중에서도 으뜸가는 것인데 이 헌화대에 있는 조각은 전쟁 때 죽은 아들의 시신을 무릎에 뉘고 있는 어머니상인 것이다. 예술성이 대단하다.

기념관 안에는 두 개의 러시아 정교 교회가 있다.

죽은 아들들을 위하여 추모 예배 또는 명복을 비는 기도 등을 할 수 있게 하기 위함이었다.

원래 공산주의에서는 종교를 금지했었는데 백성들이 신앙생활을 끊임없이 추구하자 종교의 금지를 공산당 당원에게만 적용하고 백성들에게는 자유 신앙을 허용하였다고 한다. 붉은 치하에서도 뛰어난 예술과 함께 백성 사랑을 실감케 하는 대목이다.

예술과 백성을 사랑하던 러시아가 어찌하여 공산주의의 길을 택하여 70년 동안이나 나라를 황폐하게 만들었는지 큰 의문이 생긴다.

이 의문은 나중에 근세의 러시아 수도이자 공산당의 발상지였던 '페테르부르크'를 방문하여 러시아 근세사를 이해하면서 풀게 되었다. 러시아를 제대로 이해하려면 상트페테르부르크에 가 봐야 한다.

나는 3박 4일 일정을 마치고 나왔고, 윤활유 수출은 가격 차이로 인해 끝내 이루지 못했다.

15

인도-동독과 삼각 무역

일본의 미쓰비시 상사를 창구로 인도의 국영 무역 공사로 수출이
몇 차례 실려 나가고는 이어가지 못하고 있었다.

이유인즉, 인도 당국에서 알킬벤젠을 구상 무역으로 돌렸기 때문
이었다. 즉, 인도에서 무엇인가 사 주어야 인도에 팔 수 있는, '카운
터 트레이드'가 된 것이다. 일본, 유럽 그리고 이수는 구상 무역에
응하지 않고 현찰 판매로 유도하기로 소위 담합을 했었다.

그러던 중, 내가 신의를 지켜 준 미쓰비시 상사의 이찌가와 과장
이 찾아왔다. 구상 무역 거부 담합까지도 잘 알고 있는 그가 새로운
정보를 가지고 왔다. 스페인의 '페트레사'가 인도와 구상 무역 조건
으로 2,000톤을 수출했다는 것이다. 담합을 깬 것이다.

이찌가와 과장은 이수도 구상 무역에 흥미가 있으면 인도의 '카운
터 트레이드' 전문 에이전트를 소개해 준다 하였다. 어쩌면, 인도의
무역 공사가 미쓰비시를 통하여 나에게 정보를 흘려서 유럽 파트너
와 경쟁 구도로 나를 끌어들이기 위해 그랬는지도 모른다.

나는 다음 날 바로 런던으로 가서 그 에이전트를 만났다. 그는 나더러 용의가 있다면 인도의 국영 무역 공사의 담당 이사를 소개해 준다고 하였다. 그래서 다음 날 인도의 뭄바이로 이동했다.

담당 이사는 '이수'에서 소요량 50,000톤 전량을 공급해 달라 하였다.

당시 '이수'의 여력은 15,000톤뿐이라 했는데도 '이수' 책임하에서 50,000톤을 맞추어 공급해 달라는 것이다. 나는 욕심을 부려서 그렇게 하겠다 하고 계약서에 서명하였다. 부족한 35,000톤을 유럽의 에니켐과 페트레사에 나누어 줄 셈이었다.

밀라노로 전화하여 미스터 토피를 찾았더니, 페트레사 영업부장과 함께 인도의 뭄바이에 있다는 것이 아닌가. 아마 같은 목적으로 뭄바이에 와 있는 것 같은데 내가 선수를 쳐서 끝내버린 것 같았다.

나는 그들을 만나서, 먼저 페트레사가 약속을 깨고 2,000톤을 구상 무역한 것을 가볍게 항의하고, 이왕 그 약속이 깨진 마당에 내가 50,000톤을 계약했다고 했더니 펄펄 뛰었다. 35,000톤을 배정해 줄 터이니 받으라, 안 받겠다, 설왕설래하다가, 안 받겠다면 좋다 제3의 공급자를 찾겠다 했더니, 잠시 보류해 두면 본국에 돌아가서 답을 주겠다고 했다. 그러고 나서, 나는 서울로 돌아왔다.

다음 날, 이탈리아와 스페인으로부터 텔렉스가 왔다. 모두 다 기꺼이 받겠다는 내용이었다.

만약 양사가 거부하면, 나는 그 물량을 일본 4개사에 배정해 줄 생각을 했었다. 인도와의 카운터 트레이드는 실상은 이수-인도-동독 간의 삼각 무역이었다.

이수는 인도에 알킬벤젠을 실어 주고 인도는 그 금액만큼 인도의 차를 동독으로 실어 주고, 대금 결제는 동독으로부터 받는 방식이었다. 따라서, 동독과 무역 거래가 시작되었고 규모는 약 1,500만 달러였다. 당시 공산권과의 무역 거래 금액으로는 최고의 금액으로 독일 공관에서 전문이 외무부 구주국으로, 상공부 통상개발과 등으로 갑자기 날아 들어와서 어리둥절하게 하였었다.

내가 신의를 지켜 준 미쓰비시의 이찌가와 과장이 나에게 좋은 선물을 준 것이다.

런던에 살고 있는 인도의 에이전트가 나를 베를린으로 초대하였다. 그리고 이튿날 대우의 프랑크푸르트 지사 부장 하나를 대동하고 자동차 하나를 빌려 동베를린에 있는 거래처, 인트락(Intrak AG)사를 방문하였다.

통일 전의 동독은 딴 세상이었다. 동서 베를린 사이에 장벽이 세워져 있고 동서 베를린을 통하는 자리에 출입국 관리소가 있었다. 서쪽의 출입국 건물은 '찰리 체크 포인트'라 하는데 체크하는 것이 아무것도 없어 자유 통행하였고, 동쪽에서는 삼엄한 경계 속에 여권과 비자는 물론, 가지고 간 자동차 속을 샅샅이 검사하고 차 밑에 거울을 밀어 넣어 밀수품을 가지고 들어가는지 체크하기도 하였다.

브란덴부르크 문에서 멀지 않은 메트로 호텔에 체크인하고, 저녁 식사를 메인 스트리트인 카를 마르크스 거리에 있는 레스토랑에 초대받았다.

그리고 식사 후, '베를린 오페라 하우스'에 초대받아, 스트라빈스키의 발레, '불새(Feuer Vogel)'를 관람하였다.

이튿날, 인트락 사무실에서 무역 거래에 관련된 제반 실무적인 상담을 마치고 렌트해 간 차를 몰고 '라이프치히–마이센–바이마르'로 달렸다.

유명한 '마이센 세라믹'의 도요지를 구경하고, 옛날 도공 이삼평의 기술이 일본을 거쳐 독일에 와서 이렇게 꽃이 피었구나 생각하며 감개무량하였다.

'엘베' 강변에 있는 호텔에서 하루 묵고 나서 꿈의 목적지인 바이마르를 구경하였다.

독일 공화국 헌법이 제정·공포되었던 국민의회 건물이 초라하나마 보존되어 있고, 바이마르 공화국의 재상이자 시인이었던 괴테의 생가가 박물관으로 꾸며져 있었다. 뭐니 뭐니 해도, 환희의 송가(An die Freude)를 작시하여 베토벤의 교향곡 9번의 가사로 제공했던 실러의 생가를 방문하는 보람을 가졌었다.

실러(출처:Ludovike Simanowiz [Public domain], via Wikimedia Commons)

실러는 환희의 송가를 라이프치히 교외에 있는 한 농가에 머물면서 써서 발표했었는데 (나는 나중에 박물관으로 꾸며진 그 농가를 방문한 적이 있었다) 이를 본 베토벤이 감동 받고 9번 합창의 가사로 사용하고자 비엔나에서 천릿길을 걸어서 바이마르에 있는 실러를 방문하여 허락을 기꺼이 받았다는 고사가 있다.

실러의 생가 거실에 들어서면서 두 세기의 거인이 교향곡 9번을 논의했을 장면을 생각하면서 감개무량하였었다.

베토벤(출처:Joseph Karl Stieler [Public do main], via Wikimedia Commons)

—

16

LNG 도입과 서울시 연료 도시가스화-II

동력자원부 자원정책실에서 연락이 왔다.

태국에서 현대가 추진하는 천연가스 개발 및 액화 수입 안건에 관해 협의할 사항이 있으니 태국의 방콕으로 와서 현대가 주최하는 만찬 파티에 참석하고 이튿날 '오리엔탈' 호텔에서 동자부 장관이 주관하는 회의에 참석해 달라는 요지였다.

동력자원부가 입안하여 한국 전력에서 주관했던 LNG 도입 사업의 타당성 조사 용역을 내가 수행했던 탓으로 동자부의 자문관 역할을 할 의무가 있었던 것이다.

사실은 이보다 먼저, 타당성 용역을 수행한 후속 프로젝트로 대우에서도 한번 일을 벌여 보려고 시도한 적이 있었다.

나는 이 프로젝트에 30억 달러라는 대형 투자가 소요되어서 도전할 엄두를 못 내고 있던 참이었는데 캐나다의 한 프로모터가 앨버타 주의 가스를 개발하여 파이프라인으로 밴쿠버까지 가지고 와서 액화한 다음, LNG를 한국에 공급하도록 주선해 주면 LNG 수송 선박을 대우에 발주해 주겠다는 제의가 있었다.

연간 300만 톤의 LNG를 도입하자면 55,000톤급 5척이 소요되고 7억 5천만 달러 상당의 선박 수출을 기대할 수 있을 뿐 아니라 기술 집약적이고 수익성이 좋은 선박 건조 사업에 진입할 수 있어서 군침이 삼켜지는 프로젝트였다.

이 프로젝트 정보는 대우의 캐나다 밴쿠버 지사에서 대우 조선으로 들어와서 나에게 토스 되어 왔고, 다른 한편으로는 일본의 '스미토모' 상사 화학부의 '기무라' 부장이 나에게 공동 개발을, 가스 개발에서 액화 '플랜트'에 이르는 프로젝트 패키지를 공동 개발하자고 제의해 오기도 했었다.

나는 캐나다 자국 내 소비 후 가스 잔량은 죄다 파이프라인을 통해서 미국으로 공급되고 있어서 가격이 상당히 높게 형성되어 있으므로 액화 타당성이 없는 것으로 알고 있었다.

그러나 미국의 수요를 다 커버하고도 가스가 무진장 남아돌면 액화할 수도 있기 때문에 대우 조선에서 군침 삼키는 이 프로젝트를 '드롭' 시켜 버리기는 아까웠다. 그래서 현지에 출장을 갔었다.

'프로모터' 소개로 앨버타 주에 있는 가스전(田)을 가 보았다. 파이프라인 탭을 열고 불을 붙이니 요란하게 불이 붙었다. 가스가 있다는 과시는 되는데 확인 매장량은 아직 불투명하였다. 다음, '프로젝트 파이낸싱' 팀과 회합을 갖고 자금 동원 계획에 대한 설명을 들었다.

요지는 이랬었다. '파이낸싱' 팀은 검은 머리를 짧게 깎고, 키가 작은 사람들이었다. 이탈리아 사람들인 것이다. 이탈리아는 남부로 갈수록 머리가 검고 키가 작아지는데, 시칠리 섬 사람들이 대표적으로 그렇다.

마피아의 본고장이 시칠리 섬의 '팔레르모', 즉 마피아 사령부가 거기에 있는데, 회의에 나온 사람들의 용모가 딱 그랬었다.

자금은 캐나다 연금기금과 에어 캐나다의 자금을 동원한다는 것이다. 즉 주인 없는 돈쯤 마음대로 움직여 쓴다는 것이었다.

밴쿠버 지사장에게 나의 느낌을 얘기했더니 사실이 그렇다고 말하면서 캐나다에서는 흔히 있는 일이라 했다.

나중에 '스미토모'의 기무라에게 나의 느낌을 얘기했더니 마피아와 손잡는 것은 때로는 매우 효율적인 진행을 기대할 수 있다 했다. 그러나 나는 마음이 내키지 않아서 결국 '드롭' 시키고 말았다.

더 큰 이유는 미국 시장에 파이프라인으로 공급이 가능한 한 액화 수입은 타당성을 찾기 어렵기 때문이었다.

그후 한동안 LNG 사업에서 손을 떼고 잊어버리고 있는 상태였는데, 마침 현대 그룹이 태국의 '사이암 베이'의 가스 개발 사업을 추진하여 장관의 결심을 받고자 태국에 일을 벌이고 있었던 것이다.

나는 자원정책실장의 요청대로 태국 방콕에 출장하여 현대의 가스 프로젝트 '프로모터'가 자택에서 제공하는 현대 사람들과 동자부 관계자들을 위한 만찬회에 참석하였다.

현대의 파티에 대우인이 끼어드니 서로 어색하였지만, 동자부의 뜻에 따른 것이니 어쩔 수 없는 노릇이었다.

그 프로모터는 나와 초면이 아니었다. 내가 태국의 가스 매장 조사차 출장했을 때 만났던 사람이었다.

다음 날, '오리엔탈' 호텔에서 고 서상철 장관 주재로 회의가 열렸다. 현대 측의 '사이암 베이' 가스 개발 및 액화 사업에 대해 보고가 있은 다음 자원정책실장이 나더러 코멘트하라는 것이었다.

LNG 사업 타당성 조사 용역을 수행하였으므로 당연한 일이었다.

나는, 사실대로 그리고 소신대로 이야기하였다.

"사이암 베이의 가스 확인 매장량은 경제 규모의 LNG 하기에 다소 부족한 상태이고 탐사는 계속 진행 중에 있으나 추가 매장 확인이 얼마쯤 나올지는 예상하기 어려운 상태입니다. 그리고 특기할 것은 사이암 베이의 가스는 탄산가스를 많이 함유하고 있어서 이를 정제하는 데 상당한 코스트가 들어가야 합니다. 이상은 본인이 가스 개발 회사인 미국의 댈러스에 있는 텍사스 퍼시픽 페트롤륨 사를 방문 조사에서 얻은 정보입니다. 결과적으로 LNG 하기에 적절하다 할 수 없습니다.

지금, LNG 사업과 관련해서 서울시의 연료 도시가스화 문제는 더 이상 미룰 수 없는 과제입니다. 연탄재의 처리 문제로 인해서 연탄의 지속적 사용이 어려운 상태입니다.

지금 가장 신속하게 LNG를 도입할 수 있는 길은 인도네시아의 기성 LNG 플랜트에서 여유분을 수입하는 길입니다."

서 장관은 그럼 인도네시아에서 수입하는 쪽으로 가닥을 잡고, 일본이 인도네시아에서 수입하고 있는 가격과 조건 등을 조사해 줄 수 있겠는지 물었다.

나는 그길로 도쿄로 가서 미쓰비시 상사의 친구를 찾아서 협조를 청했고, 그는 즉석에서 컴퓨터에서 검색하여 정보를 출력해 주었다. 그리고 귀국하여 자료를 자원정책실장에게 제공하였다.

이윽고 한국 가스 공사가 설립되고 LNG 도입과 함께 서울시 도시가스 공급망 건설이 시작되었다.

이 결정을 결단성 있게 내려 준 장관은 얼마 후 안타깝게도 전 전 대통령 일행의 미얀마 국빈 방문 시 북한의 공작원이 설치한 폭발물에 의해 희생자가 되어 마음을 아프게 하였다. 우리 가사 문화에 문명의 이기인 도시가스를 도입하여 국민 생활을 윤택하게 해 주었던 고 서 장관의 명복을 빌고자 한다.

17

주원료인 노멀 파라핀 자가 생산을 결단

이수화학의 사업 확장에 결정적으로 중요했던 주원료, 노멀 파라핀 확보에 빨간 불이 켜지기 시작하였다.

노멀 파라핀은 이탈리아의 '에니켐-아우구스트' 사가 비정상적인 대형 공장을 가지고 세계 시장에서 독점적 공급자가 되어 있었는데, 이러한 '유일무이'의 공급자에게 주원료를 의존한다 함은 당초부터 무리한 데가 있었다.

나는 이수화학을 키우고 싶었기에 무리한 길이라도 마다하지 않고 가야 했다.

에니켐은 세계 10대 화학 재벌 중 하나일 정도로 큰 회사였는데, 원래 대단위 단백질 합성, 즉 석유 단백 사업을 일으키기 위하여 그 원료가 되는 노멀 파라핀을 석유로부터 추출하는 공장을 세웠다. 하지만 단백 합성 공장 설립에 대해서는 이탈리아 정부에서 허가를 해 주지 않았다. 당시, 공산 국가에서는 석유 단백질을 생산하여 동물 사료로 사용하고 있었는데, 이탈리아 정부에서는 환경론자들의 잡음을 피하지 못하여 사업을 불허한 것이다.

석유 속에 알지 못할 유해물이 있어서 이게 동물의 단백질에까지 따라 들어가서 사람이 그것을 먹으면 유해할 수도 있지 않으냐 하는 논란 때문이었다. 그래서 에니켐은 연간 생산하는 80만 톤이나 되는 큰 물량을 다른 곳에 이용할 수밖에 없었다. 즉 세제 원료인 알킬벤젠의 원료로 전용하는 길이었다. 일부는 야쟈와 종려수 기름을 원료로 하는 식물성 유지 화학의 원료로 전용하기도 하였다. 자연히 노멀 파라핀 공급의 왕자가 된 것이다.

나는 회사를 성장시키려면 이 회사와 친해지고 상호 협력하지 않으면 안 된다고 생각하여 무던히도 잘해 왔었다. 그런데, 그 '에니켐-아우구스타' 즉 노멀 파라핀 관련 자회사의 사장이 바뀌면서 이변이 생겼다.

사장이었던 아탈리가 에니켐 그룹 사장 겸, 아우구스타 회장으로 가고 후임 사장이 새로이 왔다. '포스터휠러-이탈리아'라는 엔지니어링 회사 사장 출신이었다.

나는 기민하게 새로운 관계 정립을 시도해야 했는데, 그는 엔지니어답게 매우 단순한 '힘'에 의한 경영을 지향하고 있었다.

즉, 노멀 파라핀의 공급력으로 알킬벤젠의 시장을 지배한다는 생각이었다. 이수화학이 알킬벤젠의 품질을 업그레이드하여 유럽 시장을 아니 세계 시장을 위협한다면 노멀 파라핀 공급을 줄여 주고 가격을 높여 주면 될 것 아니냐 하는 사고였다.

어느 날 미스터 토피한테서 텔렉스가 들어왔다. 사장의 새로운 방침에 따라, 금년도에는 노멀 파라핀의 공급 물량을 약 3분의 1 정도 줄이고 가격을 조금 인상한다는 요지였다.

청천벽력 같은 소식이었다.

나는 텔렉스로 또 전화로 사정을 해 보았지만 사장의 생각이 요지부동이라면서 미안하다는 얘기만 늘어놓았다.

나는 하는 수 없이 이탈리아 밀라노로 가서 다시 한번 사정해 보았지만, 소요없었다. 종국에는 에니켐 본부로 간 아탈리를 찾아가 통 사정을 하였다. 아탈리는 후임 사장과 협의를 해 보겠다고 하였으나, 후임 사장의 생각이 워낙 완고해서 어떻게 할 도리가 없다는 답을 주었다.

나는 눈물을 머금고 귀국 길에 올랐다. 비행기에서 아무리 생각해 보아도 결론은 하나였다. 이수화학이 노멀 파라핀 공장을 지어야 한다는 것.

원료인 등유(케로신)를 정유 공장에서 대량 확보하고, 노멀 파라핀을 추출하고 남은 대량의 등유를 정유 공장으로 되돌려주는 문제를 해결하는 것이 제일 큰 과제였다.

나는 현 상황을 타개하려면 내부적인 문제는 유보해 두고, 우선 에니켐을 강타하는 전략을 구사할 필요가 있다고 생각하였다.

먼저 노멀 파라핀의 제조 기술을 보유한 미국 UOP 사의 일본 현지 법인 '닛기 유니버설'을 서울로 불러서 '라이선스' 양허 계약을 체결하였다.

소유량이 연간 최대 80,000톤이었는데 생산 능력을 160,000톤에서 쉽게 200,000톤으로 확장이 가능하도록 설계 지침을 주었다.

이수화학의 소요량을 최대치로 확보하고 남는 물량을 수출하겠다는 배짱이었다.

그러고 나서, 노멀 파라핀을 공급하고 있던 에니켐과 엑손에 통고하였다. 이수화학이 원료를 독자적으로 해결하기 위하여 20만 톤급 공장을 짓기로 결정하고 라이선스 계약을 완료했다고, 지금까지 원료 공급에 협조해 준 데 대해 감사를 드린다 하였다.

엑손은 대회사답게 축하한다는 얘기와 함께 잘되기 바란다는 전문을 보내왔고, 에니켐의 토피로부터도 전문이 왔다. 축하한다는 얘기와 준공이 되면 해외 시장에서 상호 협력하자는 얘기, 그리고 그때까지 노멀 파라핀 전 소요량을 호혜적인 가격으로 공급하겠다는 얘기 등과 함께, 자기 사장이 어제 날짜로 해임되었다는 소식까지.

'너무 강하면 부러진다' 하는 우리 속담이 생각났다.

—

18

이 땅에 석유 화학이 있으라-II

이수화학 사장에 취임한 지 얼마 안 되었을 때 임원 한 사람을 대동하고 상공부(지금 산업자원부 전신)를 방문한 적이 있었는데, 그때 산업정책국 산업정책과 한덕수 과장을 만난 적이 있었다.

같이 간 임원이 나를 한국석유 화학 창업 시 기여를 많이 했을 뿐 아니라 석유 화학 육성 정책의 입안자라 소개했더니 한 과장이 차분히 앉으라 하고는, 당시 입안 중인 '공업 발전법'을 설명하였다. 모든 투자 활동을 자율화하고 허가제에서 단순한 신고제로 바꾼다는 이야기였다. 그럴 경우, 이러한 자율화 조치가 석유 화학 공업 발전에 유익하겠는지도 물었다.

나는 석유 화학이 지금까지 10년간 육성법에 따라 많이 발전해 왔는데 이제 자율화하여 국제 경쟁력을 키워 가야 할 때가 아닌가 생각한다고 했다.

그리고 처음에는 투자의 중복 내지 난립으로 혼란스럽겠지만, 이를 극복하고 나면 자유 경쟁에 의해 원자재 공급이 원활해지고 가격도 국제화될 것이므로 관련 산업이 활발해져서 경제 발전에 크게 이바지하게 될 것 아니겠냐고 했다.

그해 가을, 아마도 정기 국회에서 법안이 통과되었고 정부로 이송되었을 텐데 이를 공포하고 시행한다는 소식을 듣지는 못했던 것 같았다.

석유 화학 공업 제품은 대부분이 편의성 소비재여서 경기 변동의 기복이 매우 크고, 호황과 불황의 사이클이 4~5년마다 교차하였었다. 그래서 불황 즉 불경기가 깊어질 적에 투자를 시작하여 2~3년 후 가동을 하게 되면 호경기가 시작되는 시점에 맞춰지므로 가장 이상적인데, 사람들은 호경기를 만나서야 투자를 하다 보니, 투자가 완성되는 시점이 되면 불경기가 되어 고전하는 일이 많다.

호경기와 불경기란 꾸준히 신장하는 시장 수요에 대해 공급이 부족하냐 아니면 초과하느냐에 달린 것으로, 투자는 남들이 하지 않을 때 하는 것이 상책이다.

때는 석유 화학 업계에 '붐'이 일고 있었다.

이수화학에서 석유 화학 분야에 크게 투자해야 하지 않느냐 하는 이야기가 그룹에서 나왔다.

나는 방침에 호응하여 LPG를 '프로필렌'으로 전환하는 신기술에 의해 원료 '프로필렌'을 확보하고 이를 이용해 '폴리프로필렌'을 연 30만 톤가량 합성할, 당시로써는 초대형 프로젝트를 기획하여 사업 계획을 내놓았다.

우선 원료비가 저렴해지고 생산 규모의 대형화로 인해 제품의 코스트가 더욱 싸져서 세계적인 경쟁 우위를 확보하여 세계 시장을 잡아 보겠다는 야심이었다. 사업 계획을 상공부 화학과에 제출하고 사업 인가를 받기 위해 사방팔방으로 뛰어 보았으나 매우 어려워 보였다.

그러던 중, 화학과장이 귀띔을 해 주었다.

2, 3개월 기다리면 공업 발전법이 시행되므로 그때는 신고만 하면 투자 사업을 벌일 수 있다고. 그리고 보니까, 2년 전에 국회 통과를 본 공업 발전법이 공포 시행이 되지 않고 보류 내지 동결 상태에 있다가 5공화국 말기에 들어서서 시행을 하게 된다는 이야기였다.

나는 희망을 가지고 기다려 보았다.

그런데 법이 시행에 들어가게 되니까 상공부에서 새로운 규제 장치를 만들고 있었다. 석유 화학 업계 회원사로 하여금 소위 '자율 규제'를 하겠다는 이야기였다. 자율이란 업계의 이름을 빌려, 결국은 행정 당국의 보이지 않은 손으로 규제를 한다는 뜻이 된다.

업계는 찬반으로 갈라져 의견 대립이 심각하였다. 기성 업계에서는 '자율 규제'해야 한다, 신참 업계에서는 법에 따라 자율화해야 한다는 등 평행선이 끝까지 갈 전망이었고, 그렇게 좌우 동행일 경우는 당국의 의지로 결정하기 마련이다.

'자율 규제'란 원래 당국이 제시한 아이디어일 뿐 아니라 아무래도 기성 업계로부터 로비를 많이 받고 있을 수밖에 없으므로 '자율 규제'를 관철하려는 의지가 확실하였다.

이렇게 되면 '공업 발전법'이 '무용지물'이 되고 만다.

나는 그건 안 된다 하는 생각을 하면서 상공부의 그러한 기도를 깨 주어야 한다 생각했다. 그래서 국회 상공분과위원회 야당 출신 위원장에게 자료를 제공하였다.

위원장은 야당 출신으로 9월 정기 국회 개원과 함께 정기 국정 감사를 앞두고 좋은 먹이를 받은 셈이 되었다.

그해 상공부 국정 감사에서 난리가 났었다. 그리고 '자율 규제'를 무리하게 추진하던 상공부 차관이 자리에서 내려오고 공업 발전법이 완전하게 시행되었다.

국제 경쟁력이 있는 경제 규모의 NCC와 함께 콤비나트가 여러 개가 생겨났다. 그리고 대만과 일본의 석유 화학 업계에서는 한국에서 대거 투자하는 것을 보고 투자 계획들을 철회하였다.

그러고 보니 동아시아에서 한국이 석유 화학 선점 내지 독식 상태로 갔다. 때마침 중국의 특수로 석유 화학 제품의 수요가 블랙홀을 형성하였다. 한국의 석유 화학 업계가 '공업 발전법'을 맞이하여 중국의 특수를 '엔조이'하게 된 것이다. 이로써, 한국의 석유 화학 공업이 세계적인 규모로 발전하게 되었다.

그러나 내가 대우 그룹을 위해 추진했던 이수화학의 프로젝트는 내가 이수화학을 떠나면서 아쉽게도 백지화되었다.

—

19

북방 진출 이야기

나는 천성이 늘 비즈니스로 바쁜 몸인데 비즈니스 외적인 일로 바쁠 때가 있었다. 사주팔자가 음력 10월 새벽 3시에 태어난 '쥐띠'가 돼서 주변에 먹을 것이 너무 많은 쥐와 같은 사주였다.

또, 비즈니스 외적인 일을 하다 보면 비즈니스로 연결되는 일이 가끔 있기 때문에 마다하지 않고 맡아 해냈다.

때는 노 전 대통령 시절, 서울 올림픽을 공산권까지 참가시켜 범세계적 행사로 성공리에 치르고 나서 이제 공산권에 외교적, 경제적 진출을 서두르던 시기였다.

당시는 '북방 진출'이라는 용어를 많이 썼고, 북방 진출이 곧 애국이라는 풍조가 있었다.

노 전 대통령의 특별 관심 사항이라서, 청와대에서는 박 비서관이 특수 프로젝트화하여 총지휘하고 있었고, 외무부는 어깨너머로 넘겨다 보면서 기회가 되면 한 번씩 수훈을 세워 존재감을 나타내

보고자 하는 정도였다.

외무부에서는 제2 차관보실에서 관심을 가지기 시작하였다.

내가 나이지리아로 자주 장기 출장 가던 즈음에 홍 차관보가 주재 공사로 재직하고 있었기에 가끔 포커를 즐기고 저녁 시간을 소화하면서 친해졌다.

하루는 홍 차관보실에서 만나자는 전화가 왔다.

당시 홍 차관보 아래서 구주국장을 지내던 민이란 나의 친구가 담당 국장으로 배석하였다.

홍 차관보는 나더러 동유럽 공산권에 있는 불가리아와 경제 협력 위원회 같은 것을 만들어 한국 측 위원장을 해 보지 않겠느냐 하였다.

내가 이수화학 하면서 불가리아의 국영 기업인 '킴임포트'와 장기 계약하에서 원료를 수입하고 있는 것을 알고 있어서 그것을 교두보로 이용해 보자는 것 같았다. 그리고 청와대를 향하여 우리도 '북방 진출'의 일익을 수행하고 있음을 과시하는 수단이 되기도 했다.

나는 쾌히 승낙하였다.

'킴임포트' 사장에게 텔렉스를 보내서 그 뜻을 알렸다.

한국 정부가 당신네 나라와 경제 협력 관계를 구축하고자 하는데, 우리 함께 가교 역할을 해 보지 않겠느냐 했더니 잠시 후 답이 왔다.

'좋다, 우리 정부도 그것을 환영한다'는 내용이었다.

그렇게 이야기가 시작하여 순식간에 외무부 홍 차관보를 단장으로 하는 경제 협력 사절단을 이끌고 들어가게 되었다.

일들이 뜻과 같이 잘 진행되고, 불가리아 측 경제 협력 위원회 위원장은 상공회의소장이 그리고 한국 측은 내가 하기로 결정을 보고 귀국하였다.

그리고 나는 한국에서 창립총회가 채 열리기 전에 주식회사 대우 부사장으로 전임하여 이수화학의 시대를 마감하였다.

20

이수화학의 꿈의 반은 접고

나는 장기를 두는 사람의 말 움직임에 따라 이수화학을 내려 놓고 주식회사 대우 부사장으로 자리를 옮겼다.

대통령의 임기도 5년인데 나의 이수화학 임기가 우연히 5년이 된 것은 부자연스런 것은 아니었다.

김 회장 나름의 특수 프로젝트들을 집중적이고 효과적으로 수행하기 위해서 그렇게 한 것으로 생각하였지만, 이수화학의 입장에서 생각해 볼 때는 일을 반을 해 놓고 나머지 반은 미결로 둔 채 떠나온 셈이었다.

나는 무리수를 많이 두어 가면서 이수화학을 키우기는 했는데 이 무리수를 치유하는 조치들을 미처 하지 못한 채 떠난 것이다.

무리수란, 내수에 비해 수출 비율이 너무 큰데 이를 토대로 하여 시설과 조직을 확장한 것이다. 만일 수출이 크게 줄어드는 경우, 회사가 걷잡을 수 없이 휘청거리게 될 것을 예견하고 이에 대한 대처가 준비되어야 한다는 생각을 하였다.

이수화학은 '인도'라는 큰 시장을 개척하였으나 잠시 후 자국 생산으로 시장을 잃었고, 다시 중국이라는 큰 시장을 얻었으나 시장이 커지면서 중국도 자국 생산을 하게 되면 이수화학의 알킬벤젠은 갈 곳이 여의치 않게 되는데 그다음에는 어떻게 할 것인가? 생각만이 아니고 대비책을 준비하고 있어야 한다는 생각이었다.

이수화학의 주산품인 알킬벤젠은 합성 세제의 좋은 원료가 되는 계면 활성제인데, 합성 세제 외 화장품이라든가 공업용 계면 활성제로서는 부적절하다.

이 계열의 계면 활성제의 대종을 이루는 것으로 야자유와 팜오일 등을 주원료로 하는 알코올계 계면 활성제가 있는데, 이 알코올계 계면 활성제도 석유로부터 만들어질 수 있으며, 이수화학은 조금만 더 시설하면 여기까지 진출할 수가 있었던 것이다.

나는 노멀 파라핀 생산 시설을 할 때, 이 노멀 파라핀을 알코올계 계면 활성제로 전환하기 위한 전초적 장치를 해 두면서 기회가 오면 이를 실행에 옮기고자 했다. 그리하여 이수화학이 양 날개를 가진 계면 활성제 종합 메이커를 지향하면서 장차 국내 시장을 확대해 나가야 한다는 생각을 하였었다.

그러나 나는 이수화학의 반은 하고 너머지 반은 못 한 채 떠나고만 셈이 되었다.

나와 같이 야심이 크고 완벽을 추구하는 후임 사장이 오지 않으면, 현재에 안주하려 하지 '리스크–테이킹'하면서 완벽을 추구하려 하지 않을 것이란 생각을 하면서, 나는 그대로 묻어 두고 떠나는 것이 상책이라 여겨졌다.

1   미얀마 가스 개발 사업
2   인도네시아 석유 개발 투자
3   신생 통일 베트남
4   나의 아기를 낳아서 키우려고

제7장 ———·

주식회사 대우-II

—

미얀마 가스 개발 사업

미얀마 가스 개발 사업은 원래 이수화학 사장 재직 시 파트타임을 이용하여 진행하다가 주식회사 대우 부사장직으로 자리를 옮겨서 본격적으로 진행하게 되었다.

나는 이수화학에서 무척 재미있고 보람차게 일을 해서 친구들에게 이수화학은 월급 받지 않더라도 일하고 싶다는 얘기를 했었고, 미쓰비시 본사 화학 부장이 찾아와 해외에 좋은 프로젝트가 있으면 이수화학하고 합작으로 해 보고 싶다 하면서 이수화학 하는 재미가 어떠하냐고 물었을 때도 나는 서슴지 않고, '재미있는 게임을 하는 것 같다고' 대답한 적이 있을 정도로 푸욱 빠져 있었다. 하지만 김 회장은 나의 재주를 김 회장의 특수 프로젝트 개발에 이용하고자 해서인지 주식회사 대우로 옮겨 놓았다. 장기판의 말은 장기를 두는 사람이 움직이는 대로 움직일 뿐 말의 뜻대로 움직일 수 없는 것이다.

대우로 옮겨 첫 번째 했던 일이 이수화학 재직 시 시작했던 미얀마 가스 개발 프로젝트였다.

당시 미얀마는 1983년도 17명의 희생자를 낸, 전 전 대통령 일행 국빈 방문 시 북한 공작원에 의해 폭파사고가 있은 뒤, 미얀마–북한 외교 관계가 급속히 미얀마–한국으로 옮겨오고 있었다. 정부에서도 비동맹 국가인 미얀마와의 관계 수립을 위해 신경을 쓰고 있었고, 그럴 때면 재벌 그룹들에게 투자 진출을 권장하였다.

당시 미얀마는 '아웅 산 수지' 여사가 주도하던 민주화 운동을 봉쇄하고 5공화국 치하의 광주 사태와 같은 민주화 운동을 무차별 진압하고 이를 주도했던 정보부대장, '킨윤' 중령이 실권을 장악한 가운데 군 장성들이 행정부에 진을 치고 있었는데 행정 수반은 '탄 슈웨' 육군 참모총장이었다.

김 회장과 함께 대우의 스텝들이 미얀마에 들어가 탄 슈웨 장군을 예방한 적이 있었다. 그가 매우 유화적인 자세를 취하면서, 'We are soldiers'라고 겸손해하던 모습이 기억에 새롭다.

나는 석유성 차관을 파트너로 하여 친해지기 시작했다. 어느 사회에서든지 비즈니스를 전개해 나가려면 사람과 친해지고 호감을 사고 그래서 자주 만나는 것이 즐겁게 되어야 한다. 나는 차관과 친해지기 위해 가스 개발 관련 많은 기술 정보를 제공하면서 미얀마 프로젝트를 전개해 나갔었다.

그러는 동안, 김 회장은 미국의 '키신저 어소시에이트'에 의뢰하여 미얀마 가스를 공동 개발할 미국의 '파트너' 하나를 준비해 주었다.

'키신저 어소시에이트'란 닉슨 대통령 치하에서 하버드 대학 정치학 교수로 재직하다가 안보 특별 보좌관에 이어 국무장관을 지냈던 '헨리 키신저', 당시 소련의 브레주네프 서기장의 중동 전략을 절묘하게 막아냈던 천재적 전략가, 키신저가 직을 떠난 후 만든 로비스트 사업 조직이었다.

미국 공화당의 많은 인사들이 재직을 떠나면 이 조직에 몸을 담고 로비스트 역을 하고 있다가, 공화당 정부에서 다시 부르면 들어가 중책을 담당하곤 하였다.

키신저는 대우에게 미국 루이지애나 주의 뉴올리언스에 있는 중견급 가스 개발 회사 하나를 짝지어 주고, 미스터 '브레머'란 전직 외교관을 창구로 하여 나의 파트너가 되게 하였다.

'브레머'는 그리스 주재 대사를 하다가 본국 근무로 들어왔다가, 서울 올림픽 중에는 '시큐어리티 코-디네이터'로서 북한의 공작으로부터 올림픽의 안전을 지키는 데 기여했던 사람이었다. 임무가 끝나자 본국 근무로 들어가고 다시 해외 근무 발령이 내려졌으나 부인의 반대로 국내에 남아 '어소시에이트'에 몸을 담게 된 사람이었다.

나는 그와 뉴올리언스의 한 호텔에서 첫 만남을 갖고 가스 개발 회사로 함께 들어가기로 되어 있었다. 미시시피 강, 옛날 흑인 노예선이 이 강을 따라 '일리노이' 주까지 거슬러 올라가면서 아프리카에 싣고 온 흑인들을 노예로 팔던 때가 있었던 아픔이 있는, 그 강변의 호텔에서 만남을 가졌었다.

흑인 엉클 톰의 슬픈 이야기가 바로 이 고장의 이야기가 아니었던가 싶다.

나는 브레머와 아침 식사를 하면서, 알렉산더 헤이그가 안보 보좌관−국무장관 시절에 펼쳤던 중동 전략과 SDI 개발을 통해 소련과의 냉전을 한 방에 날려 보낸 스토리를 이야기하면서 내가 이해하고 있는 것이 맞는지 물었다.

그는 매우 정확히 맞는다고 하면서 어떻게 그러한 생각을 가지게 되었는지 반문하였다.

석유 딜러 하면서 국제적 실물 정치 감각을 키워서 시장을 거시적으로 보라 했던 김 회장의 지침이 있은 후 내 나름대로 실물 정치를 늘 공부한 덕택이었다.

나는 상대방의 전문 분야를 공동 관심사로 이야기를 나누다 보니 금방 친해지게 되었다. '비즈니스'의 시작이 잘 되니 좋았었다.

미얀마는 가스 개발이 산발적으로 진행되고 있어서 매장 규모가 아직 불확실하고 그 전망도 점치기가 쉽지 않았다. 어쩌면 미국의 파트너사와 함께 가스 탐사에서부터 뛰어들어야 할지 모르는 상태였다.

어느 날 미국의 파트너사로부터 연락이 왔다. 비행기를 임대하여 자기네 기술진을 데리고 미얀마에 들어가 본격적 조사 활동을 벌이기 위하여 제안서를 가지고 들어가고 싶으니 함께 들어가자고.

그래서 대우도 상응한 조치를 취하였다.

나는 가스 개발에서 가장 중요한 요소인 가스를 사 줄 사람, 즉 한국 가스공사 부사장과 함께 들어가기로 마음먹었다.

부사장은 나하고 인연이 좋은 사람이어서 두말없이 승낙을 했는데 자기 행방에 대해서 동력자원부 차관이 양해해 주어야 한다고 했다.

나는 동자부 장 차관 비서에게 전화를 해서 곧 방문 요담하고 싶다고 했더니 차관이 직접 전화를 받고, 수고스럽게 오실 필요 없이 전화로 말씀해 달라고 했다.

나는 미얀마 가스를 미국 파트너사와 함께 공동 개발하여 한국에 들여오는 프로젝트를 추진하고 있는데, 이번에 미국 파트너사와 함께 미얀마에 들어가면서 가스공사의 LETTER OF INTENT, 즉 구매 의향서 같은 것을 가지고 가고 싶은데, 그보다는 가스공사 부사장을 직접 대동하고 가고 싶다고 했다.

장 차관은 곧 가스공사 사장에게 지시할 테니 그렇게 하라고 하였다.

장 차관은 대구공고 출신, 즉 전 전 대통령의 후배로, 상공부 화학국장을 거쳐 청와대 경제 비서관 재직 시, 비교적 한가로운 시간이 많을 때, 가끔 골프를 같이 다닌 일이 있었다. 그게 인연이 되어 동자부 차관으로 나간 다음에도 나에게 호의롭게 해 주는 것이었다.

미얀마 가스 개발 프로젝트에 뜻하지 않은 복병이 나타났다.

프랑스의 '토탈' 사가 말썽을 피우고 말았다. '토탈'과 나의 인연은 윤활유 부분에서는 좋은 반려자가 된 반면 석유와 가스 부분에서 악연이 되었다.

'토탈' 한국 지사에서 미얀마 가스 개발에 제휴하자는 제안이 있었는데 내가 묵살하였다.

이미 미국과 깊숙이 들어가고 있어서 물리적으로도 불가능하였지만, 프랑스인들과 신뢰 있는 관계를 맺는 것이 어려울 때가 많기 때문에 언제 어떻게 배신당할지 모르기 때문이었다.

그래서 '토탈' 코리아의 제안에 대꾸도 제대로 해 주지 않았었다. 그런데, 그 '토탈'이 미얀마 정부에 전격적인 제안서를 내놓았다.

미얀마의 가스를 개발하고 태국까지 파이프라인을 깔아서 가스를 태국에 판매하겠다는 제안이었다.

가스의 액화 및 수송에는 엄청난 규모의 자금이 들어가기 때문에 파이프라인을 깔아서 판매할 길이 있다면 비교의 여지가 없는 것이다.

나는 완전히 나자빠질 수밖에 없었다. 왜 그런 다국적 흥미를 이끌어 내는 좋은 프로젝트를 구상하지 못했을까, 후회스럽게 생각해 보았다.

그러나 우리의 여건은 해외 자원을 개발하여 국내로 가지고 들어와야 애국하는 길이 되고 그래야 국가적 지원을 끌어낼 수 있다는 제약이 있다고 생각했었다. 그로부터 약 10년 후, '토탈'이 탐사에 실패하고 손을 떼게 되었다.

미얀마 정부는 다시금 대우에 탐사 제의를 해 왔고, 대우가 적극적으로 탐사를 개시하여 마침내, 4 TCF(4 Trillion Cubic Feet = 석유 환산 7억 배럴)에 이르는 규모의 가스 매장을 확인하였는데, 이 정도면 경제적인 규모의 액화 천연가스 즉 LNG 사업도 가능했다. 그래서 이를 파이프라인을 통해 중국에 판매함으로써 수익성을 극대화하기에 이르렀다.

대우가 가스 '심마니'가 되어 우리나라 석유 및 가스 개발 사상 최대 규모 기록을 세운 것이다.

원래 김 회장의 아이디어에 따라, 내가 좋은 시작은 하였지만, 후배가 좋은 성공을 거둔 것은 나와 김 회장이 대우를 떠난 이후 일이어서 김 회장에게는 매우 아쉬운 일이었다.

리비아에서 유전을 건설 대금으로 인수할 기회가 있었던 것을 나의 소심한 판단으로 기회를 잃게 한 것과 함께, 김 회장을 위해서 뼈저리게 아쉬운 일이 되었다.

—

인도네시아 석유 개발 투자

어느 날 김 회장실에서 불러서 갔더니 인도네시아 '마두라' 인근 유전의 시추 프로젝트를 추진하라는 지시를 내렸다. 프로젝트 기회가 '톱'에서 '톱'으로 움직여 '요지부동'한 지시로 떨어지기는 처음이었다.

이야기의 배경은 석유 개발 공사 사장인 황 모 장군이 육사 11기 동기인 손 모 장군에게 절호의 투자 프로젝트 기회에 관한 비화를 흘렸고, 손 모 장군은 대우에서 호의를 많이 입고 있던 처지라 그 정보를 김 회장에게 제공했고, 김 회장은 절호의 기회를 나에게 지시하여 포착하도록 하였던 것이다.

내용은 '코데코'가 1980년대에 인도네시아의 '칼리만탄' 해역에서 석유 개발을 위해 막대한 자금과 시간과 노력을 쏟아부었지만, 끝내 무위로 끝난 '마두라' 광구의 바로 이웃에 석유의 부존 가능성이 뛰어나게 좋은 징후를 보이고 있는 광구가 있어 여기에 시추 계획이

서 있는바, 시추 비용 약 50억 원을 투자하고 성공 시 지분 이권을 보수로 받게 될 투자자를 찾는다는 것이었다.

지시를 받은 나는, 우선 그 진실을 파악하기 위하여 석유 개발 공사의 개발 본부장을 찾았다. 개발 본부장은 옛날 유공의 기획부에 근무한 적이 있어서 잘 아는 처지였다.

본부장 얘기는 광구 일대를 지질 조사를 끝내고 탄성파(Seismic Test) 시험을 하면서 탄성파 지도를 그려 보니까 밝은 점(Bright spot)이 세 군데나 나타나서 석유의 부존 가능성을 매우 높게 보여 주고 있다고 했다. 그리고 더욱 자세한 것은 현지에 출장 가서 지질 전문가로부터 브리핑을 받으라고 하였다.

나는 전에 영국의 케임브리지 대학교의 해양 개발 단기 코스에 입교하여 공부를 좀 한 것이 있어서 얼마 깐은 이해하고 있었다.

탄성파 지도에 나타나는 Bright spot에서 석유가 발견된 예가 많다는 통계가 있기는 한 것이다.

가능성이 높다는 것이 얼마나 높은 것이냐 하면, 보통 시추하여 석유를 찾는 확률이 통계적으로 100분의 1이라 하면, Bright spot 을 시추하여 석유를 찾는 경우는 10분에 1 정도라 한다. 확률이 10 배 정도로 높아지기는 하나 아직도 10분의 1밖에 안 된다고도 볼 수 있다.

현장에서 전문가들이 자료를 펴 놓고 또는 탄성파 지도를 펴 놓고 설명하는데, 기회가 괜찮은 듯하였다. 그런데 여기에 50억 원을 걸고 10분의 1 확률로 10배, 아니 50배로 튀겨서 벌어들일 게임을 감행할 것인가 하는 것은 돈 가진 사람만이 결정할 수 있는 것이다.

나는 출장 후 김 회장에게 긍정적인 보고를 했고 대우는 여기에 50억을 투자하여 날리고 말았다.

석유 개발 투자는 산삼 찾아 헤매는 심마니, 또는 광맥을 찾아 산을 뒤지고 다니는 광산인과 같은 것이라, 많은 시간과 자금과 노력을 쏟아붓고 무위로 끝나는 예가 10중 8, 9가 된다.

일본인들은 광맥을 찾아 산을 헤매는 사업을 '야마시(山事)' 즉 '산의 일'이라 불렀는데, 이 '산의 일', 즉 '야마시'는 '속임'으로 통했었다.

즉, 속여 먹는 것을 '야마시'한다고 하기도 했다.

다시 말하여, 인도네시아 해역에서 대우가 '야마시' 당한 것이다, 山事가 아닌 海事(가이시)가 되나? 후일, 이 사업의 속성을 잘 모르는 사람들이 말들을 많이 하였다.

인류사상 세계 최초로 심장 이식 수술을 했던 남아공의 '버나드' 박사 주변에 '살인죄'를 구성한다고 논란을 벌인 법률가들이 있었던 것처럼, 김 회장의 주변에 그러한 세력이 있었던 것이었다.

재미나는 후일담이 있었다.

그 지역에 대우가 시추 비를 투자하였던 것은 최초의 시추가 아닌 1차 시추 실패 후의 2차 시추였다는 것이다.

208

1차에 실패를 했으면 2차 시추에 투자하는 것은 의미가 매우 작은 일인데, 석유 개발 공사는 1차 시추 실패담을 감쪽같이 묻어 두고, 최초의 시추인 양, 즉, '와일드캐팅(Wildcating)'인 양 속여서 성공률이 매우 높다고 강조하면서 투자 유치를 하였던 것이다. 즉, '야마시' 아니, '가이시'한 것이었다.

신생 통일 베트남

나는 인도네시아 유전 시추 프로젝트를 꾸리고 나서 특별히 하는 일이 주어지지 않아서 스스로 일을 만들어서 일을 하고 보고 사항이 생기면 보고하려 하였다. 그 일환으로 전쟁 종식 후 국가 재건에 여념이 없는 베트남에 관심이 많이 갔다.

2차 세계 대전 후 한국처럼 남북으로 분단되어, 남북 통일 전쟁을 끈질기게 수행하다가 마침내 미국군이 손을 들고 철수함으로써 통일의 날을, 그러나 공산주의로의 통일을 맞이하게 된 나라.

베트남의 승전으로 통일을 이룩하고 나니까, 제2차 세계 대전 후 분단되었던 독일-베트남-한국 3개국 중 이제 한국이 유일하게 분단국으로 남게 되었고, 이제는 북한이 소련과 중국의 힘을 얻어서 밀고 내려올 것 아니냐 하는 우려가 팽배하는 가운데 국민이 동요하기 시작하였다.

베트남 전쟁을 포기하고 철수하기로 결정한 미국(카터 대통령 시대)이 세계 도처에서 브레주네프 치하의 소련에 밀리고 있었고, 한국에서도 유사시에는 철수하고 일본만을 사수한다는 정책이라고 알려져 있어서 많은 국민들이 동요하고 미국으로, 캐나다로 이민 붐을 일으키고 있었다.

그러던 것이 미국 차기 정권이었던 레이건 대통령–알렉산더 헤이그 장군 시대에 들어서서 대소 강력한 전략을 펴 주어서 다시금 한국이 안정을 찾게 되었다.

베트남이 공산주의 통일 국가를 이룩하고 나서 자유 세계의 관심을 끌게 된 것은 공산 국가지만 개방과 시장 경제를 추구하는 정책을 펼친 덕분이었다.

베트남 역시 통일 후 초기에는 공산주의식 기획 경제 체제하에서 경제가 심하게 황폐하였었으나, '두오모이' 총리가 취임하면서 개방과 시장 경제 체제를 획기적으로 도입하여 자유 세계의 관심을 끌고 또 성공적으로 투자 유치를 시작하고 있었다.

'두오모이' 총리는 외환 정책을 상징적으로 부각시켰었다. 환 시장에 암시장이 생기지 않도록 환율을 유동화하고 현실화하였다.

이것 하나만 가지고도 자유 세계로부터 인정을 받고 투자가 들어가기 시작하였다. 미국도 전쟁 종식 후 베트남에 대한 엠바고 정책을 지양하고 나아가서 통상을 정상화하기 위한 '카드'를 만지작거리고 있을 때였다.

나는 우선 자원에 관심을 가졌다.

남해안에 미국 '모빌' 사가 석유를 개발하여 소량이나마 생산 개시하였고 동해에 대단위 석유 매장을 추정하고 있는 등 관심을 끌만하였다. 나는 호찌민 시(구 사이공)에 있는 대우 지사를 찾았다. 그리고 지사장과 함께 수도 하노이를 방문하였다.

호찌민 지사장은 베트남 전쟁 때 한국군 장교로 참전하였고, 하노이에 있는 지사의 에이전트는 베트남 전쟁 시 베트남군 장교였었다고 하는데 서로 과거 신분을 감추고 있는 처지였다.

나는 하노이로 가서 하노이 강 속의 섬에 있는 정부의 영빈관에 숙소를 얻었다. 방갈로식으로 된 이 귀빈 숙소는 문자 그대로 하노이(河內의 베트남 말)였다. 바로 옆 방갈로에는 라오스의 공산당 서기장이 묵고 있었다.

나는 이 방갈로에서 지사장의 주선으로 베트남 석유성의 전 개발 국장을 만나게 되어 있었다. 나는 그를 초저녁에 만나서 새벽 3시 무렵까지 시간 가는 줄 모르고 베트남 이야기를 듣고 또 자유 세계의 이야기를 전해 주기도 하였다.

그러나 대우의 진출을 끌어낼 만한 '이슈'는 찾지 못하였다.

얼마 후, 정부에서 베트남 경제 사절단을 조직하여 파견한 일이 있었다. 나는 대우 대표로 사절단의 일원으로 다시 베트남을 방문하여 산업 자원성, 재무성 등 주요 기관들을 방문하여 일련의 '컨트리 서베이'를 하였다.

그러나 특별한 호재를 찾지 못한 채 돌아왔다.

—

나의 아기를 낳아서 키우려고

나는 김 회장의 주변에서 특수 사업을 수행하는 일이 너무 힘들었다. 대우에서 1년이란 세월을 프로젝트 쫓아다니다가, 김 회장에게는 대단히 미안한 일이지만 곁을 떠나, 이제 내 갈 길을 찾아가기로 마음먹었다.

이제 내 나이 55세, 내 아이를 낳아서 길러야겠다는 생각을 하고 1989년 말 대우와 김 회장 곁을 떠났다.

1   주식회사 하이켐 설립

2   드라이클리닝 대체 세제의 개발

3   구두 광택제 사업에 전력투구

4   국가 부도 위기와 IMF

5   중국 시장 개척단

6   러시아 시장 개척단

7   세탁 산업 전문 세제로 가닥을 잡다

8   작은 상품으로 큰 나라들을 잡자

9   한국학 중앙연구원의 근세 경제사 사료 채취

제8장 ———.

나의 60-80 이야기

—

주식회사 하이켐 설립

나는 이수화학에서 주식회사 대우의 부사장으로 자리를 옮기기 전, 즉 이수화학 사장 재직 말기에 김 회장으로부터 내가 판단하기에, 대단히 무리한 지시를 받고 그 수행을 거부한 일이 있었다. 내가 그렇게 하기는 처음이었다.

석유 화학 공업의 핵심이자 나의 주 전공인 나프타 분해 센터(NCC) 프로젝트를 중국에 건립하라는 어마어마한 지시를 받았었다.

이 프로젝트에는 당시 화폐 가치로 적어도 약 15억 달러가 소요되었고, 계열 공업 콤비나트와 함께 건립되어야 하므로 총 투자 규모가 40~50억 달러에 이르는 초대형 프로젝트가 되는 것인데, 내가 그 프로젝트를 도저히 감당할 수 없었기 때문이었다.

설령, 내가 개인적으로 감당한다 하더라도 사업의 규모와 중요성으로 보아 당시 중국 정부의 손꼽을 만한 국책 사업에 해당하는데, 석유 화학 공업에 경험이 없는 대우가 수행하도록 허가받는 것도 큰 문제였다. 또 허가받더라도 그만한 자금을 꾸려 내는 것도 문제시되어, 김 회장의 지시를 거부하는 쪽으로 가닥을 잡았었다.

그러나 김 회장은 대우 계열사의 다른 사람을 시켜서 석유 화학 계통도와 함께 예비 사업 계획을 만들어서 나에게 제시하면서 그걸 수행하라는 지시를 다시금 내렸다.

나는 정색하고 그 일을 할 수 없다고 답하고 나오면서, 2차에 걸쳐서 지시에 불복한 마당에, 김 회장 곁에 더 이상 몸담고 있을 수 없는 것 아니냐 하는 생각을 하게 되었다.

나는 대우에 자리를 옮기고 1년 후 실행에 옮겼지만, 이수화학을 떠나면서 이미 대우를 떠날 마음의 준비를 하였었다.

이와 같이 김 회장의 세계 경영 전략은 대우를 어려운 경지로 몰고 가면서 나와 김 회장 사이에 커다란 강을 만들었던 것이다.

나는 사업 계획을 자동차 손질 약품, 즉 자동차의 세제와 광택제로 가닥을 잡고 '토탈' 윤활유 사업팀에서 추천해 준 프랑스 회사로부터 배합 처방 등 기술 지원을 받기로 하였다.

회사명은 '주식회사 하이켐'으로 했는데 '하이켐'은 독일 '훽스트' 사의 사보 이름, '하이켐'에서 따 왔었다.

나는 이 사업에서, 품질, 관리, 영업 모든 부문에 실책을 거듭하여 대실패의 쓴맛을 보게 되었다. 소기업의 경영이 이렇게도 어려운 줄 몰랐었다.

그러나 포기하지 않고 제품의 품질을 재정비하고, 영세 상인들 대상으로 독자적으로 만들었던 유통 조직을 정리하고, 때마침 신설·확산되고 있던 제도권의 유통망으로 찾아 들어갔다.

제일 먼저 신세계 백화점 계열인 E-마트와 프라이스 클럽에 입점하고, 이어서 킴스 클럽, 까르푸, 월마트 등에 입점하였다. 모두가 초기 단계여서 규모는 작았지만, 영업의 질을 확실히 하면서 성장해 가기를 기다렸다.

그러는 한편 이수화학의 노멀 파라핀을 무취 용재로 시장 개발하여 매출을 일으켰고 중국에 자동차용품의 수출 길을 트고 열을 올리기 시작하였다.

드라이클리닝 대체 세제의 개발

그러는 동안, 대우 전자 세탁기 사업본부에서 제의가 들어왔다.

드라이클리닝 대용 세제, 즉 울, 실크 등을 드라이클리닝하지 않고 물로 세탁하는 세제, 속칭 드라이 세제가 일본에서 출시되어 유통되기 시작한 지 얼마 되지 않았는데, 그 샘플을 구해 가지고 와서, 내가 그걸 개발하여 가정용 세탁기에 사용할 수 있도록 공급해줄 수 있겠느냐 하였다.

나는 독일의 훽스트 사의 한국 지사에 본사 차원의 기술 지원을 요청하여 승낙을 받고 독일 프랑크푸르트에 있는 훽스트 중앙 연구소를 찾아가서 배합 기술에 대한 지원을 받았다. 훽스트는 나중에 스위스의 클라리언트로 넘어갔다.

세계 굴지의 세제 원료 회사들은 원료 영업을 위하여 배합 기술을 지원하는 것이 상례이기 때문에 훽스트로부터 배합 기술을 지원받는 것은 비정상적인 일은 아니었다.

3, 4개월이 지난 뒤, '훽스트' 중앙 연구소로부터 초보적 배합 처

방이 준비되었음을 통지받았다.

마침, 독일 뒤셀도르프에서 가전 박람회에 참석 중인 대우 세탁기 사업 본부장에게 연락하여, 프랑크푸르트에 있는 훽스트 연구소를 함께 방문하여 배합 기술을 전수받았다.

우리는 훽스트 기차역에서 헤어지면서 이 배합 기술을 공동 소유로 특허 출원하기로 합의했고, 또, 이 특허권이 존속하는 기간 동안 내가 대우전자에 독점 공급하기로 합의하였다.

나는 하이켐의 실험실에서 드라이 세제의 배합 처방을 세련되게 개선한 다음 샘플을 대우전자 연구소로 보내서 검증 절차를 거쳤다. 이후 상업적 생산을 시작하면서 '드라이텐(DRYTEN)'으로 상표 등록 출원하고 그 샘플을 대우전자로 보냈다.

대우전자는 이 세제를 사용하여 공기방울 세탁기에 울 코스를 개발, 울이나 실크를 물 세탁하는 기틀을 만들었다. 울, 실크를 물로 세탁하는 기법은 후일 미국에서도 성행하기 시작했고, 이 기법을 '웨트클리닝'이라 불렀는데, 미국에서는 때마침 '퍼크'라는 드라이클리닝 용재가 발암 물질로 밝혀져 대대적인 추방 캠페인이 일어나고 있을 때, '웨트클리닝'이 주목을 받고 있었다.

대우전자가 나의 세제를 이용하여 이 기법을 본격적이고 구체적으로 상업화하자 미국 시장에서도 관심을 끌었는지 모른다.

대우전자는 서울 '힐튼' 호텔에서 신문 기자들을 초청한 가운데 새 세탁기의 대대적인 '런칭 세레모니'를 가졌었다.

이 세탁기의 출시로 대우전자의 세탁기의 매출이 급증하여 시장 점유율이 18%에서 일약 48%로 껑충 뛰었다. 최대 점유율을 차지해 왔던, 경쟁사, 삼성전자가 가만히 있을 리 없었다.

삼성전자 세탁기 사업팀은 소비자 보호원을 움직여 대우 공기방울 세탁기와 '드라이 세제'를 소비자 사회에서 단죄를 받게 만들었다.

세상에, 울, 실크를 물로 세탁한다는 것이 말이나 되는 얘기냐고?

세제와 세탁학계의 권위자라 할 수 있는 서울대 교수이자 한국 소비자 보호원의 고문 교수를 움직여 보도 자료를 그럴듯하게 만들어서 TV 방송과 라디오 방송사들에게 풀어서 일제히 대우 공기방울 세탁기를 단죄하는 방송을 하게 하였다.

사실은 허무맹랑한 모함이었다.

울, 실크를 물로 세탁하는 것은 원단 메이커들이 이미 방축 가공을 해서 출고하므로 큰 문제 없이 되게끔 되어 있었다. 다만, 양질의 중성 세제를 쓰고, 세탁기의 회전을 줄여서 마찰에 의한 섬유의 수축을 줄여 주는 등, 몇 가지 기법을 구사하면 가능하게 되어 있었다.

삼성의 세탁기 연구소는 '풀' 가공이 된 저급 양복을 시장에서 사다가 모 교수를 초빙, 입회시켜 물 세탁해 보이면서 물세탁 후 풀이 빠져서 형태가 이글어진 양복을 보이면서 '울, 실크를 물로 세탁하면 이렇게 됩니다' 하고 '뇌'를 돌려놓았다.

교수는 이론은 많이 알아도 '실물'에 어두운 편이라서 '실물' 앞에서 '뇌'가 쉽게 돌아가 버린 것이다.

대우전자는 대대적인 광고로 해명과 반박을 이어가며 '소비자 보호원'의 결정이 틀림을 주장하였으나 TV 매체로 한번 떠들어대고 나면 원상을 복구하지 못할 뿐 아니라, 정부 감독 기관을 이길 수는 없는 노릇이었다. 소비자 보호원은 대우전 자 측에 해명과 반박 행위를 중단하지 않으 면 대우전자의 다른 제품에도 문제를 일으 켜 준다는 뉘앙스를 비쳤고, 이 바람에 대 우전자는 꼼짝 못 하고 물러설 수밖에 없었 다. 대우는 눈물을 머금고, 국내 판매에서 수출 전략으로 방향을 틀었다.

드라이텐(DRYTEN)

유럽에 수출하려면, 먼저 소비자 단체의 반발이 없어야 하고 그러 자면 소비자 단체들을 뒷받침해 주는 소비재 시험 연구원의 검증을 확보하는 것이 중요했다.

세제와 세탁 분야에 세계 최대의 시험 연구 기관인, KFW(Krefeld Forschung Werke)가 독일 뒤셀도르프에 있는데 대우전자는 이 연 구소에 공기방울 세탁기와 함께 세제, '드라이텐'을 시험 의뢰하였다. 상당히 큰 비용을 써서 면밀한 시험을 거쳐서 OK 판정을 받고 유럽 에 수출이 시작되었다. 처음에는 스페인, 체코슬로바키아, 러시아 등 지로 수출했고, 이어서 중남미로, 그리고 나서 미국에 상륙을 시도 하였었다. 체코슬로바키아에는 대우세탁기 사업본부 영업기획부장 이 출장하여 총대리점의 제의에 따라, 전통 시장에 세탁기를 설치해 놓고 실연, 즉 Demonstration을 했었다.

한 처녀가 웨딩드레스를 들고 올라와 울상을 하면서, 내일 결혼 식 올리는데 오늘 드레스를 입어 보고 레드 와인을 마시면서 기분 내다가 드레스에 엎질러 버렸다 하면서 깨끗하게 빨아 줄 수 있느냐 고 하였다.

실연을 하던 기획부장이 받아 들고 세탁기에 드라이텐과 함께 넣고 빨아 주었다. 깨끗하게 빨아졌다. 처녀는 좋아서 어쩔 줄 몰라 했고, 체코의 신문들이 '기적의 세탁'이라고 대서특필하여 주문이 쇄도하였다.

그러는 한편 세계 최대의 세제 '메이커'인 P&G 체코 지사에서 대우 지사로 연락이 왔다.

P&G 런던 본부에서 대우를 만나고 싶다고 했다는 것이었다.

용건이 뭐냐 했더니, 대우의 세탁기를 자기네가 팔아 줄 터이니 세제의 유럽 총판권을 자기네에게 달라 하였었다.

P&G의 입장은 이러했었다. 유럽은 수돗물의 경도가 대단히 높아서 고온 세탁해야 때가 제대로 지는데 금번 대우 세탁기에 사용한 세제는 상온에서 잘 지고 있으므로 이 세제와 함께 한국의 '콜드 워시' 세제가 유럽에 물밀 듯이 들어오는 것을 막고자 한다는 것이었다.

대우는 아쉽게도 P&G의 제의를 묵살하였다. 세탁기에 부끄러운 면이 있었기 때문에 이를 노출시키기가 창피하였던 것이다. 대우는 '공기방울'을 발생시켜 세탁 효율을 높인다고 주장하고 또 특허까지 등록하였는데, 그게 사실무근이기 때문이었다.

내가 실험해 본 바로는 사실무근이라기보다는 공기방울이 세탁에 유해하였다.

공기방울을 통해서 탄산가스가 세탁수에 녹아 들어가서 세탁수의 pH를 0.5 정도 떨어뜨려 줌으로써 세탁을 불리하게 하고 있었다.

나는 이 사실을 대우 세탁기 본부에 알려주고 지금이라도 공기방

224

울을 버리라고 했었는데, '공기방울'이 너무 많이 홍보가 되어 있기 때문에 이제 와서 버릴 수가 없다고 했었다.

결국은 대우전자는 P&G에서 좋은 제의가, 또 나에게는 절호의 기회가 왔는데, 이 공기방울의 치부를 드러내지 않기 위해 나서지를 못했던 것이다.

나는 대우 세탁기와 함께 '드라이텐'의 미국 수출 시도에 앞서 미국에 출장 가서 뉴욕에 있는 합성 세제협회를 방문하고 미국의 각 주에서 시행하고 있는 세제 관련 환경 규제 실태를 파악하고 귀국한 다음, 나의 세제인 '드라이텐'의 배합에 약간 수정을 가하였다.

수정이란 세제에 휘발성 유기 화합물(VOC=volatile organic compound) 함량을 미국의 규정치 이하로 조정하는 것이었다.

이윽고 '드라이텐'이 대우 공기방울 세탁기와 함께 미국으로 실려가게 되었다. 그러나, 두 번째 선적으로 이어가지 못하고 중단되었다. 세탁기 쪽에 사소한 문제가 있는 것이 발견되어 수출이 중단되고 판매한 것이 '리콜'되었다.

사소한 문제란 세탁수 재순환 시스템의 3-방향 밸브에 기계적 하자가 있었는데 이를 바로잡지 않은 채 수출을 감행했기 때문이었다. 사소한 문제가 미국 진출을 좌절시키고 말았던 것이다.

대우의 '웨트클리닝' 세탁기는 출발 당시 거창한 꿈과는 달리 거품이 꺼져가고 있었고, 특히 국내 시장에서는 소비자 보호원 조치 이래로 판매를 제대로 할 수 없어서 내리막길을 가다가 대우그룹의 공중분해 이후 중단되고 말았다.

225

세월이 한참 지나고, 삼성전자가 가정용 세탁기에 '울 코스'를 도입하여 울 실크 물세탁 체제를 갖추었고, 더욱 웃기는 것은 대우가 잘못 채택했던 공기방울을 삼성이 여과 없이 채택해서 '아이로니컬'한 모방이 되었다.

그뿐 아니었다. 세월이 더 많이 흐르고 나서, 스웨덴의 최대 가전 회사인 엘렉트로룩스가 웨트클리닝 세탁기와 세제를 개발해서 'Lagoon System'이라는 '브랜드'로 판매에 나섰는데, 독일의 KFW 연구소의 지원을 받아서 개발했었다.

KFW는 대우전자의 의뢰로 공기방울 세탁기와 '드라이텐'을 시험하면서 노하우를 축적해 가지고 있다가 고스란히 엘렉트로룩스에 팔아먹은 셈이었다.

일렉트로룩스는 공기방울 발생 장치를 외장형으로 곁들여 공기방울을 찾는 고객이 있을 경우 옵션으로 내놓고 있었다.

대우전자가 창안한 공기방울이 그만큼 유명해진 것인데, 이해할 수 없는 것은 선두를 달리는 큰 회사들이 과학적인 검증 없이 모방을 일삼고 있는 것이었다.

나는 사실상 '불출세'의 영웅이 되고 만 '드라이텐'의 꿈을 접고, 새로운 품목을 개발하기로 결심하여 다시 뛰었다.

—

구두 광택제 사업에 전력투구

나는 주력 사업으로 뛸 아이템이 삼성과 소비자 보호원의 조치로 인해 포기해야 할 국면이 되자 새로운 아이템 발굴을 시도하였다.

나는 미국의 유명한 화학 재벌, '다우 케미컬'의 계열 사업으로 흡수 합병된 '다우코닝' 사의 실리콘 제품 카탈로그와 동사가 원료 판매 촉진을 위하여 만든 실리콘을 주원료로 사용하는 소비재 제품들의 배합 처방 '가이드 북'을 입수하여 어떠한 제품을 주력 아이템으로 골라 볼까 궁리한 끝에 '노터치, 스프레이' 식 구두 광택제를 골랐다. 이 제품은 액체 실리콘 제품을 에어로졸 스프레이 캔에 담고 여기에 LPG를 용재로 충진하여 뿌리면, 고속 건조하여 광택을 내게 되어 있었다.

나는 여기에 초경질 석유계 용재를 추가로 배합하여 건조 속도를 2단계화하고 광택성을 개량해서 상품화하면서 'ShoeShineBoy'란 상표를 등록하였다.

구두 광택제란 보통 왁스 형태로 되어 있어서 이를 헝겊이나 솔에 묻혀서 구두에 바르고 헝겊으로 문질러서 광택을 내는 것인데, 내가 개발하는 스프레이 광택제는 구두를 향해서 적당량 뿌려

슈샤인보이(ShoeShineBoy)

주기만 하면 말라서 광택을 내기 때문에 매우 편리한 제품이라 볼 수 있었다.

나는 '다우코닝' 사의 배합을 조정하여 건조 속도와 광택도를 향상한 다음 이를 국제 발명 특허 출원하여 한국과 미국에 특허 등록 필하고 일본, 중국, 유럽(EC) 등에 출원하였었다.

공업 소유권을 확보하고 영업 전략상 유리한 고지를 점유하려고 비용을 꽤 많이 썼었다. 그리고 판매에 나섰다.

국내 시장에서는 나의 영업력 부족으로 고전하였고, 일본에 총대리점을 지정하여 20피트 한 컨테이너를 수출하고 나서, 총대리점의 비용으로 도쿄 TV와 아사히 TV에서 홈쇼핑 쇼를 벌이면서 밀어 보았지만, 결과가 좋지 않았다. TV쇼만 벌이면 대박 나는 줄 알았는데 안 되는 경우도 있다는 것을 배웠다.

한편, 유럽에는 영국, 프랑스, 독일, 이탈리아 등지에 동시다발적

으로 추진하여, 가죽과 구두의 본고장인 이탈리아에 최초로 20피트 한 컨테이너를 수출하였다.

그러나 상품이 뻗어가질 못했다. 제품에 결함이 있는 것으로 보고, 일본의 원료 실리콘 공급사와 협의하여 품질을 개선한 다음 다시 유럽에 수출을 추진하였으나 뜻을 이루지 못하였다. 나는 다시 꿈을 접을 수밖에 없었다.

—

국가 부도 위기와 IMF

1960년 4·19 혁명에 의해 들어섰던 민주 세력의 정부가 1961년의 5·16 군사정변으로 군사 정부로 대체된 지 실로 30여 년 만에 문민 정부를 다시 맞게 되었다. 군사 통치는 부작용이 많이 있기도 하였지만, 경제 개발과 소득 향상에 쏟아부은 집요한 노력으로 성과를 많이 올린 것이 사실이었다.

군에서 도입된 일사불란한 행정 관리 기법과 강력한 지휘 계통을 배경으로 고 박정희 정권 이래 양성된 '테크노크랏' 계층과 '브레인' 들을 활용하여 계획을 수립하고, 한번 수립한 계획들은 효율적이고 강력하게 실천에 옮기는 능력이 있었기에 화학 공업, 철강 공업에 이어 자동차, 전자 공업, 방위 산업에 이르기까지 눈부신 발전을 보았다. 이어서 서울 올림픽의 유치와 성공적인 개최, 그리고 이를 매체로 한 북방 진출의 성공적인 달성으로, 국가 이미지의 고양과 함께 '한류'란 '신조어'를 낳으면서 세계 10위권의 경제력을 달성한 것은 부정할 수 없는 대단한 사실이었다.

이와 같은 배경으로, 1인당 국민 소득이 5·16 군사정변 당시 100 달러대에서 2만 달러 선을 넘게 되어 당시 선진국들의 1인당 국민 소득 5만 달러대를 넘보는 수준까지 이르게 되었다.

그러던 것이 문민정부 기치를 내걸고 통치권을 장악했던 고 김영삼 대통령 시대에 와서 민주화와 함께 '역사 바로 세우기' 운동에 치중하면서 '하나회'라는 신군부 정치 세력을 해체하고 쿠데타 세력을 투옥시키면서 민주 발전의 기틀을 만들기는 하였지만, 경제는 한없이 침체를 거듭하여 무역 적자가 누적되고 외환 보유가 바닥이 나서 모처럼 이룬 국민 소득 2만 달러가 무너지고 '국가 부도'의 늪으로 빠져 가고 있었다.

경제를 활성화하고 수출 진흥을 위해 제반 조치를 취해야 할 대통령이 나는 '민주주의는 알고 경제는 모른다' 하는 철학으로, 그러나 '국민 소득 2만 달러만은 지킨다' 하면서 통화 평가 절하란 꿈도 꾸지 못하게 한 것이 '국가 부도'의 위기로 치닫게 한 것이다.

나는 이 무렵, 발달하기 시작한 제도권의 유통 시장, 즉 현대화된 '마트'의 프렌차이즈 등을 통해 얼마의 자동차용 세제와 왁스 등을 공급하면서 중국과 러시아에 수출 시장을 개발하여 컨테이너 단위로 수출하면서 명맥을 유지하고 있었는데 '한국의 국가 부도설'이 외신을 통해 퍼져 가자 수입선에서 수입 기피 현상이 일기 시작하였다.

소기업 간의 무역 거래는 은행 '신용장'을 활용할 신용 기반이 없기 때문에 '현금주의', 즉 선입금을 받고 생산하여 선적해 주는 방식이어서 신용 불량 위기에 있는 나라에 '선금 지불'하기가 불안하기 때문이었다. 그러나 다행스럽게도 개인적인 신용을 토대로 하여 거래를 유지는 할 수 있었지만, 몇 년이 지난 후 '신용' 외적인 이유를 들어 수출이 중단되고 말았다.

'국가 부도' 위기 상황에서 문민정부는 고 김영삼에서 고 김대중 정부로 넘어가고, 신 정부는 부단한 노력을 쏟아부어, 민주화와 경제 재건의 메뉴를 '동시 상영'하여 성공을 거두었다.

군사 독재를 하지 않고는 경제 발전을 이룩할 수 없다는 논리가 허구로 변하고, 민주주의 방식으로 얼마든지 경제를 발전시킬 수 있다는 산 증인이 된 것이다. 이런 것들이 국가 이미지를 고양하는 기초의 일부가 되고, 한류 상품이 뜨는 데 한몫한 것으로 생각되었다.

새 정부는 고 김영삼 정부 말기 때부터 논의되어 온 'IMF', 즉, '국제 통화 기금'의 '자금 지원'받는 문제를 위기 탈출용으로 받아들이는 쪽으로 가닥을 잡았다.

정부를 인수받을 당시 외환 보유가 100억 달러대에 불과했기 때문에 당시 상황은 국가가 지불 능력을 상실할 우려가 대단했던 것이다. 당시, 동남아를 강타하고 있던 미국 유대인계 '헤지펀드'들이 외환 부족으로 매우 허약해진 한국에 상륙하여 농간이라도 부리는 날에는 진짜 국가 부도 상태로 들어갈 수도 있기 때문이었다.

이 시기에 전국 경제인 연합회 회장직에 있었던 김우중 회장은 IMF 자금이 국가 경제에 불이익을 초래할 것을 우려하여, 외부 자금을 받지 않고, 무역인들이 다시 한번 잘 뛰어서 국가 경제를 회생시키자는 제의를 하였지만, 채택되지는 않았다.

그리하여 IMF 자금이 불과 수백억 달러가 들어오면서 치명적인 꼬리표가 붙어 왔다. IMF를 교통 정리했던, 유대인계 '루빈' 미국 재무장관이 꼬리표들을 붙인 것으로 보였다.

첫째는 현대 대우 등 재벌 해체 의도였다.

미국은 제2차 세계 대전을 이기고 점령군으로 일본에 상륙하면서 재벌 해체를 단행했었다. 재벌이 커지면 국가의 정책을 움직여 전쟁을 일으키고 군수 산업을 움직이고 대외 정책에 영향을 끼치는 등 국가 정책을 이기적으로 움직이게 하는 일이 있기때문에 각개 기업만 존재하게 하고 각개 기업을 통합하는 파워, 즉 총괄적 '소유'의 원천을 없게 하는 것이 국가 경제에 유리하다는 생각에서 그랬던 것 같았다.

사실, 재벌이 모든 분야에 문어발처럼 뻗어가고 있는 것은 일본과 일본을 본받은 한국에만 있는 현상인 것이 사실이다.

유럽이나 미국에서는 재벌이 자동차면 자동차, 석유면 석유, 가전이면 가전만 하지 문어발처럼 벌이는 일이 없다. 그것이 기업의 건전한 문화를 지향하는 길이기도 하다.

일본에는 제2차 세계 대전 패전 후 재벌이 사라지고 그 자리에 이름만 공유하고 있을 뿐이다. 미쓰비시, 미쓰이 등의 문어발 재벌은 옛날에 사라지고 이름만 미쓰비시 상사, 미쓰비시 중공업 이렇게 공유하고 있고 자본적 연결고리 또는 기업 연합의 연결고리 등이 전혀 없게 되었다. 전 계열 기업을 지배하는 '주주' 또는 '기업을 지배하는 경영 주체' 같은 것이 없어진 것이다.

지금 생각하면 IMF 자금이 쥐꼬리만큼 들어오면서 재벌 해체 의도의 뚜렷한 징후로 나타났다.

　그리고 그러한 기도는 아마도 신흥 한국 재벌들이 해외에 진출하면서 발생한 미국 재벌들과의 이해 충돌이 일부 원인이 되었을 가능성을 배제할 수 없다.

　IMF 체제가 시작되면서, 은행에 자금을 집중하여 산업 자금화한다는 명분으로 은행 금리를 30%로 높였고, 사업 인허가 또는 대출 조건으로 자기 자금 비율이 종전에 20% 이상이던 것이 60% 이상으로 껑충 뛰었다.

　한국의 재벌 기업들은 거의 맨주먹에서 자수성가 형태로 성장하면서 '수출입국'이라는 국가적 사명을, 특히 '대우 그룹'은 다 해 오면서, 아직 재무 구조를 건전화할 새도 없었는데, 선진국 재벌들의 재무 구조 수준을 요구받게 되었고 이를 달성하지 못하면 공중 분해되어야 하는 운명을 맞게 되었다.

　결과적으로 IMF의 조건을 충족하면서 살아남을 재벌은 별로 없었다.

　IMF 자금 지원의 또 하나의 주요 조건은 '자본 자유화'였다.

　이것은 한국의 경제가 성장하면서 걸어가야 할 길이기는 하지만, 당시로는 자유화하기에 너무 취약했다. 이 자본 자유화를 통해서 미국계 '헤지펀드'들이 대거 주식 시장에 들어와 한국 경제의 3분 1쯤을 똥값으로 먹어 버렸다.

가뜩이나 외환이 부족할 때는 독성이 많은 '헤지펀드'라도 들여다가 막아야 하기 때문이었다. 김대중 정부는 외환 보유 100억 달러대 재정을 인수받고, IMF 자금 수백억 달러를 받았지만, 수년 내에 모두 상환하고 5년이란 재임 기간 중 외환 보유를 3000억 달러대까지 늘려서 '헤지펀드'들의 농간을 방어할 수 있게 하는 가운데 자본 자유화 체제를 자리 잡게 하였다.

이 배후에는 백성들의 '금 모으기 운동' 동참, 기업인과 무역인들의 피나는 노력, 그리고 그 속에는 실로 '우수한 국민성'이 내재하고 있었다.

이러한 숨은 능력을 끌어내는 것이 정치인의 사명인 것이다.

정부는 대우 그룹 해체를 단행하고 이어서 현대 그룹을 해체할 단계가 되자 현대는 안 된다는 쪽으로 방향을 틀었다.

현대는 당시 북방 진출의 기관차 역할을 하고 있었기 때문에 그룹을 살려서 역할을 차질 없게 해야 한다는 취지였던 것 같았다.

살아남게 된 현대는 2세 형제간의 재산 분할의 길을 찾아 사실상 재벌 분할 효과를 낸 것으로 보였다.

삼성 그룹은 수익성이 좋고 사업상 안전한 소비재, 부동산 개발, 금융 등의 산업에 치중하면서 국가의 기간 산업의 일익을 담당하지 않다가, 5공화국에 이르러서 반도체를 떠맡게 된 것이 오늘날의 대삼성을 있게 한 것이다. 2세 경영 시대로 들어간 오늘날. 삼성은 신세대답게 체질 개선이 되어 가고 있는 것이 눈에 많이 띄고 있다.

—

중국 시장 개척단

고 김대중 정부가 들어서면서 나라의 살림은 안정화의 길을 찾아 가고 있었지만, 나의 조그마한 사업은 아직도 양지를 찾지 못하여 방황하고 있었다. 남들이 잘 하지 않는 특별한 상품을 만들어 승부를 크게 내어 보려던 생각은 번번이 빗나가 버렸다.

나는 생각을 바꾸어 평범한 상품을 가지고 '마케팅'으로 승부를 내야 된다고 생각하였지만, 국내 시장에서 그러한 시도를 감행하려면 수준급의 영업 인력과 상당한 규모의 마케팅에의 선투자가 전제가 되어야 하는데 나에게 이를 감당할 능력이 없었던 것이다.

그렇다고 대기업에 OEM 또는 SELLER'S BRAND로 한 업체에 매달려 영업하는 그러한 업종은 하고 싶지가 않았다.

그래서 생각해 낸 것이 '수출' 영업을 본격적으로 개발하자는 것이었다. 때마침, 중국이 88 서울 올림픽 이후 '한국식 경제 개발'이라 할까, 한류의 물결을 타고 개발 붐을 일으키고 있었다.

중국의 공무원, 준 공무원 할 것 없이 외국인 투자 유치와 외국

상품의 모방 생산 등에 광분하고 있었다.

마치 IMF 체제하에서 우리나라가 금 모으기 운동에 혼신하면서 '나라-사랑'을 불태우던 때가 떠오르게 하였다.

중국의 말단 공무원들의 '일거수일투족'이 외국인 투자 유치에 '올인'이라도 하고 있는 듯하였다. 그 당시, 손학규 지사 휘하의 경기도가 중국에서 개발 선두를 달리던 지역인 광둥 성과 협력 관계를 맺고 중국에의 진출을 위한 여러 가지 교두보 역할을 하고 있었다.

공산주의 기획 경제 체제에서 시장 경제의 초보적 단계로 진입하고 있던 중국과 러시아에 소비재가 절대적으로 부족하여 한국 제품과 같이 품질 좋고 값싼 제품이 대인기를 얻고 있는 시기였다.

나는 이 절호의 기회를 편승해 보리라 생각하였다.

경기도는 광둥 성 정부와 협찬하여 광둥 성의 수도 '광주'에서 1주일간의 합숙 세미나를 개최하였다. 세미나의 내용은 중국이란 시장을 이해하는 데 필요한 다양한 내용을 함축하고 있었고, 세미나 강사는 중국의 저명한 경영학 교수들과 중국에 진출하여 성공을 거둔 기업인들을 주축으로 하고 있었으며, 세미나에 경기도 내 소재하는 중소기업의 대표자들이 무상으로 참가할 수 있게 했었다.

나는 이 세미나를 신청하여 참가 허락을 받고 1주일간 광주 시의 한 호텔에 숙박하면서 중국 공부를 열심히 하였다.

그리고 세미나의 일부로 산업 시찰 코스가 있었다.

1980년 중국이 최초로 시도했던 경제특구인 심천(深川), 내가 1989년도에 방문했을 때는 광활한 산업 단지 부지 위에 호텔 하나밖에 없었는데, 약 15년이 지난 후에는 산업 시설이 빽빽이 들어서 고도 모자라서 이웃 '동관'이라는 곳에 제2 산업 단지가 건설되고 그 단지도 초만원이 되어 넘치고 있었다.

그러는 동안, 심천은 인구 1,100만의 도시로 그리고 심천 항은 세계 최대의 컨테이너 항으로 커졌다. 뿐만 아니라 10여 년 전, 지방 도시의 비행장처럼 초라했던 '광주' 국제공항이 현 인천 공항과 비교할 만큼 큰 공항이 되었고, 요소요소에 고속도로들이 뚫려서 잘 갖추어진 '인프라'를 과시하는 듯하였다.

나는 88서울올림픽 때 세계에 보여 주었던 한국의 발전상을 보다 빠른 템포로 이룩해 가고 있는 중국을 보는 듯하여 중국에서 기회를 꼭 만들어 보고 싶었다.

경기도는 본 세미나가 끝나고 나서 중국 '시장 개척단'을 조직하여 광주/상해/북경 3개 지역에서 상품 전시회를 하면서 '바이어'들과 상담을 알선하는 행사를 진행하였다. 물론 경기도 소재 중소기업을 위한 것이었다.

상해와 북경 또한, 공항과 고속도로망 그리고 대로 주변에 세워진 빌딩들은 10여 년 전에 보던 것과 전혀 딴판이었다.

코트라(무역진흥공사)에 위촉하여 시장 조사를 하고 또 '바이어'를 발굴하여 상담을 알선해 주고, 또 참가하는 각 사에 통역 한 사람씩을 배정하여 주어서 더없이 좋은 상담 진행 여건을 조성해 주었다.

나는 자동차용품, 웨트클리닝 세제, 구두 광택제 등을 가지고 전시와 상담을 진행하였지만, 중국 실업인들에게 흥미를 많이 일으켜 주기는 하면서도 안정된 거래선을 발굴해 내지는 못하였다.

중국이 오늘날 정도의 수준만 되어 있었어도 많은 성과를 낼 수 있었으리라 생각된다. 불행히도 내가 들고 간 상품들은 중국에는 아직 이른 상품이어서 상거래를 형성해 나가기가 너무 어려웠다.

당시 중국과 러시아에 교역을 하고 있던 나의 일본 총대리점 이야기로는 중국보다는 러시아가 상대하기가 좀 더 좋다고 말한 적이 있었다.

중국에서 시장 개척 행사가 있은 뒤 북경, 상해, 그리고 광주에서 상담이 이어가고 소규모의 수출 거래가 이루어지기는 하였으나 끝내 빛을 보지는 못하고 말았다.

—

러시아 시장 개척단

나는 이웃 나라를 중심으로 수출 시장을 개척하고자 노력하는 한편 국내에서 상품 전시회에 관심을 가지기 시작하였다.

자동차의 세제와 왁스가 주력 상품이므로 자동차 전시회, 즉 '모터쇼'의 한구석에 자리 잡는 부품과 용품 전시장에 '부스'를 얻고 제품들을 전시하여 이웃 나라 바이어 발굴을 시도하는 것이었다.

어느 해 어느 날, 코엑스의 한 별관인 일산의 킨텍스에서 부스를 빌려 전시하고 있었는데 러시아 사람들이 찾아와 흥미를 보여서 거래가 시작되었다.

블라디보스토크에 본거지가 있고, 제품만 좋으면 시베리아는 물론 모스크바까지도 상권을 넓힐 수 있다고 말들은 듣기 좋게 하였다. 그들은 반 컨테이너 정도의 물량을 주문하면서 전 러시아 독점 대리점권을 요구해 와서 그렇게 해 주기로 하였다. 다른 대안이 없었으므로 따져 볼 여지가 없었다.

그런 일이 있은 이듬해 경기도에서 러시아 시장 개척단 참가자를 모집하였다.

시장 개척 지역은 시베리아의 중심 도시인 노보시비르스크, 우랄 산맥의 광산 도시인 예카테린부르크, 그리고 모스크바로, 나는 좋은 기회로 알고 이에 적극적으로 참가하였다.

경기도에서는 나더러 시장 개척단 단장을 맡아 달라 해서 그렇게 하였다. 시개단은 극동 지역에 위치하고 러시아 해군 기지가 있는 블라디보스토크에 기착하여 러시아 중심점이자 시베리아의 요지에 있는 노보시비르스크로 가는 비행기로 바꿔 탔다.

블라디에 4시간 기착하는 동안 총 대리점을 공항에서 만나 '이-메일'로 사전 조율하여 준비한 독점적 총대리점 계약에 서명하였다.

공항에 커피숍이나 앉을 의자가 없어서 총대리점장의 승용차 안에서 상담과 서명을 모두 진행하였다.

이번 시개단 활동으로 바이어들이 발굴되면 총대리점에 연결시켜 주기로 하였다. 러시아 중심 지역인 모스크바에 바이어가 생기더라도 상품의 물류는 블라디보스토크 항을 통하여 이루어져야 하고 컨테이너 단위의 물량이 아닌 바에는 블라디에서 일단 물류 창고로 입고되었다가 소분하여 모스크바 방면으로 이동되어야 하기 때문에 블라디의 총대리점은 '웨어하우징'과 물류 관점에서 중요하였다.

연해주와 중심 도시인 블라디보스토크는 역사적으로 몹시 아쉽고 흥미로운 곳이다.

신라와 당나라의 연합 작전으로 멸망하게 된 고구려 '별부' 출신 '대조영'이 멸망 30년 만에 발해를 건립하여 잃었던 만주 일대의 영토를 회복하고 중국의 '하북성' 일대를 영토로 편입하고 연해주의 '말갈'족을 평화적으로 합병하여 대발해국을 건설하였다.

나는 후일 다시 한번 블라디에 들어와 발해의 흔적들을 한번 살펴보리라는 생각을 남긴 채 일행들과 함께 노보시비르스크행 비행기에 올랐다.

노보시비르스크는 전 러시아 중심점에 있는 인구 140만의 계획도시로서 시베리아 전기 철도, 즉 TSR(Trans Siberia Railroad)의 중심점에 있다. 도시의 중앙에 세계 5대 강의 하나이며, 알타이 산맥에서 발원하여 북극으로 흐르는 '오비' 강이 흐르고 있다.

가까운 교외에 인구 10만의 과학 도시가 있고 러시아의 첨단 과학을 산업화하는 지식 사회가 있어서인지 도심의 가장 중요한 위치에 러시아 굴지의 오페라 하우스가 있고 바로 옆 빌딩에 삼성의 사인 보드가 반짝거리고 있었다.

상담장에는 코트라가 미리 준비한 바이어들이 줄을 이어 들어왔고, 나의 통역은 대학의 한 영어 교수가 담당해 주었다.

한국의 유학생, 그리고 한국에 유학하고 온 러시아 여성들이 꽤 있어서 러-한 통역이 한 비즈니스를 이루고 있기도 하였다.

나는 러시아어로 준비한 제품 카탈로그를 제시하면서 블라디에 있는 총대리점으로 부지런히 연결은 시켜 주었지만, 비즈니스로 결실을 본 것은 없었다. 상담을 끝내고 나서 공산주의 혁명 기념 공원과 2차 세계 대전 전쟁 기념 공원을 구경해 보았다.

2차 세계 대전 때 맹위를 떨치다가 한국 전쟁에 투입되어 북한군에 의해 무서운 파괴력을 보여 주었던 T-38 탱크가 진열되어 있어서 감회를 새롭게 하였다.

이곳에서 3일을 지낸 후 우랄 산맥 속에 있는 인구 140만의 예카테린부르크로 이동하여 이틀에 걸쳐서 바이어 상담 행사를 끝낸 다음 최종 행사장인 모스크바로 이동하였다.

모스크바에서는 우크라이나 호텔에 투숙했는데 군인들이 호텔 출입자들을 검색하고 있어서 아직도 치안이 불안한 상태임을 암시하였다.

모스크바에서도 한류 상품에 대한 인기는 좋았다.

코트라에서 주선해 준 안내원에 따르면 서울 88올림픽 당시 러시아의 TV 방송들은 일제히 올림픽 소식은 잠깐 전하고 시간의 대부분을 한국의 발전상을 상세히 소개하는 데 썼다 한다.

당시 러시아는 '페레스트로이카' 즉 경제 개혁을 추진하면서 한국의 시장 경제 체제가 이룩한 경제 발전상을 소개하여 '모델'로 삼고 싶어서 그랬던 것이나 그 여파로 한국에 대한 이미지와 한국의 상품에 대한 인식이 고조되었던 것 같다.

그리고 러시아의 많은 학생들이 한국으로 유학 와서 한국말을 배우고 가서 한국 관련 사업체에 귀하게 쓰여지기도 했다. 그 여파로 한국의 상품을 러시아에 진출시키기가 좋아졌고 상담에 응해 오는 사람들이 많았으나, 대부분 직거래 의사를 표시하고 있어서 블라디보스토크에 링크시키는 것이 어려웠다.

그렇다고 중복해서 대리점 계약해 줄 수는 없는 노릇이었다.

러시아 시장 개척 사업을 마치고 나의 사업을 재조명해 보았다.

자동차 손질, 구두 광택, 웨트클리닝 세제 등의 분야에서 체계적인 시장 개발이 매우 어려움을 느꼈다.

중국이고 러시아고 간에 신상품에 대한 흥미는 좋으나 수요의 규모가 아직 초기적 단계에 있어서 양적으로 소화해 줄 거래 상대를 찾기가 어려웠을 뿐만 아니라 무역 거래를 원만히 해 나갈 만한 상대를 찾는 것도 어려웠다.

그렇다고 큰 상품을 취급했다가는 대기업들 사이에서 생존하기가 어려워서 고민스러웠다.

그러던 참에 경기도에서 서부 시베리아의 중심 도시인 하바로브스크에 시장 개척단을 파견하는 계획을 발표하였다.

나는 여기에도 일단 참가하여 러시아란 시장에 대한 공부를 일단 마무리하고 보자는 생각을 하였다.

시장 개척단이 하바로브스크에 도착하자 주 지사는 환영 만찬을 베풀어 주었다. 러시아의 음식, 러시아 여인의 노래와 무용 등으로 하루 저녁을 즐겁게 보냈다.

하바는 러시아 극동 군관구 사령부가 있는 곳으로, 옛날 대한 항공이 앵커리지에서 서울로 들어올 때, 아마도 항로를 단축시키려고 영공을 슬쩍 넘어갔다가 격추되었던 사건의 지휘부가 있는 곳이다

이 지역은 가스, 목재, 광물 자원의 보고가 있는 동시베리아의 중심 지역으로 상품 개발보다 자원 개발을 기다리고 있는 듯하였다.

하바는 블라디보스토크에서 모스크바, 페테르부르크 그리고 유럽으로 이어지는 TSR(Trans Siberia Railroad), 전기 철도가 통과

하는 요충지이다.

또 백두산에서 발원하는 흑룡강이 몽고에서 발원하는 아무르 강에 합류하여 사할린 근해로 빠지는 합류점이기도 한데, 널따란 아무르 강은 폭이 2Km쯤 되고 겨울이면 영하 35도쯤 되는 기온에 어름이 두텁게 얼어서 강 위로 자동차가 다닌다.

이 강을 건너는 철교는 교각이 2 계열로 서 있고 1 계열은 현 TSR이 지나가고 있다.

TKR(Trans Korea Railroad)이 TSR에 연결되면 나머지 1 계열도 철도를 완성하여 TSR을 2 계열화한다는 것이다.

TKR은 원산과 함경도를 지나고 두만강을 건너게 되는데, 박근혜 정부 초기에도 추진하는 것 같았는데, 지금은 멀리 가버린 감이 있다. 아니 긴 잠을 자고 있겠지.

이 계획이 실현되면 일본이 시모노세키에서 부산까지 해저 철도를 깔아 TJR(?)을 TKR 경유 TSR에 연결시켜 한국과 일본의 상품이 철도를 타고 유럽까지 갈 수 있다. 그리하여 선박에 비해 시간도 반으로 비용도 반으로 줄게 되어 모두가 '윈-윈'하게 된다는 희망을 가졌었는데, 지금은 그 계획이 낮잠을 자고 있는 것일까?

최근의 뉴스에서 삼성이 상품을 중국 대련이나 러시아의 블라디보스토크에 선박으로 연결하여 TSR로 옮겨, 즉 Trans-shipment 계획을 러시아 측과 합의하고 내년 봄부터 실행해 나간다 했는데, 기업이 정치를 앞서고, 선도해 나가는 모습이 애국하는 모습과 같아 보인다.

그러는 동안 정치는 무엇을 하고 있는 건지?

세계 물류 사상 최대 이슈가 될 TSR은 러시아의 커다란 비즈니스가 되고 시속 50km로 달리는 TSR에 우리나라의 먹거리가 엄청나게 많기도 하다. 극동에서 유럽으로 가는 '꾸불꾸불'하고 기다란 해상 물류 경로가 기차를 이용하여 시간과 비용이 반으로 줄어드는 육상 경로가 된다.

거기에 한 술 더하여, 지금 시속 50Km인 TSR의 전기 철도가 시속 300Km의 고속철도로 바뀐다면, 극동과 유럽 간의 철도에 의한 물류가 18일에서 3, 4일 정도로 단축되게 된다.

그뿐인가? 시베리아의 가스와 석유가 파이프라인으로 한국과 일본 그리고 중국으로 이동할 날이 올 것 같은데, 그 먹거리 뒤에 조선 산업과 해양 물류 산업은 크나큰 구조 조정이 불가피하지 않겠나 생각되었다.

북방에 널려 있는 우리의 먹거리, 우선 철도의 고속화, 기관차와 철차 또 시베리아 일대에 전원 개발 그리고 뒤따를 도시 개발, 이어서, 석유와 가스 개발 등 미래의 먹거리들이 널려 있다.

이 모든 먹거리 문제들을 정치가 풀어 주어야 하는데 정치는 '퇴행'으로 가고만 있는 것인가?

하바로프스크에 와서 세계 8대 강에 들어간다는 아무르 강을 보트로 투어하며, TSR 철교를 지나가는 기다란 화물 열차들을 쳐다보면서 해 본 생각들이었다.

하바로브스크와 주변 일대에는 우리와 같은 혈통인 몽골의 '퉁그스' 부족들이 많이 살고 있는데, 이들은 백인들에 밀려서 '마이너리티' 빈민 계층을 형성하고 있다. 그들의 주업은 '구걸'해서 먹고 사는 것이다. 그래서 아이를 낳으면 구걸하는 법을 트레이닝시킨다 한다.

역사적으로 남쪽으로 간 몽골족은 한국과 일본에서처럼 선진 사회를 이루고 있고, 서쪽으로 진출한 몽골족은 칼과 화살을 들고 말을 타고 가서 중근동과 유럽을 장기 지배하였으나 동쪽으로 간 몽골족은 맨손으로 가서 툰드라 지방의 걸인이 되거나 알래스카에서 에스키모가 되거나 미주 땅으로 가서 캐나디안 또는 아메리칸 인디언이 되었고, 더욱 내려가서 남미 인디오의 일부가 되었다.

5세기 무렵 유럽에서 민족 대이동을 일으킨 게르만족들은 식량을 더 생산할 수 있는 좋고 넓은 땅을 찾아 이동하였지만, 몽골족들은 산악과 사막과 추위가 싫어서 따뜻한 곳을 찾아 남미 최하단에까지 이동했었다고 한다.

그러고 보면 우리는 기후 좋고 토양 좋은 땅에서 행복을 누리고 있는 '호강에 초친' 부족이다.

이윽고, 블라디보스토크에서 e-mail이 왔다. 나의 총대리점으로부터 대리점권을 인수받았다는 이야기를 하면서 블라디에 출장을 와 달라 하였다. 왕복 티켓과 호텔비를 부담해 주겠다는 것이었다.

요지는 지금 이탈리아에서 수입하고 있는 자동차의 왁스와 세제 등을 겨울 온도 영하 35도에서도 얼지 않게 만들어 줄 수 있겠느냐는 것이었다. 나는 흥미진진한 옛 발해의 땅을 가 볼 기회가 생겨서 좋았다.

카센터에서 이탈리아제 왁스와 세제 시험을 마친 다음 새 총대리점 안내로 블라디의 시내를 샅샅이 보았다.

그리고, 러시아 최대 규모의 해군 기지를 멀리서나마 보고 나서 역사 박물관으로 안내해 달라고 하였다. 총대리점은 '발해 역사 박물관'으로 안내해 주었다.

간판이 우리말로 떳떳이 쓰여 있고 들어가 보니 옛 발해의 영토를 표시하는 지도가 있었는데, 중국의 하북성으로부터 만주 3개 성과 러시아의 연해주 일대를 망라하여 통일신라에 비하면 40~50배의 규모에 달하였다.

시집가는 날 발해의 여인

지도 외에 발해의 유물들이 전시되어 있었고 특히 '시집가는 날의 발해 여인'이라는 그림이 일품이었다.

발해 박물관은 참여정부 시대에 우리의 옛 북방 영토를 재조명하여 민족의 긍지를 선양한 것으로, 참여 정부의 업적이었다. 중국이 '동북공정'으로 고구려의 역사를 중국화하여 우리의 옛 영토 개념을 말살하려던 것에 비하면 러시아 정부는 대국답게 관대하였기에 발해 박물관 설치를 허용하였으리라 생각되었다.

한편 생각하면, 중국은 발해를 진즉 중국화하였고, 우리 역사가들은 옛날 신채호 시대에는 '남북조(南北朝)시대'라 하여 발해를 '북조'로 신라를 '남조'로 불렀는데, 영남학파 시대에 이르러 '통일신라' 시대라 바꿔 불러서 신라를 돋보이게 하는 한편 발해를 버린 것이었다.

자국의 영토를 버리다니 말이나 되는 소리인가?

나는 사실 이 점이 마음에 걸려서, 중국 요령성 즉 옛 고구려, 발해의 땅에 있는 '션양'에서 역사 박물관을 찾아가 본 적이 있었는데 아니나 다를까 발해를 당나라의 속국으로, 중국의 영토로 묘사하고 있었다.

그것도 부족하여, 중국은 '동북공정(東北公程)'이라는 새 바람을 일으켜 고구려를 중국화하려는 작업을 전개하여 지성인들을 분노케 하였다.

참여정부는 이를 저지하기 위하여 역사-법-홍보 등의 인사로 TF(태스크 포스)를 구성하여 반 '동북공정' 캠페인을 활발히 전개하였다.

TV 3사로 하여금 '대조영', '주몽' 등 고구려와 발해를 조명하는 드라마들을 집중 상영하여 일련의 '북북공정(北北公程, 내가 붙인 말)'을 전개하는 한편 중국에 이의를 제기하여 결국 '동북공정'을 멈추게 하고, 민족의 주체성을 지킨 일이 있었다.

—

세탁 산업 전문 세제로 가닥을 잡다

　나는 원래 전공이 화학 공학이고 근래에 와서 세부적으로는 계면 활성제, 즉 표면 화학의 테두리 안에서 추진해 온 사업들이 번번이 빛을 보지 못하여 고민스럽고 심신이 피로하였다.

　그러나, 사업의 진로를 새로이 설정해야 하는 마당에 비전문 분야로 뛰어들 수는 없었다. 그래서 대우전자 공기방울 세탁기와 함께 떠들썩하게 런칭했다가 소비자 보호원의 역풍에 걸려 침몰하고 말았던 '드라이텐', 즉, 드라이클리닝 대체 세제인 일명 '웨트클리닝 세제'를 가정용이 아닌 세탁업소의 전문 세제로 들고 나가기로 하였다.

　원래 대우전자를 통해 미국에 수출하다가 물러선 것도 가정용이 아닌 세탁 전문 업소용이었던 점, 그리고 미국의 수입자도 업소용 세탁 자재 딜러였던 점을 감안하면 세탁 전문 업소의 문을 두들기는 것이 좋겠다고 생각했다.

　나는 왜 진즉 그 생각을 못 했을까 후회하면서 '드라이텐'을 중심 세제로 하여 국내에서는 가정용, 전문 세탁용을 두고 수출에서는 전문 세탁용을 공략해 양방향으로 추진하기로 하였다.

가정용으로는, 우선 '아가방'을 노크하여 '드라이텐'을 유아용 섬유 세제로, 그리고 유아용 섬유 유연제를 더 하여 OEM 공급을 교섭한 결과, 대우실업

아가방용 세제와 유연제

섬유부장 출신이며 창업자였던 김 회장의 호의로 쉽게 입점·공급하게 되었다.

그리고 여세를 몰아서, 당시 성대히 '클로즈-업' 하고 있던 인터넷 쇼핑몰들을 노크하여, G마켓, 옥션, 등에 '브랜드숍'을 오픈하고 '드라이텐'을 위시하여 가정용 기본 세제들과 자동차 세제, 왁스류를 온라인 판매하기 시작하였으나 호응이 썩 좋지는 않았다. 품질은 좋았으나 '브랜드 로열티'가 없기 때문이었다.

그러는 한편, 미국에 '드라이텐'을 전문 세탁 업소용으로 수출을 추진하였다. 대우전자 시대에 재미 한인세탁인협회를 창구로 수출을 시도했다가 세탁기가 리콜되는 바람에 중단되었지만, '드라이텐'은 반응이 상당히 좋았었던 것을 기억하고 있었다.

나는 미국 캘리포니아의 LA 교외에서 세탁소를 하고 있는 전 재미 한인세탁협회 회장을 찾았다. 십여 년 전, 재직 시 대우전자와 협력했던 사람이었다. 미국에서 세탁소들은 70%가 한인, 20% 내외가 멕시코인, 10% 내외가 백인들이 하고 있어서 자재 공급도 한인들이 주류를 점유하고 있다.

전 회장은 연세대 출신으로 LA에서 세탁 자재 공급업을 하는, '유나이티드 페브리케어' 사의 창업자인 연세대 동문을 소개해 주었고, 미국 중동부 지역을 커버하기 위하여 시카고에 있는 유대인계 세탁 자재 공급회사의 한인 부사장을 소개해 주었다.

미국 내 랭킹 5위 내에 드는 두 회사를 잡으면 미국을 서부 지역과 중동부 지역으로 이원화하여 시장 전략을 펼 수 있게 된다. 먼저, LA근교 '컴튼' 시에 있는 유나이티드 사를 찾았다. 컴튼 시는 미국에 '유일무이'하게 계엄령 선포가 되었던 곳으로 유명하다.

미국은 세계 1, 2차 대전 중에도 계엄령을 선포하지 않았는데, 흑인 폭동으로 인해 이 도시에 계엄령을 선포한 것이어서 흑인이 겁나는 도시로 느껴졌다.

사장은 대우 공기방울 세탁기와 '드라이텐'에 대한 예비지식을 가지고 있어서 이야기하기는 편했다. LA '윌셔'에 있는 직영 세탁 공장에서 테스트를 거친 후 일차 관문을 통과했다.

그런데 유나이티드는 전 미국 독점 대리점권을 주지 않으면 하지 않겠다 해서 하는 수 없이 그렇게 합의하고 계약서를 작성하여 서명하였다.

그리고 '드라이텐'만 가지고는 상품이 너무 적기 때문에 가장 잘 팔리고 있는 분말 세제의 샘플을 주면서 두 제품을 같이 취급하자고 하였다. 나는 그 샘플을 받아 들고 귀국하여 동등한 제품을 재현하여 새 제품을 완성하였다.

유나이티드 측에서는 분말 세제와 '드라이텐' 샘플을 40세트 만들어 보내달라고 하였다. 전국적으로 깔려 있는 40개 딜러에게 시험을 시켜서 모니터를 받겠다는 것이었다. 그래서 비용과 귀중한 시간을 투입하여 만들어 보냈다. 모니터 결과 과반이 좋다는 반응이 나와서 채택할 수 있게 되었다.

이후 공급 개시일을 손꼽아 기다리기 시작하였다. 그런데 취급하지 않겠다는 통지가 왔다.

본 건을 이사회에 상정하여 논의한 결과 미국인 이사들이 반대했다는 것이다. 세제를 공급하고 나면 사용법에 대해, 그리고 세탁 사고가 있을 시 수시로 기술 지원을 해 주어야 하는데 외국 업체가 상비 인력을 주재시키지 않고는 그걸 할 수 없지 않으냐는 이야기였다.

틀린 이야기는 아니나, 수입 판매하려면 그 역할을 자기네가 소화해서 해야 하지 않은가? 그런데 그러한 인력을 가지고 있지 않았다.

그리고 독점 계약에 서명시켜 다른 곳에는 뛰어 보지도 못하게 해 놓고는 인제 와서 거래 못 하겠다 하니 기가 막힐 일이지만, 어쩔 도리가 없이 약 1년이란 시간과 많은 경비를 손해 보았다. 재외 교민과 거래할 적에 흔히 겪는 애로였다.

나는 국내 공급을 위하여 새로 탄생한, 한 세탁 프랜차이즈를 찾아서 섭외를 벌여 '드라이텐'을 입점·공급하기로 했다. 그러나 국내 최대인 그 프랜차이즈는 드라이클리닝을 위주로 하기 때문에 '드라이텐'의 소비가 미미하였다. 그리고 대부분의 세제를 일본제를 수입해 사용하고 있었다.

그러던 어느 날, 그 프랜차이즈가 일본 엔화의 급등으로 일본에서 수입하여 가맹점에 공급하던 세제가 비싸지자 나에게 그와 똑같은 세제를 개발해서 공급해 달라 해서 그리 해 주었다.

가격은 국내 가격에 맞추었기 때문에 매우 저렴하여 소비가 급증하였다. 그러고 나서 그들은 2차로 드라이클리닝 세제, 즉 드라이클리닝 시 용재에 첨가해 주는 '솝'을 개발해 달라 해서 그것도 개발하였다. 이 세제는 세탁업소가 사용하는 세제 중에서 가장 어렵고 비싼 것이었다. 그 프랜차이즈 회장이 나와 협의를 하자 하기에 방문하여 사장과 품질팀장 배석하에 회담을 하였다.

회장은 내가 개발하는 세제를 모두 그들에게만 배타적으로 공급하고 또 그들이 구매하는 세제는 모두 나한테서만 사 주겠다며 합의를 의사를 물어왔고, 나는 그러겠다고 했다. 이후 나는 그 합의를 지켜왔지만, 업체 사장과 품질팀장은 이행하지 않았다. 사람이 사람의 말을 믿고 영업을 할 수 있는 상대가 아니었다.

이유는 있었다. 내가 만든 세제는 아직 검증이 안 되었으므로 더 경험을 한 후에 쓴다는 것이었다. 그렇다면 회장 앞에서 그런 약속을 하지를 말지. 순진한 나만 혼자서 지키게 하고 물건을 만들어 주니까 '비토(veto)'나 하고 있는 것이었다.

그러다가 어느 날 내 세제의 공급이 계약이 무시된 채, 정당한 이유 없이 끊겼다. 약 5년간 쌓아 올려 납품액이 나의 매출액의 반을 차지하는 수준까지 갔다가 하루아침에 날아가 버렸으니 사업이 존립하기 어려운 상태가 되었다.

나는 불공정한 처사를 감수하고 그대로 넘어갈 수가 없었다. 공정거래위원회에 신고하여 시정 명령을 구하기도 하고 또 법원에 제소하여 손해배상 청구를 하기도 하였으나 법은 틀림없이 공정하지만, 집행은 소상공인의 편에 있지 않고 늘 강자 편에 있는 것을 경험하였다.

우리나라 소기업, 소상공인 간의 거래의 실태가 이러할진대 그 흙탕물 속에서 꽃을 피운다는 것은 기적 같은 일이었다.

영업을 한 업체에 과대 의존하는 것이 얼마나 위험한 일인지 뼈저리게 느끼고, '불특정 다수'를 대상으로 영업을 펼쳐야 한다는 생각을 하게 되었다. 그래서 수만 개에 이르는 세탁소들을 '컨슈머'로 하는 시장에 뛰어들게 되었고, '컨슈머 마케팅'의 기본 전략을 짜 보았다.

하나의 산업으로서의 '세탁업'은 일본에서 파생하여 한국으로 그리고 미국으로 그리고 최근에는 중국에 전파되어 있다. 유럽에서는 세탁은 전문 업소가 있는 것이 아니고 가정에서 한다.

유럽에서는 가정용 세탁기와 세제의 메이커들이 기술과 품질을 선도하고 있어서 과학의 발전과 함께 세탁 기술이 늘 발달하여 왔다. 한국, 일본, 미국 등지에서는 가정용은 물론 유럽의 경향에 따라 발전해 가고 있는 한편, 전문 세탁업소의 세탁기와 세제 그리고 이에 따른 세탁 기술은 전문 세탁기와 세제 메이커들의 기술이 미치지 못한 채, 숙련 기술, 즉 과학과 이론을 떠나서 경험과 숙련을 토대로 하는 기술에 의존하고 있다. 다분히 '연금술사(鍊金術師, Alchemist)' 적인 것이다.

따라서, '10년이면 강산도 변한다'는 현대의 과학에 기초한 가정용 세탁에 비해 전문업소의 세탁은 30~40년 경험이 기초가 되고 신과학과 기술이 좀처럼 스며들기가 어려운 것이 현실이다.

그런 가운데, 전문 세탁업 시장은 점점 위축하여 사양 산업으로, 구체적으로는 4만에 가까운 세탁소들이 해마다 전년 대비 평균 25% 감소하여 오늘날은 2만 이하로 위축되어 있다.

그 주된 원인을 살펴보면 (1) 복장의 점진적 캐주얼화와 '워시 앤 웨어' 경향으로 세탁 물량이 줄고, (2) 가정용 세탁기와 세제의 발달로 가정에서 DIY 세탁이 쉬워지고 품질이 확실해지는 반면, 전문 세탁소 세탁은 품질에 하자를 종종 일으켜 불신을 사는 경향이 있고, (3) 소비자들이 지출을 줄여가는 경향에 따라 가정에서 세탁이 늘고 있는 등이라 할 수 있었다.

나는 전문 세탁업의 세탁 기술을 유럽 표준의 '가정에서의 세탁' 수준으로 높여서 소비자 만족을 도모하는 세제와 세탁 기술을 보급하여 전문 업소의 세탁을 품질적으로 혁신하면서 세제를 공급해야 겠다는 생각을 하였다.

그리하여 사양화 일로에 있는 세탁 산업에서 '적자생존(適者生存)' 하려면 품질이 앞서가는 세탁, 즉 '웰빙, 무결점' 세탁을 해야 하고 그러자면 내가 만든 세제를 써야 한다는 답이 나오게 해야 한다고 생각하였다.

다시 말하여, 세탁 업소의 수가 줄고, 줄어서 한계점에 이르게 되면 '남은 자'는 세탁업을 '엔조이'하게 될 것이라 생각하고, 이 '남은 자'가 되려면 내가 만든 세제를 써야 한다는 공식을 세우고자 하는 것이다. 어려운 사업 환경이지만 뛰어든 이상, 죽어가는 시장을 살리고 떠받쳐 가면서 영업을 해야 하는 꼴이다.

그러면서 한국 세탁 산업의 품질 개혁에 기여를 하고 그 속에서 먹고 살아야 한다는 생각을 하였다. 세탁 혁신의 내용은, 재래식 세탁이 야기하는 섬유의 훼손과 노화 현상을 배제하는 것이 주목적이다. 재래식 세탁에서, '알칼리성 고온 세탁'이 야기하는 퇴색, 이염, 합성 섬유의 손상 등을 배제하기 위하여 '중성—상온' 세탁을 지향하고, 섬유의 '황변' 현상, 즉 자주 빨아 입으면 누렇게 변하는 현상을 배제하기 위해 저수포성 세탁, 즉 거품이 매우 적은 세제로 잘 헹구어지는 세탁을 실현하고자 하였다.

그리고 세제에 섬유 보습제와 퇴색 억제제 등을 사용하고, 섬유 후처리에 실리콘을 사용하고, 악취 제거제를 사용하여 세탁 후 섬유의 질을 새롭게 유지하는 테크닉을 구사하였다.

그러는 가운데, '웰빙, 무결점 세탁을 지향하는 세제'라는 캐치프레이즈를, '섬유 노화 방지 세탁', '항상 새 '옷처럼 세탁' 등의 부 캐치프레이즈 등을 내걸고 마케팅 활동을 적극적으로 벌이면서 이 모든 기법을 홈페이지 쇼핑몰의 자료실에 올려서 정보를 대중화하였다.

5년쯤 열심히 하니까 호응해 오는 전문 업소들이 많이 생겨났다. 최근에는 한국세탁업 중앙회 간부직, 즉, 기술위원, 연구위원 교육위원과, 주요 업체 회장 등이 나의 공장을 견학하고 강의를 들으러 오는 현상이 생기고, 세탁 동호인 모임들이 공장 견학과 함께 교육을 받으러 오기도 했다.

나의 영업의 전략이 적중해 간다는 의미가 되고, 사양화해 가는 세탁 산업 속에서 적자생존의 수단으로 활기를 찾아갈 수 있게 된 것이다.

—

작은 상품으로 큰 나라들을 잡자

나는 그동안 회사명을 주식회사 '모리아'로 바꾸고 '모리아'를 내가 만든 세제의 종합 브랜드로 하였다. 세탁 전문 세제의 종류가 30~40종에 이르렀고, '웰빙 무결점 세탁의 기법'이 구체적인 윤곽을 나타내면서 홈페이지를 리모델링하여 제품 소개와 사용법을 매우 상세히, 그리고 내가 만든 세제를 사용하여 세탁하는 기법 또한 상세히 기술하여 많은 세탁인들이 수시로 들어와서 열람할 수 있게 하는 가운데 홈페이지 쇼핑몰을 개점하였다.

수출을 지향하기 위하여 제품 카탈로그를 영어, 일어, 중국어, 러시아어, 국문 등 5개 국어로 만들고 홈페이지에서 열람도 하고 또 다운로드할 수도 있게 하였다.

어떤 분이 코엑스에서 일본인 세탁 전문가를 초청하여 세미나를 개최한다기에 참가해 보았는데, 내용이 과학과 기술의 이론을 떠난, 경험적 세탁 기술이어서 나에게는 별로 보잘것없었다.

그런데 주최 측에서 내가 참석했다고 참가자들에게 안내하여 주었다. 그랬더니 한 재미 교포가 나에게 인사를 청하면서 공장으로 찾아오겠다 하여 수락하였다.

그는 미국 세탁업계의 원로로서 재미 한인 세탁인들을 대상으로 인터넷 온라인 교육에 병행하여 지방 순회 교육을 유료로 시행하면서 세제와 세탁에 관해 관계 기관지와 전문지에 기고하고 있는 분이었다.

미국에서는 드라이클리닝이 공해로 인해 웨트클리닝으로 이행하고 있는 참이라 웨트클리닝의 교육이 절실하게 요구되고 있는 시기였기에 그 일을 하고 있는 것이다.

그는 나의 홈페이지 자료실에 게시되어 있는 세탁 기술 자료를 잘 읽고 있다 하면서 그 내용들을 자기의 교육 프로그램에 인용하여 사용하고자 한다며 승낙하여 달라고 요청하였다. 또 자기가 미국에서 세탁 기술 교육을 하면서 기회 있는 대로 '모리아' 세제를 홍보해 줄 뿐만 아니라 미국에 수입하여 보급하는 데 협조하겠다고 약속하였다.

잠시 후에 '모리아' 세제를 사용한 시험 세탁을 실시하여 만족스러운 결과를 보고 나서 미국에 수출 협의가 들어왔는데, 당시 세탁 기자재를 수입하는 재미 교민들의 거래 방식은 수출 대금의 30%를 선불하고 70%는 60일 후, 즉 판매하여 대금을 회수하고 나서 지불한다고 약정해 놓는 식이었다. 그렇지만 보통 조금은 그렇게 하다가 악성 미수금으로 처지게 되고 끝내는 결손 처리되고 마는 것이 통례였다.

이것이 재미 교민들이 모국을 상대로 하는 거래 방식이었다. 수출이란 미명하에 조금 실적을 올리다가 부조리하게 끝나고 마는 것이다.

나는 수출 대금을 100% 선입금 받고서 선적해 주는 방식이 아니면 거래를 할 수 없다고 했다. 그러니 좋은 세제를 가지고도 수출을 성사하기가 지극히 어려운 상황이었다. 한참 세월이 흐르고 나서, 미국의 한 업자로부터 전화가 왔다.

'모리아' 세제를 선입금하고 수입하겠다는 것이었다. 비로소 2차에 걸쳐 선적을 하였다. 그리고 앞서 세탁인 교육 사업을 하는 분이 홍보를 도와주기로 했다.

그러나 그 수입업자는 나의 세제에 제조원 표시를 하지 말아 달라며, 굳이 표시해야 한다면 거래하지 않겠다고 하였다.

제조원 표시를 하면 자기가 노력해서 시장 개발을 해 놓으면 다른 딜러가 뛰어들어 가로채 가기 일쑤이기 때문에 아예 제조원을 감추고 팔겠다는 것이다.

나는 하는 수 없이 동의해 주었고, 인터넷 홈페이지 쇼핑몰을 만들어 판매를 개시하도록 했는데, 세탁 교육 사업을 하는 그분의 홍보와 상호 작용이 일어나지 않았다. 그분은 '모리아' 세제를 거명하면서 좋은 것을 좋다고 했는데, 소비자들은 홈페이지에서 본 세제는 제조원이 숨겨져 있기 때문에 사지 않는 것이었다. 그래서 판매 실적이 매우 부진하였다.

그러던 중 판매 활성화 방안을 재론하였다.

제조원을 떳떳이 표시하고 모리아 제품임을 광고, 홍보하면서 판매하여 세탁 교육 전문인과 상승효과를 내기로 합의하고 이제 새로운 선적을 준비하게 되었다.

대리점의 고집으로 약 1년 반을 불필요하게 보낸 셈이다. 이제 정공법적인 마케팅이 먹혀들어 갈 것으로 기대하고 미국의 거대한 시장을 넘겨다 볼 희망을 가지게 되었다.

미국 시장에서 모리아 세제가 확실하게 품질 경쟁 우위를 확보하고 있기 때문에 제대로 수출을 확대하려면 자금 문제가 선행된다.

미국에 현지 법인을 만들고 동부와 서부에 '웨어하우징' 거점을 만들어 현지 공급함으로써 딜러들이 신용카드로 구매할 수 있도록 하여, 딜러 운영 자금을 대폭 절감해 주면 충분히 가능성이 있다고 생각하는데, 자금이 문제다.

서울의 코엑스 전시관에서 '국제 세탁기 자재 전시회'가 있었는데 나는 모리아 세제를 전시하고 커다란 캐치프레이즈를 5개 국어로 내 걸고 5개 국어로 된 제품 카탈로그를 전시하였다.

그것이 기회가 되어 러시아 블라디보스토크에 있는 한 회사와 거래를 시작하였다. 이 회사는 옛 발해의 후손이 우즈베키스탄으로 강제 이주 갔다가 풀려서 연해주로 돌아온 사람으로, 사업에 성공한 사람 같았다. 그러나 러시아는 아직 세탁업이 대중화되지 못하여 이어가지 못하고 있다.

일단 러시아에 성공적으로 시험 수출은 한 셈이니까, 모스크바 쪽으로 크게 진출할 계획을 세워 볼 일이었다.

한, 미, 일과는 달리 세탁업이 성장 일로에 있는 중국 시장을 어떻게 들어가나 고민하고 있던 참에 중국 산둥 반도 청도(칭다오)에 있는 한 회사에서 공장을 찾아왔다.

어떻게 알고 찾아 왔느냐 물었더니 중국에 산아 제한이 완화됨에 따라 유아용 세제류의 소비 신장이 예상되어 이 분야에서 신뢰할 만한 생산자를 찾다가 알게 되었다고 했다.

유아용품이라면 국내에서 '아가방'이 가장 활발한데, '아가방'에 유아 세제를 PB(private Brand)로 공급하는 회사를 찾다 보니 '모리아' 이름이 나와서 찾아왔다는 것이다.

끈질긴 협상 끝에 유아 세제 50컨테이너를 물량 계약하고 수출을 시작하였다. 이듬해에 중국의 대단위 유통 체인점에 한국 구매 대행사가 생기면서 공장으로 찾아왔다. 한 대형 유통 체인에 공급 협의를 약 1년에 걸쳐 계속하여 마침내 일반 가정용 세제, 6개 품목의 수출이 시도되어 한 팔레트를 보내서 1달간 시험 판매를 해 보았는데 실패하였다.

나는 고품위 고가 제품을 하는데, 저가 위주의 중국 시장에는 맞지 않는 것이었다.

중국 청도에 있는 유아 세제 수입업체에서도 2017년도 사업으로 일반 가정용 세제를 수입 판매하겠다 하여 협의가 시작되었다.

중국에서는 '품질'에 우선하여 가격이 이슈가 된다. '박리다매(薄利多賣)'가 원래 중국말이 아닌가? 이 원리가 몸에 배야 일이 된다.

이 업체와는 소포장 제품으로는 가격 경쟁을 할 수 없으므로 '드럼' 포장하여 1회 2 컨테이너 단위로 선적하기로 합의하고, 1차 선적의 선입금이 2016년 12월에 들어와 2017년 1월에 구정 전에 선적하기로 하였다. 이제 중국의 가정용 세제 시장에 뻗어 나갈 희망을 가지게 되었다.

그러나 모리아의 '브랜드'는 사용할 수 없어서 유감이었다.

이제 나의 주특기인 세탁 업소용 세제 시장을 더욱 열어야 한다는 과제가 남았다. 그리고 세탁 전문 업소용 세제 분야에서 세계 어느 나라에 비교해서도 가격과 품질의 경쟁 우위를 확보한 마당에 수출 시장을 적극적으로 열어가야 하는 단계까지 온 것이다.

미국 시장을 어렵게 열고 이제 확대해야 하는 단계에 와 있고, 블라디보스토크를 벗어나 모스크바 방면으로 뻗어가야겠고, 그리고 일본과 중국 그리고 인도 시장을 두들겨야 하는 단계에 와 있다.

나는 여기까지 와서 자금 부담과 고령에서 오는 체력의 한계를 느끼면서 주춤거리기 시작하였다.

나는 나의 아이를 낳아 기르겠다고 대우를 나와서, 20년을 헤맨 끝에 비로소 제대로 된 사업 기반을 이루게 된 것을 다행스럽게 생각했다. 이를 적극적으로 키워야겠다고 마음먹고 보니, 앞을 가로막는 문제는 만성 자금 부족과 나이였다. 내 나이 한국의 평균 연령을 다 살고, 이제 덤으로 사는 인생이 되었으니 너무 아쉽게 가버린 '나의 60~80', 내 '평생'이 하나 더 있으면 좋겠다는 아쉬움이 남는다.

—

한국학 중앙연구원의
근세 경제사 사료 채취

내가 1960~80년대에 했던 일들이 근세 경제사를 연구하는 연구 교수의 눈에 뜨였는지, 그게 발단이 되어 어떤 기관에서 전화가 걸려 왔다.

내가 했던 일들을 구술 채록하여 근세 경제사 사료로 남기고자 하는데 이에 호응해 주겠느냐고. 2015년 초의 일이었다.

나는 내가 했던 일들이 평가되어 기록으로 남는다니 매우 영광스럽게 생각하였다.

그래서 기꺼이 호응하겠다고 답하였고, 수개월이 지난 후, 한국외국어대학교 이은희 근세 경제사 연구 교수한테서 연락이 오고, 3일 걸쳐 구술 채록하여 DVD에 녹화하였다.

타임머신을 타고 나의 전성시대로 되돌아가는 듯하여 매우 기쁘고 감격스런 순간들이었다. 면담을 마치고 나서 이 교수가 '이제 회고록을 쓰셔야지요' 하셨다.

60~80대의 나의 개인 사업이 그동안 20년을 헤매면서 보잘것없이 고생만 해 왔는데, 마지막으로 추진하고 있는 '전문 세탁업용 특수 세제' 사업이 일단 궤도에 오르면 회고록을 쓸 면목을 생길 것이라고 답하면서, 아마 2016년도가 될 것이라 얘기하였다.

그래서, 이 글을 쓰게 되었다.

1   미 클린턴 대통령의 선정과 석유 정책
2   미 부시 대통령과 제3차 오일 쇼크
3   미 오바마 대통령의 석유 정책
4   OPEC과 석유의 시장 경제
5   석유 화학과 제3의 에너지 개발

제9장

제3차 오일 쇼크와
그 후

—

미 클린턴 대통령의 선정과 석유 정책

게르만계 영국인이었던 앵글로 색슨족이 이민하여 지배 계급을 형성하고 있는 미국은 레이건 대통령 이래, 오늘날 패권을 겨루는 경쟁국을 불허하는 최강국이 되어 있는 것이 사실이다.

미국인은 게르만 민족의 우수성, 타민족을 포용하여 단결을 이루는 기질, 그리고 천혜의 자원 등을 토대로 고도의 합리주의를 추구하여 세계의 정상을 차지하고 있다.

그러한 '팩트'는 '월 스트리트'에서 잘 나타나고 있다.

독립 전쟁 당시, '월 스트리트' 일대에는 네덜란드인들이 기다란 벽을 쌓아서 '인디언'들을 격리하면서 살았다. 하지만 인디언들의 끈질긴 공격을 못 이겨 네덜란드인들이 버리고 나간 자리를 미국인이 들어가 인디언들과 친화 정책을 펴면서 잘 살았던 것이다.

그 후, 기다란 벽은 없어지고 이름이 '월 스트리트'가 된 그 자리에 유대인들이 들어가 세계의 금융 중심을 이루고 있다.

미국의 '정치-경제'를 들여다보면 '정치와 권력'은 다분히 게르만계인 앵글로 색슨의 것이고 '경제와 돈'은 다분히 유대인의 것이다.

그러면서 인종과 피부 빛깔을 초월해서 상호 협력하고 잘 단합하여 미국의 '부'와 '강'을 이루어왔다.

약 100년 전, 그러니까 1917년, 볼셰비키 공산주의 혁명 이래 일시적으로 강국이 되었던 소련은 제2차 세계 대전을 거치면서 강대국 지위에 올라서 세계 정상의 패권국 지위를 두고 미국과 대결 구도가 이뤘다.

그러면서 3개 분단국-독일, 한국, 베트남 등에서 분쟁을 일삼고 '비동맹' 제3세계에 붉은 지도를 그려 가고 있었다.

그러나 공산주의 50년만인 1970년대에 이르러 모순된 체제로 인해 국가 경제는 파탄지경으로 빠져들었고, 그 가운데 국제 정치 면에서는 미국과 격렬한 냉전을 벌여 왔다. 그리고 마침내 공산주의 70년만인 1990년, 고르바초프 시대에 이르러 공산주의를 포기하고 미국에 손을 들고 미국의 경제 협력을 기대하게 되었던 것이다.

소련이 가장 극성을 부려 제3세계를 적화해 나가던 시대, 즉 1970년대 미국은 도덕 청치를 내세우던 지미 카터 대통령 시대로, 초강경파였던 브레주네프 휘하의 소련과의 냉전에서 끝이 없이 밀리고 밀려서, 베트남을 포기하고 이어서 한국을 포기하는 '미군 철수 계획'까지도 마다하지 않았다.

1980년 영화배우 출신이었던 레이건 대통령과 알렉산더 헤이그 안보 보좌관, 국무장관 시대에 들어서서 실추된 미국의 위상을 회복하고 한 걸음 더 나아가 소련을 제압하기 위하여 ICBM 방위 체제인 SDI 개발과 군비 확장에 천문학적인 투자를 퍼부었다.

한국의 어떤 정치학자는 미국의 SDI 개발은 소련세를 압도하여 소련과의 대결 구도에서 맹방 체제가 필요치 않게 될 것이라 예언한 바 있었는데, 사실이 그러했다.

미국은 마침내 소련을 굴복게 하고 공산주의를 폐기하기에까지 이르렀으나 미국의 경제는 극히 어려운 상황으로 치달았고, 공산주의를 포기한 소련은 경제적 공황 상태에 이르러 미국이 원조해 주지 않으면 잔존 공산주의 세력에 의해 공산주의로 회귀할 지경에 이르렀다.

만약 러시아가 그렇게 되면 미국과의 냉전 체제로 회귀하게 되는 것이었다. 미국은 냉전에서 승리하고 소련세를 제압하기는 했으나. 후유증으로 고실업과 경제적 침체를 극복해야 하는 과제가 남아 있었다.

이 시기, 1988년에 클린턴 대통령이 등단한다.

클린턴은 실업 해결과 국내 경제 활성화 대책으로 벤처 기업 육성 정책, 즉 '소기업 창업 붐'을 일으켜 성공을 거둔 한편, 러시아에 대해서는 처음에는 월드뱅크를 통해 경제적 지원을 하다가 '적국에 퍼준다'는 보수파의 비판 여론에 부딪히자 적절한 석유 정책을 입안하여 고르바초프의 페레스트로이카 체제를 지원하였다.

페레스트로이카 이후 소련의 명칭은 러시아로 바뀐다.

여기서, 이야기의 '포인트'는 클린턴의 석유 정책이다.

1980년대 레이건 정부는 SDI를 배경으로 중근동에서 소련 세를 압도하고 여세를 몰아서 석유 정책의 고삐를 잡고 시장을 안정시킬 수 있는 기초를 닦게 되었다.

클린턴 정부 시대에 이르러 미국은 세계 최대 석유 매장과 생산량을 가지고 OPEC의 종주국역을 하는 사우디아라비아를 배후에서 조종하여 석유 정책의 '컨트롤타워'가 된 것이다.

공식적으로는 사우디아라비아의 '왕정'을 반왕정 세력으로부터 보호하면서 그리고 비공식적으로는 석유상인 '야마니'를 보이지 않는 손으로 조정하면서 석유 시장을 사실상 '컨트롤'하였다.

클린턴은 1970년대 후반의 제2차 오일 쇼크 이래 배럴당 40달러대까지 치솟았던 국제 석유가를 12달러대에서 안정시키고 이 선을 석유 정책 '벤치마크'로 하였다.

그러던 중, 벤치마크를 배럴당 24달러로 올려서 석유 생산량에 있어 사우디아라비아와 쌍벽을 이루고 있는 러시아의 경화(hard currency) 수입을 증대해 주면서 미국의 직접적 원조를 대체하였고, 덕분에 러시아는 경제 위기에서 탈출하게 되었다.

클린턴은 실로 레이건과는 다른 측면에서 위대한 대통령이었다.

문제는 다음을 이은 부시 대통령 시대에 이르러 석유가의 벤치마크가 사실상 폐기되고 석유가의 고삐가 풀려, 배럴당 100달러대를 오르락내리락 하면서 미국이 제3차 오일 쇼크를 일으켜 세계 경제를 스크랩하고 말 뻔한 것이다.

—

미 부시 대통령과 제3차 오일 쇼크

8년에 걸친 클린턴 대통령의 시대가 마감하고 부시 대통령의 시대로 넘어갔다. 부시는 사업가였던 할아버지, 중앙정보부장 후 대통령이 된 아버지, 그리고 플로리다 주지사를 하던 아우를 둔 명문 정-경 사단 집안 출신 엘리트였다.

그는 예일대에서 역사를, 하버드대에서 경영학을 공부하고 선조가 서부 텍사스 주에 이룩해 놓은 석유 사업을 하다가 이를 접고 텍사스 주지사를 거쳐 대통령이 된 것이다.

그는 비범한 환경에서 자라고 비범한 학력과 경력의 소지자답게 자신만만하여, 정치인이 되면서 'The Greater America'를 꿈꾸며 자연히 신보수주의(네오콘-Neocon, Neo-conservatism) 성향을 가지고 있었을 뿐 아니라 유대인들의 엘리트주의와도 맞물려 있었다.

미국의 네오콘 파는 원래 유대인계 정치인 클럽으로, 민주당에서 발생하였으나 민주당에서 자리 잡기가 여의치 않자 공화당으로 옮겨서 자리를 잡은 것이다. 이들은 유대인들의 엘리트주의와 맞물려 있었는데 부시가 이에 동조하고 있는 것이었다.

미국에서 유대인의 인구는 3%밖에 안 되지만 자금과 매스컴을 장악하고 선거에 막대한 영향을 끼치고 있어서 부시는 유대인 배경을 이용했고, 또 대통령이 된 후 친유대인 정책을 펴게 된 것은 부자연스런 것은 아니었다.

네오콘은 원래 유대인계 정치 철학자이자 시카고 대학의 교수였던 레오 슈트라우스가 제창한 것으로, 인간은 종국에 가서 엘리트와 인간 로봇가 남게 되고, 엘리트들이 인간 목장에서 로봇을 다스리게 된다는 취지였다. 여기서 '엘리트'는 유대인을 뜻하는 모양이다.

네오콘 파에 있어 대적하는 자는 힘으로 격파할 대상이고, 우방이란 고객이며, 외교란 장사 수단이었다. 네오콘에 편승하면 선거에서 유리한 가도를 달리게 되며, 네오콘에 편승하려면 먼저 친이스라엘, 즉 이스라엘에 협력 또는 충성을 해야 했다.

미국에서 소위 '매파'에 속하는, 딕 체니 부통령, 조지 슐츠 국무장관, 콘돌리자 라이스 국무장관, 도널드 럼즈펠드 국방장관 등 수많은 '매파' 인물들이 네오콘 파였던 것이다. 딕 체니는 네오콘의 대부격인데, 부시는 유대인의 지원을 받아 대통령을 뛰면서 그를 부통령으로 지명했던 것이다.

그러니 부시가 대통령이 된 후 얼마나 친이스라엘, 친유대인 정책을 폈을 것인가 짐작이 간다.

미국의 군수 산업체들은 모두 '매파'인 네오콘에 줄을 서 있다. 이라크를 침공하여 전쟁을 일으킨다든가, 불발로 끝났지만, 북한의 핵 시설을 공격하여 중국을 끌어들이고 전쟁을 일으킨다든가 하는 작전 뒤에는 모두 네오콘을 필두로 군수 산업체들이 줄 서 있는 것이다.

세계의 돈 시장(Money Market)과 현물 시장(Spot Market)을 움직이는 유대인의 투기성 자금, 곧 '헤지펀드'가 한 나라의 증권 시장에 뛰어들어 쑥대밭을 만들면서 이익을 취하고, 곡물 시장에 뛰어들어 곡물가를 폭등시켜 놓고, 석유 시장에 뛰어들어 석유가를 폭등시켜 놓는 등 하면서 이익을 취하고 있을 때 부시는 이들을 '방치'해 두었다. 유대인들의 이익에 역행하는 일은 아무것도 하지 않는 것이었다.

여기서 석유 현물 시장이 나의 관심 포인트이다.

그들이 1990년대 전후해서 동남아 자본 시장, 즉 주식 시장에 나타나 '한 라운드 오퍼레이션'을 벌이고 자금을 빼서, 금리가 상승 중에 있는 미국으로 들어가려던 찰나, 한국이 먹이로 등장하였다. 때는 1990년대 중반, 속칭 IMF 시대였다.

주식 시장을 3분의 1쯤, 즉 한국 경제의 3분의 1쯤을 가장 쌀 때 3분의 1 가격으로 먹은 것이다. '헤지펀드'는 움직일 때마다 몸집이 커지는데 미국으로 돌아가 커진 펀드를 움직일 곳이 적당하지 않자 곡물과 자원 현물 시장으로 들어가 값을 올려놨다. 이어서 거대한 석유 현물 시장에 뛰어들어 작전을 개시한 것이었다.

석유가를 20달러대에서 '올렸다 떨어뜨렸다' 하면서 차익을 벌면서 드디어 배럴당 100달러대로 올려놨고, 한때 150달러를 넘보기도 했다.

제3차 오일 쇼크(내가 붙인 말)를 유발한 것이다.

다시 한번 세계의 경제가 소용돌이에 빠져들었다. 부시가 유대인의 영업 활동에 제동을 걸지 않은 것이 원인이었다.

석유가 벤치마크 같은 것은 필요 없어졌고 유대인들의 이익에 역행하는 어떠한 조치도 취하지 않는 것이다.

중동 정책도 친이스라엘 일변도였다.

이라크를 침공하여 사담 후세인 대통령을 체포해 미국으로 데리고 가서 처형한 것도 그러한 맥락이라 할 수 있다. 그러니 이스라엘과 적대 관계에 있는 사우디아라비아가 미국에 협조할 리 없었다.

석유가가 100달러를 넘어 150달러대로 치닫자, 부시는 사우디아라비아 국왕을 방문하고 석유가 안정에 협조해 달라 하였지만, 국왕은 일언지하에 거절하였다.

부시의 사우디 방문은 국민과 자유 우방을 향한 '제스처'로나 의미가 있지 실효가 없을 것이라는 것은 부시 자신이 더 잘 알고 있었을 것이다. 왕은 '지금 사우디와 OPEC 산유국들이 공급하고 있는 석유의 양은 충분한 양이다. 석유가 안정은 딴 곳에 가서 찾으라' 하였으니, 즉 유대인을 잘 다스리라는 의미였다.

부시는 유대인 '헤지펀드' 다스릴 생각은 하지 않고 다른 카드를 만지작거렸다. 미국은 동해안에 거대한 석유 매장을 가지고 있는데 그간 이의 개발 생산을 불허해 오고 있었다. 표면적인 이유는 환경 훼손을 방지할 목적이라 하지만, 실제는 지구의 석유 자원이 고갈되어 갈 때 쓰도록 후손들에게 물려주기 위함이었다.

그런데 부시는 동해안 석유 개발을 허용하는 법안을 의회에 상정하여 승인을 받았다. 그러나 시행하지는 않은 채 퇴임하였고, 국제 석유가는 100달러대를 오락가락 하는 관망 상태를 지속하였다.

부시 재임 기간 중 연이은 실정으로 미국의 경제와 산업 생산 지수들이 뚝뚝 떨어졌다. 그는 통화를 끊임 없이 증발하여 재정을 메꾸다가 재임 말기에 가서 1조 달러가 넘는 통화를 찍어 내서 저리 융자해 주어, 침체해 가는 산업을 활성화하려 했지만, 산업계가 워낙 침체하여 그 자금을 소화하지 못하고, 결국은 대부분이 유대인들의 '헤지펀드'로 저금리 융자해 준 꼴이 되고 말았다. 어쩌면 처음부터 짜인 '시나리오'였을 가능성도 있다.

미국 최대의 유대인 '펀드' 회사인, '골드만삭스' 회장의 다음 자리는 재무장관 아니면 연방준비은행 이사장이다.

재무 행정의 모든 것이 유대인의 손안에 있다. 그래서 유대인의 '헤지펀드'로 저금리 재원을 만들어 주기 위해 산업 자금의 구실을 빌려 찍어 낸 것이 아닌가 생각되기도 한다.

부시 대에 이르러 유대인들의 '헤지펀드' 규모가 엄청나게 커져서 유럽의 유로화 공략에 나섰다. 아이슬란드, 그리스 등을 차례로 공격하고 스페인과 이탈리아를 위협하는 등 유럽 공동체의 경제를 쥐고 흔들면서 이익을 추구하게 되었다.

이러한 부시의 실정으로 약세 일로로 가면서 '기축 통화'의 자리를 위협받던 미 달러를 누르고 기축 통화로 떠오르던 유로화가 폭락하여, 상대적으로 미 달러가 강세 통화 자리를 회복하고 기축 통화 자리를 안정시키게 되었다.

유대인들의 유럽에서의 '헤지펀드' '오퍼레이션'의 한 산물로, 유로 통화를 약세로 몰아쳐서 달러의 위상을 구출한 셈이다.

'애국'하면서 돈벌이(?)를 한 셈인가?

기축 통화가 얼마나 중요한 것인지 살펴보겠다.

현대의 각국의 통화 정책은 원론적인 '금본위 통화'가 아닌 정부가 종이에 찍어내고 보증해 주는 화폐에 불과하다. 정부가 통화 강세를 유지하면서 '종이와 잉크'만 있으면 찍어 내서 재정의 중요한 부분을 메꾼다.

한 예를 보자. 서독 '마르크'는 원래 미화 1달러 대비 1.4 마르크 수준이었는데, 동독을 흡수·통일하면서 동독 국민들에게 기초 생활비 조로 수많은 현금을 지급하였는데, 그 재원이 '종이와 잉크'였다. 그 결과로 미화 1달러당 1.8마르크까지 떨어져 약세로 밀렸다가 이후 점차 회복하였다. 그 원천은 국가의 경제력으로 통화 강세를 유지하는 데서 나온다.

일본의 아베 정권은 한때, 쇠퇴일로로 치닫던 국가 경제를 되살리기 위하여, 초강세에 있던 엔화를 약세로 돌려서 수출 산업을 지원하는 한편 수출 금융을 확대했다. 누적되고 있던 재정 적자를 메꾸는 데 엄청난 예산이 필요했는데 이를 '종이와 잉크'로 감당했던 것이다.

통화를 도가 넘게 증발하면 물가가 상승하여 국민들의 지지를 잃게 되기 때문에 역대 총리들이 이를 행하지 못했는데, 아베는 국민의 지지를 유지하기 위하여 한국과 중국과의 관계를 잠시 희생하면서 극보수 정책을 취하는 가운데 극우파를 자극하여 지지도를 유지하면서 통화 증발 정책을 성공 쪽으로 가닥을 잡아 가고 있는 것이다.

국제 통화는 일방적인 것이 아니고 쌍무적, 즉 bilateral 하기 때문에 '달러'의 주인인 미국의 양해가 필요할 것이다. 그러니 일본은 재무장하여 미국의 대 중국 전략에 협조한다는 조건이 붙었을 것이다.

한편 미국은 글로벌한 기축 통화의 지위를 유지하면서 이에 도전하는 자는 가차 없이 제재를 가하여 그 자리를 지켜나간다.

'종이와 잉크'로 찍어 내기만 하면 세계 각국이 외환 보유 또는 개인의 저축 내지 이재의 수단으로 보유하게 되니 얼마나 좋은 노름인가?

중국의 경제적 성공은 끊임없이 위안화를 제2의 기축 통화 자리로 끌어 올리려 하고 있는데, 이 때문에 미국과 혈투가 진행되고 있는 것이 아닌가?

우리나라도 '종이와 잉크'를 재정 정책의 무기로 사용하자는 논의가 한때 있었는데 국가 경제 능력이 아직 역부족이다.

—

미 오바마 대통령과 석유 정책

　미 경제에 커다란 병폐들을 안은 채 민주당의 오바마가 차기 대통령으로 등장하였다. 오바마는 유대인의 '헤지펀드'가 너무 커지고 그것이 움직일 때마다 국가 경제를 휘젓는 현상을 방지하기 위하여 곡물, 석유 등의 주요 현물 시장 조작을 규제하였다.

　부시 치하에서 '놓아먹인 말'처럼 뛰어 놀던 유대인 '펀드'들이 쉽게 호응하지 않자, 오바마는 유대계의 최대 펀드 회사인 골드만삭스의 회장을 기소하였다.

　털면 먼지 안 나는 사람은 없는 것이다.

　비로소 골드만삭스가 말을 듣기 시작하고 전 미국 유대인계 펀드들이 말을 듣기 시작하였다. 그러고 나서 사우디아라비아 국왕을 찾아서 국제 석유가 안정에 협조해 줄 것을 당부하였다. 왕은 조건을 내걸고 협조를 약속하였다.

　약속이란, 미 동해안 석유 개발을 중지하라는 것이었다. 이렇게 하여 석유가는 100달러대를 유지한다는 묵계가 성립되고, 오바마는 동해안의 석유 자원을 후손들에게 물려주게 한 것이다.

그러나 유사시 협상 카드로는 쓸 수 있는 비장의 무기나 다름없다. 그리하여 오바마는 부시가 개판 쳐 놓은 것을 올바로 정리하여 '애국'한 것이다.

부시의 친유대인 정책의 일환으로 100달러대의 고유가 체제가 낳은 성과가 하나 있었다. 그동안 고생산비와 환경 파괴로 인해 개발을 못 한 '오일 셸'이 고 유가하에서 개발이 가능해져서 '셸오일'이란 이름으로 석유 개발 상품이 되어 등장한 것이다.

'오일셸'은 미국, 중국, 캐나다, 브라질 등 세계 도처에 무진장하게 매장되어 있고, 중국이 최대 자원국이다.

중국에는 매장이 물이 없는 오지에 치우쳐 있어서 양자강으로부터 물 공급 체계를 갖추면 대체 석유의 공급이 무진장해진다.

오바마는 이 오일셸 개발을 적극적으로 장려하여 미국이 석유 수입국에서 수출국으로 바뀌고 국제 석유가가 폭락장세로 빠져서 한때 배럴당 30을 깨기도 했는데, 현재는 40~50달러대에서 균형을 유지하고 있다.

'셸오일'의 생산 원가는 초기에는 35~48달러 수준이었으나 생산이 본격화하면서 30~40달러대로 떨어졌고, 석유 '메이저' 중 하나인 영국의 '셸' 석유사는 '셸오일'의 생산 원가가 18달러 수준까지 떨어질 것을 예고하고 있다.

이에 비하면 중동 석유의 생산 원가는 10달러에서 10달러 초반대이므로 원거리 수송비를 감안하면 석유와 '오일셸' 간 경쟁 구도가 그다지 멀지는 않은 듯하다.

국제 석유가가 한때 30달러 이하로 떨어졌던 것은 중동 산유국들이 유가를 '덤핑'하여 '셸오일' 산업을 마비시키려 그랬던 것이나 쉽사리 성공하지 못하여 이제 다시 그러하지 못할 가능성이 크다.

또 '셸오일' 주 생산국인 미국을 공격하여 이로울 것이 없기 때문이다. 미국은 동해안 석유 개발이란 또 하나의 '카드'를 가지고 있는 것이다.

그러고 보면 현 50달러 수준이 당분간은 비교적 타협되고 안정된 수준의 유가라고 생각할 수 있다.

오바마는 미국에 오래 지속해 온 '석유 수출 금지법'을 풀어서 수출할 수 있게 하였고, 한국에도 GS칼텍스(구 호남정유)에 의해 수입이 시작되었다.

오바마의 합리적인 석유 정책은 부시의 실정이 빚은 '제3 오일 쇼크'가 제공한 선물이다.

이는 마치, 1970년대, 제2차 오일 쇼크로 유가를 40달러대로 올려서, 그동안 고 생산비로 엄두를 못 내던 심해 석유 개발이 빛을 보게 된 것과 유사하다. 북해의 심해 석유 개발, 이것은 OPEC의 '석유 카르텔' 병폐를 많이 완화시켜 주기도 했지만, 석유의 소비량이 끊임없이 증가하고 있기 때문에 '셸오일'은 대체 석유로써 적시에 출현한 것이다. 오바마의 치적 중 가장 큰 것으로 평가할 수 있다.

미국의 근세사를 돌이켜 보면 골치 아픈 사건, 예를 들어 베트남 전쟁과 한국 전쟁에 개입 같은 것들이 민주당 시대에 터지고 공화당 시대에서 수습되는 예가 많았었는데, 근래에 와서는 공화당 시대에서 잘 터지고 민주당 시대와 와서 잘 수습되는 것 같다.

이와 같은 현상은 아마도 유대인들의 파워 그룹인 '네오콘' 세력이 공화당에 자리 잡고 있어서 그러는 것 같다.

—

OPEC과 석유의 시장 경제

자본주의의 기초는 '시장 경제', 즉 '자유 경쟁의 원리'라 할 수 있고 이 원리 하에서 '독과점', 즉 '카르텔' 행위는 최대의 적이라 할 수 있다.

자본주의를 채택하는 모든 나라가 공정 거래에 관한 코드를 가지고 있고, 그 코드 안에서 '독과점' 또는 '카르텔'은 범죄 행위로서 단호히 배격하고 있다.

이것은 소비자 보호 관점에서 대단히 중요한 사항이다.

국제 석유수출국기구인 OPEC(Organization of Petroleum Exporting Countries)은 세계 최대의 다국가 간 반공정 거래 조직, 엄밀히 말하면 범죄 조직인 것이다. 이 다국가 간 조직은 깨져서 석유가 시장 경쟁 원리에 따라 자유 거래되어야 함은 틀림이 없는 사실이다.

OPEC은 1960년 사우디아라비아의 석유상이자 엔지니어 출신이었던 '타릭'이 제창하여 사우디아라비아, 이란, 이라크, 쿠웨이트,

'베네수엘라 등 5개국이 이라크의 수도인 바그다드에 모여 결성하였다. 그 뒤 카타르, 인도네시아, 리비아, 나이지리아, 알제리, 아랍에미리트, 앙골라, 에콰도르, 가봉 등이 가입하여 14개 산유국으로 되어 있다.

OPEC의 창립을 주도했던 타릭은 사우디아라비아 왕실에 대항하다가 잘렸고, 야마니가 대를 이어서 오랫동안 잘 이끌어 나갔다.

그는 이집트 카이로 대학에서 법률을 공부하였고, 1, 2차에 걸친 오일 쇼크를 거치면서 OPEC 석유 왕국 수장 노릇을 하다가 근년에 와서 잘렸다.

야마니는 지중해에 호화판 요트를 가지고 초호화 생활을 할 만큼 돈을 많이 챙겨 가지고 있었다.

그가 잘린 이유는 비밀리에 미국에 협조한다는 혐의에서였다. 잘리고 나서 그는 영국에서 '국제 석유 문제 연구소'를 운영하고 있다.

OPEC의 초석을 다듬어 'OPEC=야마니', 또는 '석유의 제왕'이라 불렸던 그는 늘 감산과 고유가를 반대했었고, 최근의 OPEC의 고유가 정책을 비판하면서 다음과 같이 말하였다.

"석기 시대가 끝난 것은 돌이 없어서 끝난 것이 아닌 것처럼, OPEC이 끝나는 것은 석유가 없어서 끝나는 것이 아니다. 이대로 가면 OPEC은 조만간 끝날 것이고 석유는 무용지물이 되어 땅에 묻혀 있게 될 것이다."

그리고 끝장나는 구체적인 원인으로, 고유가에 따른 대체 석유의 개발, 소비국의 기술 개발에 따른 소비의 격감, 구체적으로 자동차 하이브리드, 수소 연료, 전기 자동차 등을 들었다.

사실, 지금처럼 대체 석유의 개발 기술이 더욱 개선되어 생산 원가가 10달러 후반대로 가면 각국마다 '오일셸' 개발이 보편화하여 OPEC으로부터의 석유 수요가 격감할 것이다. 그리고 이는 가정이 아니라 자동차의 연비가 더욱 줄어들고 전기, 수소 등의 대체 연료가 더욱 개발되어 가면 석유가는 10달러 후반대까지 떨어질 수 있을 것이다.

석유 화학과 제3의 에너지 개발

석유는 태워 없애는 연료로서 보다는, 석유 화학의 원료로서 효용 가치가 크다. 오늘날, 섬유, 생활용품, 건축 건설 재료, 자동차 비행기, 기차의 부품, 컴퓨터와 가전 등 수많은 분야에서 석유 화학 제품들이 쓰여지고 있다. 석유는 연료로써보다 석유 화학 원료로써 보전되어야 한다. 뿐만 아니라 석유를 연료로 소비시키는 데 한계에 와 있다.

석유를 태움으로써 발생하는 탄산가스의 대기 중 농도가 증가하여, 기후 변화 현상의 문제가 한계점에 가까이 가고 있는 것이다.

석유를 대신하는 비 화석 연료로 핵 에너지가 각광을 받아 왔으나, 구소련의 우크라이나 체르노빌 핵발전소의 사고와 일본의 지진으로 인한 후쿠시마 핵 발전소의 사고 등의 여파로 핵 발전소 기피 현상이 불고 있는 이때에 제3의 비 화석 연료 개발이 대두되고 있다.

독일에서는 핵발전은 멀리 가 버렸고, 독일에 무진장한 석탄으로 발전하고, 발생되는 탄산가스를 석유가 매장된 배사 구조로 집어넣어서 지압을 상승시켜 채유 효율을 높이는 데 이용하고 있다.

아무튼 대기 중, 탄산가스의 증가는 억제되어야 하는 것이다.

그 외 비 화석 연료로 태양광 발전, 풍력 발전, 조력 발전 등 수단은 많으나 규모의 한계가 있다.

제1차 오일 쇼크 이후 미국에서는 '태양광 발전용 인공위성을 쏘아 올려 대기권 밖에서 태양광 발전을 하여 전력을 레이저 빔으로 지상으로 보내고 지상에서는 레이저 안테나로 받는다' 하는 공상 소설 같은 계획을 세웠다가 들어가 버린 일이 있었다.

이와 같은 '글로벌'한 에너지 문제의 해결책으로 전 캐나다 수장이 UFO(외계인, Unidentifiable Flying Objective)의 기술 지원을 받아야 한다고 주장한 적이 있었다.

주목할 만한 포인트임이 틀림없다.

UFO는 외계인, 또 외계인의 비행체, 비행접시 등의 의미로 쓰인다. 언젠가 서울의 밤하늘, 동쪽에 나타났다가 순식간에 서쪽으로 사라진 UFO를 어느 아마추어가 동영상으로 찍었는데, 이를 프랑스의 우주 과학연구소로 보내 분석해 본 결과 그 속도가 300마하로 판명되었다. 이는 여객기 0.7마하, 전투기 5마하와 비교가 안 되는 속도이고, 사용 연료는 '헬륨'3, 즉 '헬륨'의 동위 원소 3으로 추측된다.

태양에서 수소가 핵융합하여 중량 손실만큼 거대한 에너지를 발산하면서 헬륨의 동위 원소들로 변하는데, 그중 동위 원소 He3는 2원자가 융합하면 안정된 He4 1 원자가 되면서 중량 손실만큼 거대한 에너지를 발생하는 것이다.

아인슈타인의 상대성 원리에 따라 질량=에너지이고 핵분열 또는 융합에서 손실되는 중량 1그램이 발생하는 에너지는 광속도, 300,000,000미터/초의 제곱에 상당하는 에너지, 즉, 줄(joule)에 해당하는데(1줄= 0.24칼로리), 1그램의 질량이 없어지면서 내는 열량은 실로 상상하기조차 어려운 정도이다.

핵분열이나 핵융합에서 질량이 손실되면서 발생하는 열은 방사능을 동반하고, 수소의 경우에는 반응 속도를 제어하기가 특히 어려운데, He3의 융합 반응은 컨트롤이 용이하고 방사능을 발생하지 않기 때문에 이용하기 좋다는 것이다.

He3는 지구에는 없고, 달에 150만 톤 정도 부존하고 있는데, 그 원천은 태양의 수소 융합 반응 시 우주 공간으로 튀어나오는 것이 달의 중력장에 포집된 것이다. 달에는 공기가 없기 때문에 매우 가벼운 He3가 포집된다는 것이다.

뽑아 쓰면, 쓰는 대로 달의 인력에 의해 자동적으로 채워질 테니까 무진장으로 있는 셈이다.

근데, 달의 He3는 임자가 따로 있다.

He3가 글로벌 에너지 해결의 답을 줄 것으로 기대되는데, 그 주인인 UFO의 동의와 기술 지원이 있어야 가능하다. 아마 이것을 전 캐나다 수상이 말한 것 같다.

UFO와 헬륨3에 대한 진실 게임은 이 책 부록으로 수록한 나의 글, '나일 강아 말하라'에 요약되어 있으니 일독을 권한다.

맺는말

이 글을 마치면서,
한국인의 평균 연령을 다 살고, 덤으로 사는 마당에
내 '한평생'이 하나 더 있었으면 좋겠다.
그림을 다시 한번 그려 보게,
이런 생각을 해 보았다.

부 록 ———.

UFO와 미래 에너지
이야기

나일 강아 말하라

2014. 03. 31. 배전운

동부 아프리카 중앙에 자리 잡은 빅토리아 호수는 해발 1,000여 미터의 고원 지대에, 한반도 3분의 1에 상당하는 크기의 세계 최대 담수호이다. 북쪽 호안, 적도 위에 우간다의 엔테베 항이 있고 차로 30분쯤 북으로 달리면 해발 1,500m 위에 수도 캄팔라가 있다.

언젠가 우간다 정부의 초청으로 캄팔라를 방문하여 영빈관에 묵은 적이 있었는데, 영빈관은 냉난방 시설이 없고 침대 위에 얇은 담요 한 장 있을 뿐이었다.

사시사철 기온이 15도 내외이기 때문이다.

엔테베에서 적도를 따라 동쪽으로 선을 그으면 해발 2,000m의 케냐 산이 있고 그 남쪽에 킬리만자로 산이 있다. 케냐 산은 연중 기온이 10~15도여서 수많은 리조트와 빌라들이 있어 부자들의 휴양지가 되고, 킬리만자로 산 꼭대기는 만년설이 덮여 있고 산자락에는 세계 최대의 'Safari Reserve'가 있어 관광 명소가 된다.

빅토리아 호수는 동부 아프리카의 광활한 고원 지대에 내리는 빗물이 모두 모이는 곳이다.

적도 위 고원 지대에서 수분을 안은 대기가 상승 기류가 되어 올라가다가 찬 공기를 맞나 비를 쏟아져 빅토리아 호로 모이고, 물을 빼고 차갑고 건조해진 공기가 다시 지상으로 내려올 때는 남부가 아닌 북부 아열대 지역으로 내려온다.

아마도 편서풍의 영양인 것 같다.

건조한 공기만 만나는 북부 아열대 지역, 즉 사하라, 중동, 아라비아 등지는 어쩔 수 없이 사막이 될 수밖에. 지중해의 건조성 기후도 그 영향이며, 미국의 캘리포니아, 네바다, 인도의 사막 등도 같은 맥락에서인가? 그리고 이 사막 지역은 그 범위가 매년 조금씩 넓어지고 있다 한다.

빅토리아 호수에서 남쪽으로 넘치는 물은 잠비아와 모잠비크에서 나이아가라, 이구아수 다음으로 큰 빅토리아 폭포를 이루면서 인도양으로 빠지고, 서쪽으로 넘치는 물은 니제르 강이 되어 세계에서 키가 제일 작은 '피그미'족이 사는 동부 콩고를 거쳐 중 서부 아프리카를 빙빙 돌다가 나이지리아를 마지막으로 대서양으로 빠진다.

언젠가 영국의 탐험대들이 보트를 타고 니제르 강을 깊숙이 들어갔으나 돌아오는 자가 없었는데, 마지막으로 성공했던 탐험대는 '키니네'를 가지고 갔었다 한다.

먼저 가서 죽은 자들은 모두 모기에 물려 죽은 것이다.

성공한 탐험대가 흑인들을 발견하고, 제1성이, '여기 인간에 가장 가까운 동물이 있다' 했다 한다.

한 인류학자가 세계 3대 '불가사의'한 인류로, 말라리아에서 살아남은 서부 아프리카 흑인, 아라비아 사막에서 살아남은 베두인 유목민, 그리고 얼음 속에서 살아남은 에스키모족을 거론한 적이 있었다. 그러고 보면 우리는 호강에 초친 인류이다.

이야기가 좀 딴 데로 갔는데,

빅토리아 호에서 북쪽으로 빠지는 물이 나일 강이다.

이집트인들은 사막 한복판을 흐르는 이 커다란 물줄기가 어디서 오는지 알아보려고 남으로 남으로 찾아가다가 많은 사람들이 사막에서 목이 타서 죽었다고 한다.

한편, 동부 아프리카를 방문했던, 영국의 윈스턴 처칠 수상이 우간다와 빅토리아 호수에 가 보고, 하는 말이 'This is pearl of Africa'라 했다고 한다.

영국인이 동부 아프리카를 차지했던 빅토리아 여왕 시절(아마 17세기쯤 되겠지), 그녀 이름을 따서 빅토리아 호수라 했고, 이 호수의 물이 넘쳐서 서북쪽에 콩고와 접경하는 지역에 좀 작은, 경상남북도만 한 호수로 흐른다. 이 호수를 '베이커'란 사람이 발견하여 여왕의 부군 이름을 따라 앨버트 호수라 하였고, 이 호수에서 남으로 넘치는 물이 나일 강, 엄밀히 말하면 '화이트 나일'의 원점임을 확인하고, 그 원점에 기념비를 세웠다.

그런데, 왜 내가 그 비석 앞에서 증명사진을 안 찍어 두었지?

화이트 '나일'이라 함은 에티오피아 고원 지대에서 흘러오는 '블루 나일'이 있기 때문이다.

이 두 나일이 수단의 수도 하르툼에서 합해진다.

마치, 페루 산악지역에서 흘러오는 블루 아마존과 베네수엘라에서 흘러오는 흙탕물, 즉 화이트 아마존이 '마나우스'에서 합해지는 아마존 강과 유사하다.

동문 고 정봉서 군이 젊었을 때 한때 주재했던 하르툼의 화이트 나일에는 웃지 못할 이야기가 하나 있다.

수단 항공의 보잉 707 여객기가 달 밝은 밤에 착륙하면서 화이트 나일을 활주로로 착각하고 착륙하여 물에 빠진 일이 있었다.

앨버트 호수에서 발원한 나일은 북부 우간다의 국립공원(Safari Game Reserve)을 가로질러 북으로 북으로 가다가 파라아에 이르러 낙차 60~70미터의 아름답기 짝이 없는 폭포가 되어 떨어진 다음 강의 모양을 갖춘다.

폭포수 밑에는 하마와 악어가 득실거려서 장관을 이루고 있다.

떨어지는 물은 바로 사막으로 이어져 제멋대로 모래 위로 퍼지거나 지하로 스며들 것이다.

지하로 스며든 물은 지하수로를 형성하여 사하라 사막을 지하로 관통하여 리비아 방면으로 빠진다는 것을, 리비아에서 석유를 탐사하던 '옥시덴탈' 석유 회사가 리비아 사막의 쿠프라에서 발견, 확인하였다. 수량은 나일 전 수량의 3분의 1 정도라 하니, 이 수로를 개발하여 국토 개발에 성공한 리비아는 엄청난 횡재를 했고, 그 수로 건설을 담당했던 동아건설도 한때 횡재했다.

사막으로 퍼져서 모래 속으로 들어갈 수밖에 없었던 나일의 물을 누가 한데 모아 질서정연하게 강이 되어 흐르게 하였는가? 커다란 의문이 생긴다. 그 주체는 뛰어난 측량 기술과 하천 공학 기술 그리고 시공 능력을 갖추었어야 했을 것이다. 영국의 고고학자 데이비드 롤은 그의 저서에서 UFO로 추정하고 있다.

파라아 폭포로 떨어지는 나일 강을 이집트 남부 아부 심벨, 아스완, 룩소르, 카이로를 거쳐 지중해로, 누가 인도하였던가?

나일 강은 알고 있을 텐데 말이 없다.

나일 강가, 카이로의 교외, 기자에 유명한 쌍둥이 피라미드가 있는데 현대 측량 기술로 측량해 보면 삼각형 한 변의 길이 233m로 정확한 정사면체인데, 하나의 북쪽 변이 정확히 북위 30도 선 위에 있고, 또 하나의 남쪽 변도 정확히 북위 30도 선 위에 있다.

건설 당시, 적어도 5,000년 전에, 이미 지구의 위도를 설정해 가지고 있었음을 암시하고 있다. 피라미드는 260만 개의 돌—벽돌로 되어 있는데, 700만 톤으로 추정되는 돌무덤의 기초는 그보다 넓고 정확한 수평으로 다듬어진 암반이고 그 위로 돌—벽돌을 쌓아 올렸다. 그런데 올라가면서 벽돌의 크기와 모양이 조금씩 달라진다.

각개 돌의 정확한 설계, 가공, 쌓기 등 초정밀을 기하지 않으면 정밀한 피라미드가 되지 못한다. 거기다가 피라미드 전체를 금으로 덮었었는데, '사라센' 군이 모두 벗겨 가 버렸다.

현대 과학 기술로도 만들기 어려운 이 피라미드를 누가 만들었으며, 이집트와 메소포타미아 등 인근에 금광이 없는데 그 금은 또 어디서 나왔는지?

고고학자, 데이비드 롤은 그의 저서, 《Civilization of Genesis》
에서 UFO들이 한 것이라 했다.

금은 남아공에 가서 개발해다가 자기들 통신 장비에 사용하기도
하고 또 장식품으로 사용하기도 했고, 피라미드는 UFO들의 지휘부
였다고 한다.

역사가들은 피라미드가 고대 '파라오' 왕조들의 무덤이라 했는데,
속에 들어 가 보면 묘실이 없고 벽에 남겨진 낙서들을 풀이해 보면
초과학과 문명이 숨겨져 있다. 지구의 자전축의 기울기-각도, 자전
소요 시간, 태양을 공전하는 시간 등이 오늘날의 과학이 측정한 것
과 정확히 일치한다.

카이로에서 호텔 보트인 쉐라톤 호를 타고 남으로 24시간 또는
비행기로 1시간쯤 가면, 이집트 최전성기였던 람세스 2세의 수도,
룩소르가 있고 그곳에 있는 거대한 돌의 불가사의, 카르나크 신전이
있다. 신전 앞에 세운 30여 개의, 높

이 33미터, 무게 200톤 되는 화강석
의 오벨리스크는 태양을 향하여 뻗
고자 하는 태양신 숭배자들의 염원
이 담겨 있다.

풍화 작용으로 많이 상했는데, 흠
이 없는 4개의 오벨리스크가, 하나
는 나폴레옹이 가지고 가서 파리의
개선문과 마주 보는 콩코드 광장에

이스탄불에 세워진 오벨리스크

세워 놨고, 또 하나는 테오도시우스 황제가 동로마 제국이 수도였던 이스탄불의 자기 궁전에 세워 놨고, 또 하나는 이집트 왕이 영국 빅토리아 여왕에게 선물하여 런던의 템스 강변, 워털루 브리지 옆에 있다.

그리고 마지막 하나는 무솔리니가 가져다가 로마의 바티칸 광장에 세워 놨다. 이 200톤에 33미터 되는 화강석을 룩소르에서 남으로 200여 km 내려간 아스완 산악지에서 채석, 가공하여 크레인으로 들지 않고 사람이 들어서 배에 싣고 룩소르까지 가지고 와서 질서 정연하게 세워 놓았었다.

실로 놀랄 '노'자이다.

5,000년 전, 지구에 와서 초문명을 남겨 준 UFO들은 어떤 이들이었을까?

그들이 남긴 기록 중에, '마르두크'란 이름의 위성이 있다.

지구보다 조금 큰 이 별은 45만 년 전에 태양계 궤도에 들어와 태양을 타원 궤도, 즉 Accentric하게, 3,600년을 공전 주기로 돌고 있었다.

태양을 가깝게는 지구 궤도와 유사하게, 멀리는 태양계 끝자락까지. 구동 장치가 있지 않고는 타원 궤도를 돌 수가 없으니 그 위성은 UFO들이 만들어 타고 온 것으로 해석할 수밖에.

지구 궤도에 가까이 왔을 때, 이 위성과 지구가 접촉 사고가 있었다고 한다. 그 위성에서 지구로 초-문명의 인간을 이주시켰다는 가설이다.

그것이 우리가 추적할 수 있는 인간의 시초라는 것이다.

그 전에 살았던 인류가 또 있을는지 알 수는 없지만. 여기까지가 수메르 문명 전문가인 제카리아 시친이 풀어본 기록이다.

그 뒤, 지구에 생긴 사고, 즉 다른 위성과 충돌하여 분진이 지구를 뒤덮어, 태양을 차단, 암흑시대-빙하 시대 등이 왔을 것이다.

인간이 멸종되기 일보 전 상태, 우리의 원시인 상태로 전락했다가 다시 조금씩 문명을 찾아가면서 오늘의 문명사회까지 왔다.

그 위성은 먼데서 왔다가 일을 마치고 돌아갔지만, '마르두크'란 그 이름은 여기저기 '신'의 이름으로 남아 있다.

바벨탑 위 신전에 '마르두크' 신이 들어 있기도 하고 고대 메소포타미아에서 광범위하게 마르득 신을 섬겼었다.

UFO들이 신을 믿었기에 지구인들에게 신을 가르치고 신의 행세를 하였겠지.

아인슈타인의 상대성 원리에 따라 원자 폭탄을 만들었던 오펜하이머가제자들한테서 질문을 받았다.

"선생님이 만든 이 폭탄이야말로 인류 사상 최대의 에너지이지요?"

오펜하이머는 이렇게 답했다고 한다.

"아니다. 현 인류의 역사상 최대의 에너지인 것은 맞다."

현 인류 이전에 초과학 문명인이 있

아인슈타인(좌)과 오펜하이머 (우)(출처:By Image courtesy of US Govt. Defense Threat Reduction Agency [Public domain], via Wikimedia Commons)

었다는 암시를 던져 준 것이다.

오늘날, 비행접시에
대한 이야기들이 많이
있다.

밤하늘에 서울 상공을
동쪽에서 서쪽으로 날다
가 순식간에 사라진 비행
체를 어느 아마추어가 찍

太陰-'秋夕의 달'
The Full Moon Photographed 秋夕, 2011

필자가 촬영한 추석의 달(x10 줌인)

었는데 그 동영상이 프랑스 우주 과학 연구소로 보내졌다. 풀이해
본 결과 그 속도가 300마하 수준이라 하였다. 마하는 음속으로, 우
리 여객기가 0.7마하, 전투기가 최대 5마하 수준이다.

이와 같이 초과학 능력을 구사하고 있는 UFO들은 무슨 에너지
를 쓰고 있을까?

언젠가, 캐나다의 전 수상이 말하기를 글로벌 에너지 문제를 해결
하려면 UFO의 기술 지원을 받아야 한다고 했다.

UFO들이 사용하고 있는 에너지는 헬륨-3라 한다.

수소가 융합하면서 중량 손실만큼 커다란 에너지를 내고, 여러
가지 이성체의 헬륨으로 변하는데, 그중 헬륨-3는 핵융합하면 다
시 고도의 에너지를 발산하고 안정된 헬륨-4가 된다. 헬륨-3의 특
징은, 수소 핵융합 때와는 달리 방사능을 내지 않고 또 융합 반응
속도가 제어 가능한 정도여서 이용하기 좋다는 것이다.

그런데 헬륨-3 자원은 어디에 있나?

지구에는 없고 달에는 약 150만 톤 정도가 있다고 한다.

달에는 공기가 없기 때문에 매우 가벼운 헬륨-3가 달의 중력장으로 얼마간 가라앉는다는 것.

그리고 헬륨-3의 소스는 태양의 핵융합 시 발생하여 우주 공간으로 튀어나오는 것이라 한다.

달의 헬륨-3는 가져다 쓰면 쓰는 대로 달의 인력에 의해 자동적으로 우주 공간으로부터 보충되겠지.

그래, 달이 그 '에너지' 자원 때문에 그렇게도 중요한 것이다.

그러나 주인이 따로 있다.

많은 우주 과학자들이, 달은 UFO들이 만들어 지구 궤도 위에 띄워 놓은 것이라는 데 이견이 없다.

그 이유는, 자전하지 않고, 중량 물이 떨어졌을 때 금속성이 나서, 속이 텅빈 금속구로 되어 있고 표면에 자갈 같은 것을 깔아 놨을 뿐이라는 것과 그 자갈의 생성 연대가 지구보다 훨씬 전이라는 것이다.

45만 년 전에 마르두크 위성을 타고 태양계 궤도에 잠깐 들어 왔다 간 UFO들이 지구에 이민자를 두고 지구 궤도에 달을 띄워 놓고 달의 이면, 지구에서 보이지 않는 곳에 기지를 건설해 두었다?

NASA의 우주선이 달의 이면 사진을 찍은 것을 보면 그런 게 다 보인다는 것이다.

진공 상태의 우주 공간에 중력장을 형성하는 위성을 띄워 놓으면 헬륨-3가 채집 가능해지고 그것을 에너지로 사용한다는 것이다.

그래서 지구에 출몰하는 비행접시들이 헬륨-3 에너지가 있는 달에 기지를 두고 있는 것이다.

미국 네바다 주 링컨 카운티에 Area 51이라는 지역이 있다. 자세히는 인터넷 창에서 Area 51을 검색해 보라.

그 지역에 낯모를 비행체와 수상한 자동차들이 수시로 들락거린다.

그 지하 1마일쯤 지점에 지구인과 UFO 합동 연구소가 있는데, 3, 4종의 UFO들, 우리 인류, 파충류, 무척추 인간류 등 각기 다른 우주에서 온 자들이 공동 연구를 하고 있다는 것이다.

지구에 갑자기 등장했던 레이저 광선, 그걸 이용한 콤팩트디스크, DVD 등이 UFO로부터 전수받은 기술이고, 또, '레이더'를 무사 통과하는 스텔스 전투기도 원래 그들의 기술이라는 것이다.

달에 포집되는 헬륨-3는 지구인에게 더없이 중요한 자원, 그 에너지의 이용을 위해서 UFO의 지원을 받아야 한다고, 전 캐나다 수상이 힌트를 준 것이 아닌가?

우리 모양의 UFO는 우리와 DNA를 같이 하고 있기에, 5,000

스필버그의 UFO영화, 'ET'에서 묘사한 파충류계 UFO(외계인)(출처:By Pikawil from Laval, Canada (Montreal Comiccon 2016 - Steven Spielberg and E.T.) [CC BY-SA 2.0 (http://creativecommons.org/licenses/by-sa/2.0)], via Wikimedia Commons)

년 전에 Nephilim, 즉 지구인과 UFO의 혼혈아가 있었겠지?

그리고 보면 45만 년 전의 마르두크 위성을 통해 지구로 이민왔다는 UFO, 그리고 달에 기지를 두고 지구에 출몰하는 UFO들이 바로 우리와 같은 DNA, 즉 같은 인류가 아니겠는가? DNA는 몇만 년이 가도 변함이 없다.

우리는 생명 조직의 세포가 인(P)을 함유하는 레시틴이라는 단백질인데, 어느 날 비소(As)를 고리로 하는 세포가 발견되어 초긴장을 일으킨 적이 있다.

지구인이 아닌 UFO의 세포로 추정되었기 때문이다.

■ ───────

지은이 **배전운** ─── ■

생년월일: 1936. 12. 01

1949. 3. 남평남 초등학교 졸업

1952. 3. 광주서중학교 졸업

1955. 3. 광주고등학교 졸업

1959. 3. 서울대학교 공과대학 화학공학과 졸업

1959. 4. 합동화학공업 주식회사 입사

1961. 1. 육군에 사병으로 입대(육군 '하사'로 만기 제대)

1964. 10. 호남비료 주식회사 입사

1966. 3. 주식회사 호남엔지니어링으로 전보

1969. 9. 회사 합병에 따라 한국기술개발공사로 편입

1970. 9. 주식회사 유공 입사

1974. 9. 주식회사 제철화학 부사장 취임

1976. 4. 회사 인수합병에 따라 대우엔지니어링, 화학플랜트 본부장 상무이사로

1978. 3. 대우실업 주식회사로 전임, 상무이사

1980. 3. 대우조선공업 주식회사로 전임 전무이사

1984. 2. 이수화학공업 주식회사 대표이사로 선임

1986. 2. 윤활유 판매법인, 주식회사 '이수윤판'을 설립, 대표이사로 선임

1987. 9. 프랑스 '톰슨' 사와 합작, 이수세라믹 주식회사를 설립, 대표이사로 선임

1989. 12. 주식회사 하이켐을 설립, 대표이사로 취임

2001. 4. 주식회사 모리아를 설립 대표이사 회장에 취임

포상

1976.   철탑 '산업훈장' 수상

1986.   동탑 '산업훈장' 수상

1989.   이탈리아 공화국 훈장, '기사장' 수상